연문
세설

언문세설

개정판 1쇄 발행 | 2013년 3월 18일

지은이 고종석
발행인 이대식

편집주간 김세권
책임편집 김화영
마케팅 임재홍 윤여민
디자인 모리스

주소 서울시 종로구 평창길 329(우편번호 110-848)
문의전화 02-394-1037(편집) 02-394-1047(마케팅)
팩스 0505-115-1037(02-394-1029)
홈페이지 www.saeumbook.co.kr
전자우편 saeum98@hanmail.net
블로그 saeumbook.tistory.com
페이스북 facebook.com/saeumbooks

발행처 (주)새움출판사
출판등록 1998년 8월 28일(제10-1633호)

ⓒ 고종석, 2013
ISBN 978-89-93964-54-7 03810

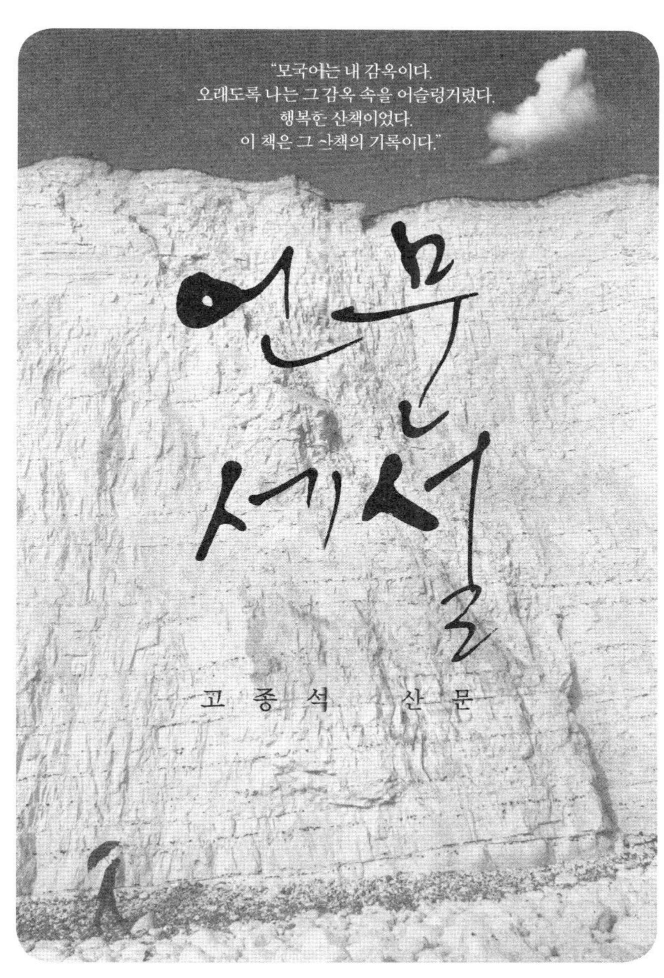

"모국어는 내 감옥이다.
오래도록 나는 그 감옥 속을 어슬렁거렸다.
행복한 산책이었다.
이 책은 그 산책의 기록이다."

언문세설

고 종 석 산 문

기옥이는 ㄱ에서 시작해서 ㅣ로 끝난다.

기옥이는 시작이자 끝이고,

처음이자 마지막이다.

차 례

책 앞에

180

190

199

208

212

219

225

239

242

248

252

258

책 앞에

모국어는 내 감옥이다. 오래도록 나는 그 감옥 속을 어슬렁거렸다. 행복한 산책이었다. 이 책은 그 산책의 기록이다.(1999년 7월)

　절판한 책을 다시 내는 것이 맞갖지 않았다. 독자들이 파묻은 텍스트를 저자가 무덤에서 다시 꺼내는 느낌이었다. 그 스스럽고 무참함이란! 더구나 이 책은 프랑스에서 돌아온 직후 오로지 호구를 위해 한 주일 남짓 급하게 흘려 쓴 것이었다. 몇몇 출판사에서 다시 내보자는 제안이 있었지만, 내키지 않았다. 스스로 누추했다고 기억하고 있는 텍스트를 재차 마주하기 두려웠다. 그러나 14년 전 이 책 초판을 내게 한 바로 그 이유가 급기야 재판을 내게 만들었다.

　기억이 늘 옳은 것만도 아니고, 판단이 늘 확정적인 것만도 아니다. 남이 쓴 텍스트를 대하듯 이 책의 교정지를 읽으며,

나는 한글 스물넉 자가 그려낸 한국어 소리들의 아름다움과 그 소리들이 짠 의미망의 정교함에 깊은 인상을 받았다. 14년 전의 이 책 저자가 전혀 부끄럽지 않다. 심지어 조금은 자랑스 럽기도 하다.

이 책은 놀이다. 2천 년 한국 문화의 정화라 할 한글 스물 넉 자와의 놀이. 놀이는 즐거워야 마땅하다. 독자들이 이 책 을 즐기기 바란다.

2013년 봄에 고종석 쓰다.

ㄱ

　ㄱ은 시작이다. ㄱ은 하나이고, 처음이고, 출발이고, 근원이고, 남상(濫觴)이고, 시초고, 착수(着手)고, 서장이고, 머리다. 사전의 앞부분에 실린 표제어들은 죄다 이 글자로 시작한다. ㄱ이 처음이고 하나이기 때문이다. '하나'라는 수만큼 매력적인 수는 달리 없다. 이 숫자는 아득한 상고시대 이래로 수의 신비에 특별히 집착했던 점술가나 수학자만이 아니라, 철학과 과학과 종교의 모든 신비주의적 분파들을 매료시켰다. 일신교와 일원론이 인류의 정신적 밑자리를 탐색하기 위한 하나의 실마리라면, 학교에서의 일등 성적, 대중 교통수단의 일등석, 일급 상품과 일급 공무원직 따위는 세속적 선망과 탐냄의 영원한 대상이다.

하나는 진리의 숫자다. 하나는 완성, 보편, 원만, 신성, 통일, 조화, 총체의 상징이다. 그것은 존재의 본질을 표상한다. 숫자 1의 직립은 네발동물과 달리 꼿꼿하게 서 있는 인간의 자존을 상징하고, 생명력 넘치는 나무를 상징하고, 힘차게 발기한 남근을 상징하고, 하늘을 향해 곧추선 바벨탑을 상징한다. 하나는 전체이고 우주다. 라틴어에서 바로 그 전체를 뜻했고, 결국은 바로 그 우주를 뜻하게 된 'universus'는 '뒤집힌(versus) 하나(unus)'다. ㄱ은 하나이고 처음이다. 그것은 보편이고 총체고 우주다. 맨 처음에 ㄱ이 있었다. ㄱ이 하느님과 함께 있었고, ㄱ이 하느님이었다.

ㄱ…… 처음…… 어린 시절, 쪽창 너머로 한강이 보이던 골방을 이리저리 데굴거리며 뒤적이던 인명사전의 첫 항목은 '가가린'이었다. 소련의 우주 비행사 유리 알렉세예비치 가가린. 그는 1961년 4월 12일 우주선 보스토크 1호를 타고 한 시간 48분 만에 지구 상공을 한 바퀴 돌아, 인류 최초의 우주 비행사가 되었다. 이제 그의 위대한 조국 소련은 산산조각이나 역사의 휴지통에 박혔다. 그는 러시아 사람이었을까? 아니면 그루지야나 우즈베키스탄 같은 '가장자리 공화국' 출신이었을까? 그는 유럽인이었을까, 아시아인이었을까?

ㄱ

그러고 보니 나는 가가린에 대해서 아는 게 거의 없다. 이름은 그렇게도 친숙한데, 나는 그를 모른다. 그의 공적인 삶을 나는 모른다. 사적인 삶은 말할 것도 없다. 그것이 우리가 이름난 사람과 맺는 관계의 가장 흔한 방식일 것이다. 가가린이라는 이름은 양치질 뒤에 목구멍을 가셔내는 소리 같다. 우주선 안에서도 양치질을 할 수 있을까? 가가린이야 우주에 오래 머물러 있지 않았으니, 양치질할 필요가 없었을지 모른다. 그러나 그 이후의 '우주인'들은 어땠을까? 닐 암스트롱은 우주선 안에서 양치질을 했을까?

초등학교 시절, 아폴로 프로젝트가 한창이었을 때, 텔레비전 뉴스 진행자들이 우주 비행사를 우주인이라고 부르는 것이 참 이상했다. 우주인이라면 외계인 아닌가? 그러면 암스트롱이 외계인? 좀 자라서, 나는 그 '우주인'이라는 말이 'spaceman'이라는 영어를 직역한 것이라는 걸 알게 됐지만, 그 '우주인'이라는 말은 지금도 내게 그리 익숙하지 못하다. 우주인은 내게 지금도 여전히 (인류가 보기에는) 기형적으로 생긴 외계 생물일 뿐이다. 그래서 내게 가가린은 최초의 우주인이 아니라 최초의 우주 비행사다. 그는 최초다. 최초의 우주 비행사일 뿐만 아니라 인명사전에 최초로 등장하는 사람이다. ㄱ이 시작이고 처음이므로, 가가린도 시작이고 처음이다.

유리 가가린…… '가가린'이라는 성보다 '유리'라는 이름이 더 예쁘다. 한국 사람의 이름이라면 유리는 여자 이름일 것이다. 아마도 '琉璃' 정도가 되겠지. 예전에 최유리라는 아역 탤런트가 있었던 것 같다. 그녀는 이름도 예뻤지만 얼굴도 예뻤다. 얼굴에 꼭 어울리는 이름이었다. 러시아 사람들은 이 예쁜 이름에서 어떻게 남성을 연상했을까?

하긴, 유리 가가린의 '유리'는 조지 워싱턴 할 때 그 '조지'의 러시아어형(語形)일 뿐이다. 그리고 '유리'든 '조지'든, 그 원형은 그리스어 이름인 '게오르기오스'다. 게오르기오스, 땅에서 일하기. 최초의 게오르기오스는 농부였을까? 그 게오르기오스의 아득한 후예 유리 가가린은 땅이 싫어 하늘로 날아갔다. 그는 자신의 근원을, 자신의 운명을 박차고 솟구쳤다.

그리스어의 '게오르기오스'에서 영국 사람은 '조지'를, 스페인 사람은 '호르헤'를, 이탈리아 사람은 '조르조'를 이끌어냈다. 그 이름들은 우리의 우주 비행사 '유리'에 견주어 얼마나 투박하고 지루하고 답답한가. 유리 가가린의 유리는 유리표박(流離漂迫)의 유리였을 것이다. 정처 없이 떠도는 것이 그의 운명이었을 것이다.

내 어린 조카가 보는 어린이용 인명사전에는 지금도 가가린이 맨 처음에 나온다. 30여 년의 세월이 지났어도 그는 여전히 처음이고 시작이다. 그 세월 동안에도 '가' 자 돌림 사람 가운데 가가린만큼 유명한 이가 안 나온 모양이다.

한국인의 성씨 가운데 전화번호부의 맨 앞에 오는 것은 가씨다. 그 뒤를 간씨와 갈씨와 감씨와 강씨가 잇겠지. 성이 '가'이고 이름도 '가'인 사람이 있다면, 그는 늘 전화번호부의 맨 앞에 오를 것이다. 그가 유명해진다면 그는 가가린을 제치고 인명사전의 맨 앞자리를 차지할 것이다.

ㄱ 글자의 이름은 '기역'이다. 기역, 그것은 처음 한글을 배우던 시절 내 기억의 맨 앞자리에 있던 이름이다. 그러니까 기역은 기억의 처음이다. 한강 가에서 보낸 내 유년기 기억의 맨 앞에 기역이 있다. 기역, 초등학교 3학년 때 대구에서 전학 온 기옥이라는 여자아이가 기억난다. 그 아이는 내 짝이 되었다. 얼굴이 아주 예쁘다고는 할 수 없었다. 사실, 여러 차례 보고 나서야 얼굴을 익힐 수 있을 만큼 얼굴에 별 특징이 없는 아이였다. 아, 특징이 전혀 없지는 않았다. 왼쪽 뺨에 보조개가 있었고, 오른쪽 눈썹 위에 짙은 점이 있었던 것 같다. 그러나 그런 것을 빼면 약간 촌스러워 보이는 단발머리를 한 전형적

인 조선 여자아이였다.

대구에서 전학을 왔으므로 기옥이는 당연히 사투리가 아주 심했고, 짓궂은 아이들이 처음엔 그 말투를 흉내 내며 그 아이를 놀리곤 했다. 주로 사내아이들이 그랬지만, 이따금씩은 계집아이들도 그랬던 것 같다. 그러나 나는 기옥이의 억센 사투리에서 뭔가 달콤함을 느꼈다. 아이들은 이내 기옥이를 존중하게 되었다. 기옥이가 공부를 썩 잘했기 때문이다. 그것이 공평한 일이든 불공평한 일이든, 초등학교 때는 공부 잘하는 아이가 놀림감이 되는 일이 거의 없다. 적어도 그 시절엔 그랬다.

4학년이 되어 반이 갈린 뒤에도 나는 기옥이와 가까이 지냈다. 함께 숙제도 하고, 만화도 보고, 스케이트장에도 갔다. 사소하지만 소중한 추억들이 어른이 된 나를 기옥이에게 묶는다. 소설의 외피를 쓰지 않고는 되짚어보기가 겸연쩍은 사소하고 소중한 추억들. 되돌아볼 때마다 가슴을 울렁거리게 하는 소중하고 사소한 기억들. 나는 그 아이 이야기를 언젠가 쓸 수 있을까? 기옥이의 기억에 소설의 외피를 씌울 수 있을까? 모르겠다.

5학년 말에 기옥이네는 응암동인가로 이사를 갔다. 당연히 기옥이도 그쪽 동네 학교르 전학을 했다. 지금 생각해보면 마포에서 응암동이라야 택시로 30분이면 가는 거리다. 그러나 그때 나는 처음 들어보는 응암동이라는 동네가 세상의 끝 같았다. 기옥이네가 이사 가던 날(일요일이었을 것이다), 나는 그 아이 집에 가서 이삿짐 싸는 걸 도왔던 것 같다. 아니, 아마 짐 싸는 것을 돕지는 않았을 것이다. 그저 심란한 상태에서 멀뚱멀뚱 구경이나 했을 것이다. 덩치가 커진 뒤에도 나는 우리 집 일이든 남의 집 일이든 이삿짐 싸는 일을 즐기지 않는다. 그러니 그 어린 나이에 남의 집 이삿짐 싸는 일을 도와주지는 않았을 것이다. 그것이 기옥이네 일이라고 하더라도.

기억이 또렷한 것은 아니다. 가벼운 가재도구 같은 거야 날랐을지도 모른다. 하긴, 이삿짐이야 이사 가기 전에 다 쌓아놓았을 테니, 날라야 할 가재도구 같은 것이 없었을 수도 있다. 확실한 것은, 기옥이네가 이사 가는 날 내가 그 집에 있었다는 것이다. 별다른 이별의 의식은 없었다. 잘 가, 잘 있어, 놀러와, 편지해, 그래, 정도의 말은 있었을 것이다. 그러나 그것은 그 상황을 반추하는 내 기억이 논리적으로 만들어낸 추측일 뿐, 내가 기옥이를 어떻게 보냈는지는 또렷이 생각나지 않는다. 아무튼 기옥이는 갔다. 어느 날 바람처럼 나타났다가 어느 날 바람처럼 사라져버렸다. 그러고는 기별이 없었다. 그 아이는 나를 잊었을 것이다. 내가 소설 속의 공간으로 기옥이를 납치해 올 날이 있을까? 모르겠다. 기역, 기억, 기옥…… 기옥, 기억, 기역.

기역…… 이 글자를 맨 먼저 '기역'이라고 부른 것은 세종이 아니다. 그를 도와 훈민정음을 함께 창제한 집현전의 학자들도 아니다. 그들은 힘들여서 글자 체계를 만들어냈지만, 정작 그 글자 하나하나에 이름을 붙여주어야 한다는 생각은 하지 못했던 것 같다. 이 글자를 꼭 독립적으로 읽어야 할 필요가 있을 땐, 아마 그들은 ㄱ에 기본적인 홀소리 아래아(ᆞ)를 덧붙여서 'ᄀᆞ'라고 읽었을 것이다. 적어도 양성이나 중성의 홀소리를 덧붙여 읽었던 것은 확실하다. 그들이 《훈민정음 언해》에서 글자의 소릿값을 보이며 "ㄱᄂᆞᆫ 엄쏘리니 君군ㄷ字ᄍᆞᆼ 처ᅀᅥᆷ 펴아나ᄂᆞᆫ 소리 ᄀᆞᄐᆞ니, ᄀᆞᆯᄫᅡ 쓰면 虯끃ᇢ字ᄍᆞᆼ 처ᅀᅥᆷ 펴아나ᄂᆞᆫ 소리 ᄀᆞᄐᆞ니라"라고 말하고 있기 때문이다. 현대어로 옮겨보자. "ㄱ는 어금닛소리니 君(군)자의 처음 내는 소리와 같은데, 나란히 쓰면 虯(뀨)자의 처음 내는 소리와 같다." 현대어로 옮겨도 'ㄱ은'이 아니라 'ㄱ는'이다.

다시 15세기의 《언해》로 돌아가 보자. "ㄱᄂᆞᆫ"에서 보조사로서 ‘는’이 쓰였다는 것은 훈민정음 창제자들이 편히 부르던 ㄱ의 ‘이름’이 밝은홀소리, 즉 양성모음이나 중성모음 ‘ㅣ’로 끝 났다는 것을 뜻한다. 만약에 그것이 닿소리로 끝났다면 보조 사가 ‘은’이나 ‘은’이 됐을 것이다. 현대어에서도 개음절 뒤에는 보조사 ‘는’이 오고, 폐음절 뒤에는 보조사 ‘은’이 온다. “사랑 ‘은’ 가고 나‘는’ 남는다.”

또 만약에 그 ‘이름’이 음성의 홀소리로 끝났다면 보조사가 ‘는’이 됐을 것이다. 현대어에서와는 달리 15세기어에서는 모 음조화가 꽤 철저히 이루어졌으니까. 그러니, ㄱ 글자의 이름 은 닿소리로 끝나지도 않았고, 어두운홀소리(음성모음)로 끝 나지도 않았다. 그것은 분명히 밝은홀소리나 중성홀소리(ㅣ) 로 끝났다. 밝은홀소리 가운티 가장 두루뭉술한 것은 아래아 곧 ‘다. 훈민정음 창제자들이, 비록 글자들의 이름에까지는 생각이 못 미쳤더라도, ㄱ을 ‘ᄀᆞ’라고 읽었으리라는 것은 넉넉 히 짐작할 만한 일이다.

물론 그렇게 단정할 수만은 없다. 보조사 ‘는’은 체언의 마 지막 모음이 양성모음과 중성모음일 경우에 두루 쓰였으므 로, 이론적으로는 ㄱ의 ‘이름이 ‘ᄀᆞ’였을 수도 있고, ‘가’였을 수도 있고, ‘고’였을 수도 있고, ‘기’였을 수도 있고, ‘갸’였을 수도 있고, '교'였을 수도 있다. 그러나 ㄱ의 '이름'이 'ㄱ'가 아니었다고 하더라도, 그것이 '가'나 '갸'나 '고'나 '교'였을 개연성은 그리 크지 않다. 양성모음의 대표성에서 이 모음들은 아래아만 못하기 때문이다. 다만 ㄱ에 중성모음 'ㅣ'를 붙여 '기'라고 불렀을 개연성은 'ㄱ'라고 불렀을 개연성에 크게 모자라지 않는다. 'ㅣ'는 중성모음으로서 모음 전체를 대표할 만하고, 또 뒷날의 관습이 이런 개연성을 부분적으로 지지하고 있다. 그러나 그것은 영원히 해결될 수 없는 문제다.

　ㄱ에 '기역'이라는 이름을 준 사람은 성종 때부터 중종 때까지 살았던 최세진이라는 사나이다. 최세진은 누구인가? 1473년께 태어나 1542년에 죽은 사람이다. 자(字)는 공서(公瑞)이고 본관은 괴산이다. 그는 역관(譯官)이었다. 곧 통역 공무원이었다. 그의 부친 최정발도 역관이었다. 말하자면 당대의 신분 질서 속에서 최세진의 집안은 한미한 중인층에 속했다. 다른 역관들과는 달리 그는 역과 출신이 아니라 문과로 등제했음에도, 사대부 계층의 핍박과 멸시 속에서 불우한 삶을 보냈다. 임금은 그의 재능과 성품을 아꼈지만, 봉건시대의 신분 질서는 늘 그를 변두리로 내몰았다. 그러나 그는 전근대 시기 최고의 국어학자였고, 어쩌면 훈민정음의 창제자들을

제외하고는 전근대 시기의 거의 유일한 국어학자였을지도 모른다.

한힌샘 주시경 이후 근대 국어학의 역사에는 큰 학자들의 이름이 점점이 박혀 있다. 얼른 생각나는 이름들만 해도 김두봉, 김윤경, 최현배, 박승빈, 이희승, 양주동, 이숭녕, 홍기문, 이기문, 서정수 등 꼽다 보면 금세 열 손가락을 채운다. 그러나 근대 이전의 역사로 거슬러 올라가면 국어학자 이름이 얼른 떠오르지 않는다. 국어에 관한 저술이 전혀 없었던 것은 아니지만, 그것들은 대체로 유학자들의 여기(餘技)에 지나지 않았다. 정약용을 포함한 실학자들의 저술도 마찬가지다. 단 하나의 예외가 있다면 그것은 최세진의 업적이다. 그의 저술들이 대체로 중국어에 관한 것이기는 하지만, 그가 자신의 저술들에 틈틈이 끼워넣은 언둔, 곧 정음에 대한 언급은 중세 후기 한국어의 모습을 밝혀주는 중요한 실마리 가운데 하나다.

최세진은 중종 22년(1527년) 4월에 편찬해 3권 1책으로 펴낸 어린이용 한자 학습서 《훈몽자회(訓蒙字會)》의 하권에서 언문 자모에 이름을 부여했다. 그는 훈민정음 스물여덟 글자 가운데 ㆆ을 제외한 스물일곱 글자에 대해서, 그 글자의 소릿값을 나타내는 방식으로 이름을 지었다. ㄱ은 其役(기역)으로, ㄴ은 尼隱(니은)으로, ㄷ은 池⑥[디귿]으로, ㄹ은 梨乙(리을)로, ㅁ은 眉音(미음)으로, ㅂ은 非邑(비읍)으로, ㅅ은 時⑥[시옷]으로, ㆁ은 異凝(이응)으로. 디귿의 '末'과 시옷의 '衣'에 동그라미가 있는 것은 이 한자를 소리로 읽지 말고 뜻으로 읽으라는 뜻이다.

이 여덟 자 이름의 둘째 음절은 은, 귿, 을, 음, 읍, 응처럼 홀소리 ㅡ를 포함하고 있는데, 단지 기역의 '역'과 시옷의 '옷'만 그렇지 않다. 그것은 이해할 만한 일이다. 최세진은 한자로써 한글의 이름을 지었는데, 한국 한자음에는 그때나 지금이나 '윽'도 없고 '옷'도 없기 때문이다. 또 이 홀소리 이름들의 둘째 음절이 모두 ㅇ으로(곧 모음으로) 시작하는 데 비해서 디귿의 '귿'만이 ㄱ으로 시작하는 것도 마찬가지 이유에서다. 한국어 형태소에는, 한자든 고유어든, 그때나 지금이나, '을'이라는 음절이 없는 것이다.

나머지 닿소리 글자에 대해서 최세진은 외자 이름을 주었다. ㅋ에는 箕[키]를, ㅌ에는 治[티]를, ㅍ에는 皮(피)를, ㅈ에는 之(지)를, ㅊ에는 齒(치)를 ㅿ에는 而(ㅿㅣ)를, ㅇ에는 伊(이)를, 그리고 ㅎ에는 屎(히)를. 箕에 동그라미가 둘러진 것은 이 한자의 음과 ㅋ소리가 똑같지는 않다는 뜻이다. 지금과 마찬가지로 그때도 한국어 한자음에는 '키'라는 음절이 없었고, 최세진으로서도 궁리 끝에 음이 비슷한 한자, 곧 '箕'로 ㅋ을 표현할 수밖에 없었다.

최세진은 왜 ㄱ에서 ㅇ까지는 두 자 이름을 붙이고, 나머지 닿소리에 대해서는 외자 이름을 붙였는가. 그것은 당시의 맞춤법으로 ㄱ에서 ㅇ까지 여덟 글자는 음절의 첫소리(초성)와 끝소리(종성)에 두루 사용될 수 있었지만, 나머지 닿소리들은 첫소리에만 사용될 수 있었기 때문이다. 곧 ㅋ, ㅌ, ㅍ, ㅈ, ㅊ, ㅿ, ㅇ, ㅎ은 최세진이 이상적으로 생각한 맞춤법에서는 받침이 될 수가 없었다. 받침이 될 수가 없으므로, 받침이 될 때의 소릿값을 드러내는 음절을 이름에 포함시킬 필요도 없었다. 그렇다는 것은 최세진이 붙인 '其役' '尼隱' '池末' '梨乙' 따위의 이름들이 사실은 언문 자모의 이름이 아니라, 그 자모의 소릿값을 드러내는 범례에 지나지 않았을지도 모른다는 것을 뜻한다.

홀소리에 이름을 주면서는 그 글자들의 소릿값 자체를 이름으로 삼았다는 사실도 그런 짐작을 정당화한다. 최세진은 ㅏ를 阿(아)로, ㅑ를 也(야)로, ㅓ를 於(어)로, ㅕ를 余(여)로,

ㅗ를 吾(오)로, ㅛ를 要(요)로, ㅜ를 牛(우)로, ㅠ를 由(유)로,
ㅡ를 應(응에서 종성이 없는 으)로, ㅣ를 伊(이)로, ㆍ를 思(ᄉ
에서 초성 ㅅ이 없는 ᄋ)로 불렀다. 만약에 최세진이 언문의 이
름을 짓는다는 적극적 의식을 지니고 이 글자들을 불렀다면,
ㅇ과 ㅣ를 똑같이 '伊'라고 부르지는 않았을 것이다. 사물에
이름을 붙이는 것은 그것을 구별하기 위해서인데, 다른 사물
에 구태여 똑같은 이름을 붙일 이유가 없지 않은가? 최세진의
생각에는 그것이 이름이 아니라 단지 소릿값의 용례에 지나
지 않았으므로, 닿소리 ㅇ과 홀소리 ㅣ를 똑같이 '伊'라고 불
렀을 것이다. 그러나 최세진의 속마음이야 누가 알 수 있겠는
가? 그가 단지 언문 자모의 소릿값을 보인 것일 수도 있고, 자
모의 이름을 지은 것일 수도 있다. 또는 그 둘 다일 수도 있다.

금세기 초의 국어학자들은 최세진의 '其役' '尼隱' 등을 글
자의 이름이라고 생각하기로 했다. 그래서 수많은 논란 끝에
최세진의 선례를 본받아 한글 자모의 이름을 확정했다. 홀소
리 글자들의 이름과 ㄱ에서 ㅇ까지의 닿소리 글자 이름은 최
세진이 부여한 이름을 그대로 따랐고, 최세진이 외자 이름을
부여한 나머지 닿소리 글자에 대해서는 다른 닿소리 글자 이
름의 예를 좇아 둘째 음절을 부여했다. '지(之)'는 '지읒'으로

바꾸고, '피(皮)'는 '피읖'으로 바꾸는 식으로. 그래서 한글 스물녁 자의 자모 이름은 이렇게 확정됐다: 기역, 니은, 디귿, 리을, 미음, 비읍, 시옷, 이응, 지읒, 치읓, 키읔, 티읕, 피읖, 히읗 ; 아, 야, 어, 여, 오, 요, 우, 유, 으, 이.

해방이 되었다. 그 해방은 곧 분단이었다. 북한에는 김일성을 중심으로 한 스탈린주의자들이 정권을 잡았다. 좌(左)든 우(右)든 전체주의자들의 특색은 '튀는 것'을 참지 못하는 것이다. 그들은 반듯반듯한 것, 주머니 속에다 꼭 집어넣을 수 있는 것을 사랑한다. 그래서 그들은 길면 잘라내고 짧으면 늘인다. 그런데 그들의 눈에 '기역'이라는 이름과 '디귿'이라는 이름, '시옷'이라는 이름이 영 거슬렸다. 다른 닿소리 이름들은 그 둘째 음절이 모두 '으'로 시작하는데, 기역과 디귿과 시옷만이 '여'요 '그'요 '오'인 것이다. 그것은 '윽'과 '읃'과 '읏'을 표기할 방법을 찾아내지 못한 최세진의 잘못 때문이긴 하지만, 아무튼 북한의 이 전체주의자들은 그런 모난 돌을 참아낼 수 없었다. 그래서 그들은 정을 들었다. 이 '튀는' 이름들을 깎고 다듬어서 다른 글자들의 이름 형식에 맞추기 위해서. 그 결과로 '기역'은 '기윽'이 되었고, '디귿'은 '디읃'이 되었고, '시옷'은 '시읏'이 되었다. 글자들이 모두 유니폼을 입게 된 것이다. 이것을 잘한 일이라고 해야 할지 못한 일이라고 해야 할지 나는 모르겠다.

그런데 그들은 거기서 한 걸음 더 나아갔다. 이 닿소리 이름들은 이름으로서 그다지 품위가 없었다. 기윽, 니은, 디은…… 발음하기도 쉽지 않았다. 그래서 그들은 훈민정음을 창제한 15세기 조상들의 예를 따라서 기본적인 홀소리만을 첨가해 이 닿소리들의 별명을 짓기로 했다. 그래서 '기윽'은 '그'라는 별명을 얻었고, '니은'은 '느'라는 별명을 얻었고, '디은'은 '드'라는 별명을 얻었다. 나머지 닿소리 글자들도 마찬가지다. 다만 ㅇ만은 '응'이라는 별명을 얻었다. '으'라고 읽으면 닿소리로서의 ㅇ의 소릿값이 드러나지 않을 뿐만 아니라, 홀소리 ㅡ의 이름 '으'와 혼동되기 때문이다. 이것은 잘한 일 같다.

그들이 잘한 일이 또 하나 있는데, 자음 글자든 모음 글자든 겹글자들을 모두 독립적인 글자로 내세운 것이다. 그래서 남한에서는 한글이 스물넉 자이지만, 북한에서는 조선 문자가 마흔 자에 이른다. 예컨대 남한에서 '쌍비읍'이라고 부르는 글자를 북한에서는 '된비읍'이라고 부르는데, 남한에서 ㅃ이 독립된 글자가 아닌 반면에, 북한에서는 ㅃ이 독립된 글자다.

ㄱ

그들은 이런 겹글자들을 홑글자가 다 끝난 뒤에 배열했다. 그래서 자모의 수만이 아니라 사전에서의 자모 배열 순서에도 차이가 나게 되었다. 북한에서, 조선어 자모의 이름과 차례는 이렇게 되었다: 기윽, 니은, 디읃, 리을, 미음, 비읍, 시읏, 이응, 지읒, 치읓, 키윽, 티읕, 피읖, 히읗, 된기윽, 된디읃, 된비읍, 된시읏, 된지읒 ; 아, 야, 어, 여, 오, 요, 우, 유, 으, 이, 애, 얘, 에, 예, 외, 위, 의, 와, 워, 왜, 웨.

위에서 얘기했듯, 닿소리 글자들은 별명이 있다. 즉 그, 느, 드, 르, 므, 브, 스, 응, 즈, 츠, 크 ,트, 프, 흐, ㄲ, ㄸ, ㅃ, ㅆ, ㅉ.

다시 ㄱ으로 돌아가자. 이 글자가 나타내는 소리는 국제 음성문자로는 /k/로 표기되는 연구개 무성 파열음이다. 연구개 무성 파열음이라…… 학창 시절의 음성학 시간이 생각난다: "ㄱ의 대표소리는 연구개 무성 파열음 /k/다, 이 소리는 한국어에서 유성음 사이에 오면 [g]소리로 유성음화한다, 말하자면 '가게'의 첫 ㄱ은 [k]이고 두 번째 ㄱ은 [g]다, 그 두 번째 ㄱ은 때로 마찰음화해서 [ɣ]로 소리 나기도 한다, ㄱ 소리는 또 ㅣ 모음 앞에서는 다소 구개음화하고, 반모음 /w/ 앞에

서는 살짝 원순화한다. 그래서 '광교'의 첫 ㄱ은 '원순화한 [k]'
이고, 두 번째 ㄱ은 '구개음화한 [g]'이다. 같은 ㄱ이라도 이렇
게 소리들이 제각각이다. ㄱ 소리는 분석의 수준에 따라서 이
보다도 훨씬 더 잘게 나뉠 수 있다. 그 모든 소리들의 총체가
ㄱ이다……"

ㄱ…… 이 글자의 꼴은 이 글자가 나타내는 소리를 낼 때
혀의 뿌리가 굽어서 목젖 가까이 붙는 옆모양을 본뜬 것이다.
훈민정음의 창제자들이 예외적인 상상력과 독창성을 지닌 사
람들이었던 것은 분명하다. 세상에, 조음기관의 모양을 본떠
글자를 만들다니. 아마 이것은 세계 문자 역사상 전무후무한
일일 것이다. 아니, 후무(後無)까지는 몰라도 전무(前無)한 것
은 확실하다.

레드야드라는 언어학자의 찬탄을 들어보자. "(글자의) 모양
과 (그 글자의) 기능을 관련시킨다는 아이디어와 그 아이디어
를 실현한 방식에 대하여 정말이지 경탄을 금할 수 없다. 유
구하고 다양한 문자사에서 그런 일은 있어본 적이 없다. 소리
종류에 따라 글자 모양을 체계화한 것만 해도 엄청난 일이다.
그런데 그 글자 모양 자체가 그 소리와 관련된 조음기관을 본
뜬 것이라니…… 이것은 견줄 데 없는 문자학적 호사다."

ㄱ

소리 종류에 따라 글자 모양을 체계화했다는 것은 예컨대 어금닛소리(연구개음) 글자인 ㄱ에 획을 더해 같은 어금닛소리 글자이되 거센소리 글자인 ㅋ을 만들고, 또 입술소리 글자인 ㅁ에 획을 차례로 더해 같은 입술소리 글자이되 새로운 음운 자질이 더해진 ㅂ과 ㅍ을 만들어냈다는 뜻이다. 실제로 한글의 닿소리 글자 하나하나는 음소를 나타낼 뿐만 아니라 그 음소를 이루는 음운 자질까지를 드러내고 있다. 한글이 로마 글자 같은 음소 문자보다 한 걸음 더 나아간 '음운 자질 문자'라는 평가는 그래서 나온다. 그런데 그 글자의 꼴 자체가 조음기관의 형태를 본뜬 것이다. 예컨대 ㄱ은 이 소리를 낼 때의 혀 모양을 본뜬 것이고, ㅁ은 ㄷ 소리를 낼 때의 입의 모양을 본뜬 것이다. 견줄 데 없는 문자학적 호사라는 말이 나올 만도 하다.

그렇다. ㄱ은 혀의 뿌리가 닫혀 있는 모양이다. ㄱ의 이 굽어 있는 글자꼴에 바탕을 두고 '기역자(字)자' '기역자쇠' '기역자집' '기역자홈'이라는 말이 생겼다. '기역자자'는 글자 그대로 ㄱ자 모양의 곱자를 뜻하고, '기역자쇠'는 ㄱ자처럼 90도 꺾인 쇠이며, '기역자홈'은 ㄱ자 모양으로 파낸 홈이고, '기역자집'은 지붕이나 집의 평면이 ㄱ자 꼴을 한 집이다. 전통 한옥은 대체로 '기역자집'이 아니면 '디귿자집'이다. '디귿자집'은 지붕이나 집의 평면이 ㄷ자 꼴을 이룬 집이다. 한옥은 한국식 집이라는 뜻일 터이다. 이 한국식 집이 한국의 어디에 있을까? 적어도 이제 서울에서는 한옥이 별로 눈에 띄지 않는다. 아파트가 들어서지 않은 강북의 종로나 마포 변두리에나 한옥이 모여 있을 뿐이다.

배움이 전혀 없는 사람을 두고 "낫 놓고 기역 자도 모른다"는 속담을 흔히 사용한다. 낫을 눈앞에 놓고도 낫 모양으로 생긴 기역 자도 모른다는 것이니, 아주 무식하다는 뜻이다. 이 속담이 1443년 이후에 생긴 것은 확실하다 ㄱ자가 생긴 것이 그때이니 말이다. 더 정확히는 최세진의 《훈몽자회》가 나온 1527년 이후에 생겼을 것이다. '기역'이라는 이름이 생긴 것이 그때이니까.

"낫 놓고 기역 자도 모른다"와 비슷한 뜻을 지닌 속담으로 "기역 자 왼 다리도 못 그린다"라거나 "가갸 뒷자도 모른다"라는 것도 있다. 기역 자나 그 기역 자를 첫소리로 해서 이뤄지는 '가갸'는 한글을 배울 때 처음 익히는 것인데, 그것도 모른다면 얼마나 무지하냐는 뜻이겠다. "기역니은도 모른다"는 표현도 마찬가지다. '기역니은'이라는 말은 일차적으로 ㄱ과

ㄴ을 뜻하는 것이지만, 한글을 뜻하기도 한다. 마치 그리스어 자모의 첫 글자 이름인 알파와 둘째 글자 이름인 베타를 합쳐 만든 알파벳이라는 말이 로마 글자를 비롯한 소리글자 일반을 나타내듯이.

 '기역니은순'은 차례를 매길 때 한글 자모의 차례에 따라 매긴 순서를 말한다. '가나다순'이라고도 하고 그저 '자모순'이라고도 한다. 사전의 올림말을 배열하는 순서가 이 '기역니은순'이다. '가나다표'는 한글을 가르치기 위해서 닿소리와 홀소리를 하나씩 차례로 합성하여 받침 없는 음절 글자를 만들어 놓은 표다. 말하자면 반절표를 현대화해 만든 표다. 그 가로축 가운데 맨 위에 있는 것은 '가나다라마바사아자차카타파하'일 것이고, 그 세로축 가운데 먼 왼쪽에 있는 것은 '가갸거겨고교구규그기'일 것이다. 그래서 '가갸'라는 말은 한글 합성자를 뜻하기도 하고, 한글 자체를 뜻하기도 한다. 한글날의 처음 이름이 '가갸날'이었다. '가갸 뒷다리'라는 표현도 있다. 한글 합성자의 받침을 우스개로 일컫는 말이다. 이북에서는 '가나다표'를 '가갸표'라고 부른다. 아무튼 가나다표의 첫 번째 한글 합성자는 '가'다. 첫 번째 닿소리 글자인 ㄱ과 첫 번째 홀소리 글자인 ㅏ가 결합한 '가'…… 그러니 이 '가'는 '처음의 처음'

이라 할 만하다. '가'는 '시작의 시작'이고 '머리의 머리'다.

이 '가'는 한국어에서 여러 의미를 지닌다. 우선 어떤 물건이나 장소의 둘레 언저리나 끝부분을 의미하는 '가'가 있다. '책상 가' '건물 가' '넓은 호수의 가' 할 때의 '가' 말이다. '가장자리'도 비슷한 말이지만, '가'가 대상의 가장 바깥쪽 부분만이 아니라 그 물체 가까이에 있는 주위의 공간까지를 가리킬 수 있는 데 비해, '가장자리'는 그 물체 자체의 가장 바깥에 있는 부분만을 가리킬 뿐 그 가까이에 있는 주위의 공간을 가리킬 수 없다. 즉 이 두 단어는 동의어가 아니다.

예컨대 우리는 '책상 가에 놓인 꽃병'이라고도 말할 수 있고 '책상 가장자리에 놓인 꽃병'이라고도 말할 수 있다. 그러나 '강가를 산책했다' '난롯가에 모였다'를 '강 가장자리를 산책했다'거나 '난로 가장자리에 모였다'라고 말할 수는 없다. 적어도 표준어에서는 그렇다. '강가'나 '난롯가'는 강의 주변이나 난로의 주위 공간을 가리키지만, '강 가장자리'나 '난로 가장자리'는 강이나 난로의 일부분, 즉 강이나 난로의 가장 바깥쪽 부분을 가리키기 때문이다. '강 가장자리'는 강의 일부분이니 우리가 거길 산책할 수는 없고, '난로 가장자리'는 난로

ㄱ

의 일부분이니 우리가 거기에 도일 수는 없다.

한자어 '가'도 여럿 있다. 우선 가법(加法)이나 가산(加算)의 준말 가(加)가 있다. 쉬운 고유어로는 '더하기'라고도 하는 '가' 말이다. 같은 한자를 쓰는 또 다른 가(加)는 부여나 고구려에서 족장이나 높은 벼슬아치를 일컫던 말이다. 비록 접미사처럼 사용되기는 했지만 고추가(古鄒加), 대가(大加), 마가(馬加), 우가(牛加) 같은 말에서 보이는 가(加)가 그 '가'다. 족장을 일컫는 '가'는 더하기를 일컫는 '가'와는 달리 한국제 한자어다.

'분가하여 따로 한 가(家)를 이루다'에서처럼 같은 호적 안에 있는 사람의 무리, 즉 호주와 그 가족을 의미하는 '가'도 있다. 또 옳음, 좋음이나 회의에서의 찬성을 의미하는 가(可)가 있다. '연소자 관람 가' '의원 여러분의 가와 부를 묻겠습니다' 할 때의 가(可)가 그것이다. '연소자 관람 가' 할 때의 '가'에 상대되는 말은 불가(不可)이고, '의원 여러분의 가' 할 때의 '가'에 상대되는 말은 부(否)다. 이 가(可)는 또 성적을 수우미양가로 나눌 때의 맨 아래 등급이기도 하다. 가장 아래 등급임에도 불구하고 그 뜻은 그리 사납지 않다. 아무튼 '불가'가 아니라 '가' 아닌가.

한자어 ‘가’에는 또 접두사, 접미사들이 많다. 가속도, 가추렴에서처럼 ‘더함’을 뜻하는 접두사 가(加)가 있고, 가계약, 가건물, 가매장(假埋葬), 가석방, 가수요(假需要), 가결의(假決議) 같은 말에서처럼 ‘임시의’ ‘우선의’ ‘정식이 아닌’ ‘일시적인’의 뜻을 지닌 접두사 가(假)도 있다. 바로 이 접두사 가(假)는 가성명(假姓名), 가어사(假御史), 가형사(假刑事) 같은 말에서는 글자 그대로 ‘가짜의’ ‘거짓의’ ‘참된 것이 아닌’이라는 의미를 지닌다.

접미사 가(家)는 소설가, 예술가, 법률가, 은행가, 기업가에서처럼 ‘그 방면의 일을 전문으로 하는 사람’의 의미를 지니기도 하고, 전략가, 사교가, 웅변가에서처럼 ‘그 방면의 일을 능란하게 하는 사람’의 의미를 지니기도 하며, 장서가, 자산가, 재산가, 자본가에서처럼 ‘그러한 것을 많이 가지고 있는 사람’이라는 뜻을 지니기도 한다. 또 야심가, 공상가, 노력가, 정열가, 애주가에서처럼 ‘그러한 성질이나 경향이 두드러진 사람’을 뜻하기도 하고, ‘케네디가’에서처럼 집안을 나타내기도 하며, 상가(喪家)에서처럼 ‘어떤 일이 일어난 집’을 의미하기도 한다.

접미사 가(哥)는 김가(金哥), 박가(朴哥)에서처럼 성(姓)

뒤에 붙어 그 성임을 나타내는데, 이 말에는 성을 낮게 일컫는 뉘앙스가 있다. 자기 성 뒤에 가(哥)를 붙이는 것은 당연하지만, 남의 성 뒤에 붙이는 것은 허물없는 사이가 아닌 다음에야 일반적으로 결례다. 남의 성 뒤에는 당연히 접미사 씨(氏)를 붙여야 한다. 물론 아주 가까운 친구끼리 농담 삼아 '황가야' '전가야' 할 수는 있다.

접미사 가(街)는 종로 3가, 퇴계로 5가, 용산동 2가에서처럼 큰 도시의 노(路)나 동(洞)을 다시 나눈 행정구역을 지칭하기도 하고, 상점가, 환락가, 번화가, 유흥가, 빈민가에서처럼 '그러한 것이 주로 모인 거리' '그러한 특색을 띤 거리'임을 나타내기도 한다. 애국가, 찬송가, 찬불가, 응원가, 유행가, 농부가, 자장가 같은 말에서 보이는 접미사 가(歌)는 노래 이름이나 노래 종류를 나타낸다. 한편 또 다른 접미사 가(價)는 기준가, 생산가, 판매가, 최고가, 낙찰가에서처럼 '값'을 뜻하기도 하고, 3가 알코올에서처럼 숫자 뒤에 붙어 원자가(原子價)를 나타내기도 한다.

한국어의 '가' 가운데 가장 흔히 쓰이면서도 문법적으로 까다로운 말은 조사 '가'일 것이다. 자음으로 끝난 말 뒤에서,

'가'는 '이'로 교체된다. 그러니까 '가'와 '이'는 동일한 형태소의 두 변이 형태다. 이 '가/이'에 대해 남김없이 설명하기 위해서는 여러 권의 책이 필요할 것이다. 그만큼 '가/이'의 용법은 복잡하다. 그러나 한국인에게는 그 세세한 설명이 조금도 필요하지 않다. 우리는 '가/이'의 용법을 논리적으로 설명할 수는 없어도, 그 말을 문법에 맞게 잘도 사용하고 있다.

'가'는 우선 앞의 말이 그 문장의 주어라는 것을 나타낸다. '누나가 울고 있네' '해가 졌다' '죽느냐 사느냐가 문제다' '지구는 초록색이다, 가 우주인의 첫 보고였다' 같은 문장에서 '가'는 주격조사다. '가'는 또 '되다'나 '아니다'를 서술어로 하는 문장에서 주어 이외의 성분 뒤에 붙어 그것이 서술어의 보어라는 걸 나타낸다. '마리 퀴리는 열심히 노력해서 위대한 과학자가 되었다' '고래는 어류가 아니다' 같은 문장에서 그런 보격조사 '가'가 보인다. '가'는 또 어미에 붙어서 그 말의 뜻을 강조하는 보조사(한정사) 노릇을 하기도 한다. '꽃이 예쁘지가 않아' '예사롭지가 않더니만' 같은 표현에 나오는 '가'가 그런 보조사다. '가'는 이밖에도 '이건 한 자가 넘는 고기야' '물이 1리터가 될까 말까 한다'에서처럼 정도를 나타내는 조사로 사용되기도 한다.

ㄱ

이것이 '가'의 대표적인 용법들이지만, '가'는 이런 소루한 설명이 해결하지 못하는 숱한 이론적 문제들을 제기하고 있다. '내가 성질이 괴팍하다'나 '여기가 사람이 많다'나 '마을버스가 승객이 모자란다' 같은 겹주격 문장에서 '내가'나 '여기가'나 '마을버스가'는 동사나 형용사의 서술 작용이 직접 미치는 주어는 아니지만, 문장 전체의 주어 구실을 하면서 화자의 관심, 배타성('다른 사람이 아니고 바로 내가' '저기나 거기가 아니고 바로 여기가' '일반 버스나 지하철이 아니라 마을버스가') 따위를 나타내는 '주제'가 된다. 그러니까 이때의 '가'는 딱히 주격조사라기보다는 보조사 '는/은'처럼 주제 표지라고 할 만하다.

'집이 세 채가 팔렸다'에서나 '값이 1백 원이 싸다'에서 '세 채가'나 '1백 원이'의 성분이 무엇인지는 모호하다. 앞에서 예로 든 '물이 1리터가 될까 말까 한다'의 '1리터가'도 마찬가지다. 이것들을 보어로 보고 그 앞에 오는 '집이'나 '값이'나 '물이'를 주어로 보는 견해도 있고, '집이' '값이' '물이'를 서술절에 대한 주어, 즉 문장 전체의 주어로 보고 '세 채가' '1백 원이' '1리터가'를 서술절 안의 주어로 보는 견해도 있다. 또 '세 채가' '1백 원이' '1리터가'를 주어로 보고 '집이' '값이' '물이'를 주제로 보는 견해도 있고, '집이'와 '세 채가', '값이'와 '1백 원이', '물이'와 '1리터가'를 각각 동격으로 보는 견해도 있다. '나는 채시라가 보고 싶다'에서 '채시라'의 성분이 주어인지 목적어인지 아니면 제3의 성분인지에 대해서도 이견이 있다. 그만큼 '가'의 용법은 이론적으로 설명하기 까다롭다. 그렇지만 우리는 이쯤에서 멈추는 것이 좋겠다. 위에서 얘기했듯, 우리는 그걸 설명하지 못해도 잘만 사용하고 있으니 말이다.

'가/이'의 앞에 오는 체언에 존대를 할 경우에는 '께서'를 쓴다. '철수가 그렇게 말했어'의 주어를 '아버님'으로 바꾸면 '아버님께서 그렇게 말씀하셨어'가 된다. 그러나 존대를 표시하는 맥락에서 '가/이'가 자동적으로 '께서'로 바뀌는 것은 아니다. '께서'의 쓰임은 '가/이'보다 훨씬 더 제한적이다. 우선 '께서'는 '가/이'와 달리 '좋다' '싫다' 같은 심리적 작용이 미치는 대상을 나타내는 자리에 쓰일 수 없다. 그래서 '나는 선생님이 좋아요'를 '나는 선생님께서 좋아요'로 바꿀 수 없다. 또 어떤 인물의 존재 유무를 표시하는 문장의 주어 자리에도 이 '께서'가 나타나지 못한다. '나는 할머님이 두 분이 있다'를 '나는 할머님께서 두 분이 있다'로 바꿀 수 없다. 또 '께서'는 '가/

이'와 달리 '되다'나 '아니다' 앞의 보어 자리에 나타나지 못한다. '그분은 내 할머님이 아니다'를 '그분은 내 할머님께서 아니다'라고 말할 수 없고, '미자는 할머니가 되었다'를 '미자는 할머니께서 되었다'라고 말할 수 없다. 요컨대 '께서'는 '가/이'와 달리 보격조사로 사용될 수 없고, 주격조사로서도 그 쓰임이 제한적이다.

'가'는 또 동사 '가다'의 어간이다. '가다'는 한국어에서 가장 빈도수가 높은 동사들 가운데 하나일 것이다. '프랑스에 가고 싶다' "나 보기가 역겨워 가실 때에는 말없이 고이 보내 드리오리다" "구름에 달 가듯이 가는 나그네" '너 다음 달에 군대 간다며?' '그 친구는 대학 교수로 갔어' '기별이 아직 안 갔니?' '이대로 가면 우린 끝장이야' '금이 간 도자기는 내버려라' '바지에 주름이 갔네' '잔주름이 많이 간 어머니의 얼굴' '몸에 무리가 가도록 공부를 하니?' '너한테 손해 갈 일이 아니야' '사랑은 가도 옛날은 남는 것' '날이 가고 달이 가고' '여름이 가고 가을이 왔다' '민주주의로 가는 길' '이 구두라면 3년은 가겠지' '오래 못 갈 목숨' '걔들 결혼이 얼마나 갈까?' '이 비누를 쓰면 때가 잘 가' '호감이 가는 사람이야' '눈길이

가는 물건이지' '손이 많이 가는 일이야' '그 영감도 이젠 가고 없다네' '걘 한 대 맞고 완전히 갔어' '그 이론은 이제 한물갔어' '김치 맛이 갔어' '그 친구는 맛이 갔어' '그 사람은 한국에서 제일가는 피아니스트야' '둘째가라면 서러운 주먹이지' '어디로 이사를 간다구?' '걔 문병을 갔니?' '항상 정도(正道)를 가야지' '장가 좀 가자' '3년이 가도록 소식이 없네' '결국에 가서는 우리 모두가 파산하고 말 거야' '어려운 지경에 가서야 잘못을 뉘우치는구나' '나한테는 두 개가 왔는데, 너한테는 세 개가 갔구나' '짐작이 가는 데라도 있니?' '기둥이 왼쪽으로 좀 갔네' '이 땅이 시가로 얼마나 가나?' '전깃불이 왔다 갔다 하는구먼' '홀에 갈래, 짝에 갈래?' 같은 문장들에서 동사 '가다'가 지닌 뉘앙스의 스펙트럼이 감지된다.

그 다양한 뉘앙스들의 공통분모는 화자에게 지리적·심리적으로 가까운 곳에서 먼 곳으로의 이동이다. 즉 '여기'에서 '저기'나 '거기'로의 이동이다. '가다'에 상대되는 동사는 '오다'이다. '오다'는 화자에게 지리적·심리적으로 먼 곳에서 가까운 곳으로의 이동이다. 즉 '저기'나 '거기'에서 '여기'로의 이동이다. "가는 말이 고와야 오는 말이 곱다" "가는 방망이 오는 홍두깨" "오는 정이 있어야 가는 정이 있다" "오란 데는 없어도 갈

데는 많다" 같은 속담에서 그 '가다'와 '오다'의 상대성이 드러
난다. '오락가락' '오다가다' '왔다 갔다' '오갈 데 없는' 같은 말
에서도 그렇다.

조동사 '가다'도 있다. 조동사 '가다'는 연결어미 '아/어/여'
뒤에 쓰여서 동작이나 상태가 앞으로 진행됨을 나타낸다. '날
이 어두워간다' '사과가 붉게 익어가네' 같은 데서 조동사 '가
다'가 보인다. 이 조동사 '가다'에 상대되는 조동사가 '오다'이
다. 조동사 '가다'와 '오다'의 차이는 본동사 '가다'와 '오다'의
차이와 비슷하다. 즉 조동사 '가다'는 화자에게 지리적·심리적
으로 가까운 곳에서 먼 곳으로의 진행을 뜻하고, 조동사 '오
다'는 화자에게 지리적·심리적으로 먼 곳에서 가까운 곳으로
의 진행을 뜻한다. '살아온 세월만큼이나 살아갈 세월이 남아
있다'에서 조동사 '가다'와 '오다'의 뉘앙스 차이가 확연히 드러
난다. 또 거기서 더 나아가 조동사 '가다'는 화자에게 좋지 않
은 느낌을 주는 일에 대해 쓰이는 반면에, 조동사 '오다'는 화
자에게 좋은 느낌을 주는 일데 흔히 쓰인다: '환자들이 죽어
가고, 머리가 백발이 되어가고, 강물이 썩어가지만, 결국 새날
이 밝아올 것이다.'

물론 조동사 '가다'와 '오다'의 쓰임새를 구별하는 일차적인

기준은 진행의 방향이다. '저기'나 '거기'에서 '여기'로 이동하는 것은 나쁜 것일지라도 '오다'이다. 그래서 '슬픔이 북받쳐오고' '몸이 아파온다.'

'가'를 나란히 이어놓으면 '가가'다. 가가(可呵)는 '가히 웃을 만함' '웃을 노릇임'의 뜻이다. 구어에서는 잘 사용되지 않고 흔히 편지글에서 쓰는 말이다. 비슷한 뜻의 표현으로 홍연대소(哄然大笑)라는 말이 있다. 가가(呵呵)는 '껄껄 웃음'의 뜻이다. 가가대소(呵呵大笑)는 껄껄거리며 한바탕 크게 웃는 것이다.

가가(家家)는 '집집'의 뜻이다. 가가문전(家家門前)은 '집집의 문 앞'이라는 뜻이고, 가가호호(家家戶戶)는 '한 집 한 집' '집집마다'의 뜻이다. '가가문전 다니면서 탁발하다'라거나 '가가호호 찾아다니면서 보험 가입을 권유하다' 같은 표현에 '가가문전'과 '가가호호'가 보인다. 가가(假家)는 임시로 지은 집, 즉 가건물의 뜻이다. 이 '가가'라는 말은 '가게'의 원래 말이기도 하다. '가게'라는 말은 고유어로 보이지만 실은 가가(假家)라는 한자어가 변한 말이다.

'가게'라는 고유어에 대응하는 한자어 유의어로 '점포'라는 것이 있다. '가게에서 물건을 샀다'라는 문장과 '점포에서 물건을 샀다'라는 문장에서 '가게'와 '점포'는 거의 동의어다. '점포'를 줄인 '점'(店)은 접미사로 쓰여서 식료품점, 카메라점, 양장점, 양복점, 음식점 따위와 같이 쓰인다. '식료품점'은 '식료품 가게'로 바꿀 수 있고, '카메라점'도 조금 어색한 대로 '카메라 가게'로 바꿀 수 있을 것 같다. 그러나 '양장점'을 '양장 가게'라고 한다거나 '양복점'을 '양복 가게'라고 하지는 않는다. 또 '음식 가게'라고 하면 '음식점'과는 뜻이 다르다. '음식 가게'는 손님이 음식을 사서 집으로 가져가게 되어 있는 곳인 것이다. 그렇다면 '가게'와 '점포'의 차이를 알 수 있을 것 같기도 하다. '가게'는 주로 사람들이 물건을 사서 가지고 가게 되어 있는 곳이다. 주인이 그 안에서 작업을 하거나 손님이 음식을 먹거나 하는 곳은 가게라고 하지 않는다. 반면에 상가 건물의 일부나 방을 의미하는 '점포(점)'는 주인이 작업을 하거나 고객이 음식을 먹거나 하는 장소에 대해서도 쓰일 수 있다. 또 '점포'는 '가게'보다는 그 다루는 물건이나 일이 다소 전문적이라는 뉘앙스가 있다.

ㄱ은 접미사로서 일부 단어의 줄기에 붙어 그 말을 부사로 만든다. '새록새록' '어둑어둑' 같은 말들의 ㄱ이 그 예다. ㄱ

소리는 대체로 투박하고 무뚝뚝하고 딱딱하고 팍팍하다. 특히 '가갸 뒷다리'로 쓰일 때, 즉 받침으로 쓰일 때 그렇다. '투박하다' '무뚝뚝하다' '딱딱하다' '팍팍하다' 같은 말에도 벌써 ㄱ 받침이 들어가 있다. 모나고 인정이 박하고 아주 인색한 것을 뜻하는 '각박하다', 서로 이기려고 다투는 것을 뜻하는 '각축', 흡혈 모기의 일종인 '각다귀', 본래는 새겨 깎는다는 뜻이지만 남에게 가혹하게 군다는 뜻을 지니게 된 '각삭'(刻削). 마구 덤벼 돌격하는 싸움을 뜻하는 '육박전', 머리로 사람이나 물건을 받아치는 '박치기', 먼지나 때 같은 것이 두껍게 붙어 있는 모양인 '닥작닥작', 다시 왕정으로 돌아가자는 '복벽', 깎아서 벗긴다는 뜻의 '삭박'(削剝) 같은 말에 그 투박하고 무뚝뚝하고 딱딱한 ㄱ 받침이 보인다.

꺼무칙칙, 으지직으지직, 빠지직빠지직, 타박타박, 바각바각, 대깍대깍, 뚜벅뚜벅, 서걱서걱, 삐걱삐걱, 허덕허덕, 푸석푸석, 허우적허우적, 부둑부둑, 부득부득, 바득바득, 바짝바짝, 따짝따짝, 거덕거덕, 으드득으드득, 빠드득빠드득, 캑캑, 빠작빠작, 빡빡 같은 말들에서 보이는 ㄱ 받침은 얼마나 무뚝뚝하고 팍팍한가? 그 말들에는 물기가 없다. 바짝 건조된 말들인 것이다. 죽다, 삭다, 식다, 썩다, 막다, 박다, 묶다, 꺾다, 깎다, 들볶다 같은 동사들도 대체로 마찬가지다. 학사, 석사, 박사 같은 말에 들어 있는 ㄱ 받침은 마치 대부분의 사람들에게 공부라는 것이 팍팍하고 딱딱하다는 것을 상징하는 것처럼 보인다. ‘주걱턱’이나 ‘벼락’에서 부드러움, 원만함을 느끼기는 어렵다. ㄱ은 고체성의 자음이다. 그것은 바스라지거나 깨질 뿐 휘거나 흐르거나 휘발하지 않는다. ‘묵직하다’라는 형용사는 그 고체성의 한 표상이다.

ㄱ 소리가 더 세어진 ㄲ은 그 투박함과 무뚝뚝함과 딱딱함의 강도가 더하다. ㄲ 소리는 국제음성문자로는 /k’/로 표기한다. 목구멍이 막혀서 나는 소리인 ‘끽’에서 시작해, 고생을 겪는다는 뜻의 끽고(喫苦), 몹시 겁낸다는 뜻의 끽겁(喫㤼), 까마귀 울음소리인 ‘깍깍’을 거쳐, 나무 따위를 깎아 물건을 만드는 깎음질, 힘껏 붙잡거나 단단히 묶는 모양인 ‘꽉’에 이르기까지 ㄲ을 포함하는 말들은 꼭 막혀 있다. 부드러운 맛이 없이 딱딱하거나 거칠다는 뜻을 지닌 ‘꺽꺽하다’와 ‘꼭꼭’ ‘꾹꾹’이라는 부사도 그렇다. ‘깩깩’ 소리나 ‘꺅꺅’ ‘끽끽’ ‘꿱꿱’ 소리는 더 말할 것도 없다.

그러나 그 ㄲ도 말랑말랑하고 열려 있는 소리의 도움을 받으면 가벼운 느낌의 말을 만들 수 있다. '꿈'이나 '꿀'이나 '꿩' 같은 것이 그런 예다.

ㄲ 소리를 지닌 말들의 일부는 ㄱ 소리를 지닌 말들의 센 말이다. '까슬까슬'은 '가슬가슬'의 센말이고, '껌다'는 '검다'의 센말이고, '끼울어트리다'는 '기울어트리다'의 센말이고, '꼬들꼬들'은 '고들고들'의 센말이다. '꼬꾸라뜨리다'와 '고꾸라뜨리다', '꼬기작꼬기작'과 '고기작고기작', '꺼무뎅뎅하다'와 '거무뎅뎅하다', '깐닥깐닥'과 '간닥간닥'의 관계도 마찬가지다.

ㄲ이 음절의 마지막에 올 때는 ㄱ 소리로 난다. 즉 '낚시'의 '낚'은 [낙]으로 소리 난다. 받침 ㄱ은 ㄴ, ㅁ 같은 콧소리(비음) 앞에서는 그 콧소리에 동화돼 콧소리 ㅇ으로 변한다. 그래서 '죽는구나' '삭는구나' '식는구나' '썩는구나' '막는구나' '박는구나' '먹는구나' '묶는구나' '꺽는구나' '들볶는구나' '깎는구나' '낚는구나'는 각각 [중는구나] [상는구나] [싱는구나] [썽는구나] [망는구나] [방는구나] [멍는구나] [뭉는구나] [껑는구나] [들봉는구나] [깡는구나] [낭는구나]로 소리 나고, '국물'은 [궁물]로, '목마르다'는 [몽마르다]로 소리 난다.

ㄲ 소리는 한자음에는 거의 사용되지 않는다. 위의 끽(喫)이 있을 뿐이다. '끽고'와 '끽겁' 외에, 아주 요긴하다는 뜻의

끽긴(喫緊), 몹시 놀란다는 뜻의 끽경(喫驚), 밥을 먹는다는 뜻의 끽반(喫飯), 담배를 피운다는 뜻의 끽연(喫煙), 차를 마신다는 뜻의 끽다(喫茶), 만족할 만큼 즐긴다는 뜻의 만끽(滿喫) 같은 말에 이 '끽'이 보인다.

끽끽거리다 보니 이어서 '끅'이라는 말이 생각난다. 배고파서 불행한 소크라테스보다는 배불러서 행복한 돼지가 냄 직한 소리. 끅. 끄윽. 너무 껍신거린 것을 용서하시길.

ㄴ은 한글 자모의 둘째 글자다. 첫째 다음의 둘째, 으뜸 다음의 버금…… 둘은 단일성에 흠집을 내는 첫 번째 숫자다. 그러므로 그것은 죄를 상징한다. 둘은 또 분열을 허락하는 첫 번째 숫자다. 그러므로 그것은 사물의 부패를 상징한다. 13세기에 선악이원론을 내걸고 번창한 마니교를 기독교인들이 꺼림칙해했던 것은 이런 생각 때문이었는지도 모른다. 아무튼 둘이라는 수사는 모든 대립을 구현하고 있다. 유럽에서도 그렇고 동양에서도 그렇다. 양과 음, 이(理)와 기(氣), 극락과 지옥, 성과 속, 남과 여, 낮과 밤, 해와 달, 삶과 죽음, 영혼과 육체, 관념과 물질, 좌와 우, 양반과 상놈, 자유민과 노예, 부르주아와 프롤레타리아, 선택받은 자와 버림받은 자, 마침내

ㄱ과 ㄴ 등등. ㄴ은 ㄱ의 단일성에 흠집을 내고 분열을 가져왔다.

종교적 영역에서는 우주를 놓고 쟁패하는 신과 사탄의 모습으로, 정치의 영역에서는 좌익과 우익 사이의 계급투쟁으로, 인간적 영역에서는 두 성(性) 사이의 전쟁으로, 마침내 우리 한글의 지평에서는 ㄱ과 ㄴ 사이의 분열로, 수사 둘은 늘 갈등과 반목과 분열을 상징했다. ㄴ이 옴으로써 ㄱ은 자기동일성을 확보하게 됐지만, ㄴ이 옴으로써 세상은 분열했고, 죄와 갈등으로 덮였다. '분열하다'는 뜻의 라틴어 동사 'dividere' 안에 이미 둘을 뜻하는 형태소 'di'가 들어 있다.

원죄라는 것 자체가 단일성의 상징인 에덴동산의 나무에서 이원론의 상징인 선악과를 훔쳐 먹은 것이었다는 걸 상기하자. 인류의 조상은 그 선악과를 먹음으로써 분별이 생겼고, 그 분별은 분열과 갈등과 괴로움과 죽음의 시작이었다. 죽음은 둘과 함께, 즉 분열과 함께 세상에 나타났다. 유럽인들의 상상력 속에서 오래도록 둘이 혼란의 숫자이고, 여성의 숫자였다는 것은 이해할 만한 일이다. ㄴ은 분열과 혼란의 글자이고, 부패와 죄악의 글자다.

그러나 둘이라는 숫자에 항상 부정적 상징과 함의만 있는 것은 아니다. 유대-기독교적 상상 속에서도 그렇다. 구약과 신약의 두 개의 약속, 예수가 수많은 군중을 먹여 살린 오병이어의 물고기 두 마리, 주님의 사원을 이루는 두 개의 기둥, 유럽 전통사회의 두 기둥이었던 교권과 왕권 같은 것은 '둘'이라는 수사가 긍정적 상징으로 쓰인 예들이다. 둘은 또 완성의 숫자인 셋을 향한 도정이다.

더구나 단일성이 안정이자 정체성이라면, 대립물의 결합은 진보의 요건이다. 복잡하게 생각할 것 없이 변증법을 상기하면, 수사 '둘'의 생성적 지양적 성격을 알 수 있을 것이다. 그 이후에 이어지는 모든 짝수처럼 둘은 여성적 원리의 구현이다. 그것은 다산성의 상징이다. 분열은 곧 생명이다. 세포의 분열은 생명의 확대다.

그렇다. 둘은 부패와 갈등의 수사이면서, 또한 진보와 번식의 수사이기도 하다. ㄴ이 생기면서 분열과 갈등이 생겼지만, 바로 그 ㄴ 덕분에 진보와 번식이 가능하게 됐다. 분리할 수 없고 부패할 수 없는 ㄱ의 단일성 바깥의 시간으로 들어가는 입구에 ㄱ을 뒤집어놓은 ㄴ이 있다.

ㄴ, 이 글자의 이름은 '니은'이다. 북한에서는 '느'라고도 부

ㄴ

른다. 이 글자가 나타내는 소리는 국제음성문자로는 /n/으로 표기되는 콧소리다. ㄴ 글자의 꼴은 이 글자의 소리를 낼 때 혀의 앞쪽이 우묵하게 구부러지고 혀끝이 윗잇몸에 붙는 옆 모양을 본뜬 것이다.

이 글자가 나타내는 소리는 ㅣ 모음이나 ㅣ 선행모음 앞에서는 구개음으로 변한다. '어머나'의 마지막 자음과 '어머니'의 마지막 자음은 서로 다르다. '어머나'의 마지막 자음은 잇몸소리(치경음)이고, '어머니'의 마지막 자음은 입천장소리(구개음)이다. 한국어에서 잇몸소리 ㄴ과 입천장소리 ㄴ은 한 음소의 변이음일 뿐이다. 말하자면 그 소리의 구분이 의미를 분화하는 기능을 맡지 못한다. 두 소리의 분포는 상보적이다. 잇몸소리 ㄴ이 ㅣ 모음이나 ㅣ 선행모음 앞에서 저절로 입천장소리 ㄴ으로 변할 뿐이다. 설령 ㅣ 모음 앞에서 억지로 잇몸소리 ㄴ을 낸다고 하더라도, 그것이 의미에 영향을 주는 것은 아니다. 한국어에서는 그것들이 음성의 수준에서 구분될 뿐 음운의 수준에서는 구분되지 않기 때문이다. 그러나 어떤 외국어들에서는 그 소리들이 음운으로도 구분된다. 프랑스어나 스페인어나 포르투갈어 같은 경우가 그렇다. 이런 언어들에서는 잇몸소리 ㄴ과 입천장소리 ㄴ을 표기하는 철자도 다르다. 프랑스어 철자법에서는 'n'과 'gn'으로, 스페인어 철자법에서는 'n'과 'ñ'으로, 포르투갈어 철자법에서는 'n'과 'nh'로 잇소리 ㄴ과 입천장소리 ㄴ이 구별된다.

ㄴ 소리 다음에 ㅣ 모음이나 ㅣ 선행모음이 올 경우에, 즉 ㄴ이 입천장소리가 될 경우에, 그 위치가 단어의 첫머리라면 그 ㄴ은 소릿값을 잃어버린다. 즉 제로음이 된다. 그래서 남녀(男女)의 '녀'는 여자(女子)에서는 ㄴ이 탈락해 '여'가 되고, 분뇨(糞尿)의 '뇨'는 요도(尿道)에서는 ㄴ이 탈락해 '요'가 된다. 운니지차(雲泥之差; 구름과 진흙의 차이. 곧 매우 커다란 차이)의 '니'는 이토(泥土)에서는 '이'가 되고, 결뉴(結紐)의 '뉴'는 유대(紐帶)에서는 '유'가 된다. 이른바 두음법칙이다.

북한의 문화어에서는 그러나 이런 두음법칙을 인정하지 않는다. 그래서 '여자' '요도' '이토' '유대'는 평양말로 '녀자' '뇨도' '니토' '뉴대'다. 남한 말에서도 예외가 전혀 없는 것은 아니다. 즉 특별한 고유어의 경우에는 어두에서도 ㅣ 모음이나 ㅣ 선행모음 앞에 ㄴ이 올 수 있다. 어린아이가 음식을 맛있게 먹으면서 내는 소리인 '냠냠' 같은 말이 그 예다. 또 외래어에서는 ㅣ 모음이나 ㅣ 선행모음 앞의 ㄴ 소리가 유지된다. '니켈'은 '이켈'이 아니라 그대로 '니켈'이고, '뉴스'는 '유스'가 아니

라 그대로 '뉴스'이며, '니트로글리세린'은 '이트로글리세린'이
아니라 그대로 '니트로글리세린'이고, '뉴런'은 '유런'이 아니라
그대로 '뉴런'이다.

받침으로 쓰인 ㄴ은 그 뒤에 ㅁ, ㅂ, ㅃ, ㅍ 같은 입술소리가
왔을 때는 뒷소리를 닮아 ㅁ으로 나는 일이 있다. '신문'을 [심
문]으로 발음한다거나, '신발'을 [심발]로 발음한다든가, '거대
한 뿌리'를 [거대함뿌리]로 발음한다거나, '신파'를 [심파]로 발
음하는 예가 그것이다. 또 받침 ㄴ 뒤에 ㄱ, ㄲ, ㅋ 같은 어금
닛소리(연구개음)가 왔을 때에도 뒷소리를 닮아 이 ㄴ이 ㅇ으
로 나는 수가 있다. '친구'를 [칭구]로 발음한다거나, '반가워'
를 [방가워]로 발음한다거나, '앉은키'를 [안증키]로 발음한다
거나 '노란 깡통'을 [노랑깡통]으로 발음하는 것이 그 예다. 그
러나 현대 한국어에서 ㄴ이 그 뒤의 입술소리나 어금닛소리
를 닮아 입술소리 ㅁ이나 어금닛소리 ㅇ으로 변하는 이런 동
화 현상은 필연적인 것이 아니라 임의적인 것이다. 즉 변할 수
도 있고 변하지 않을 수도 있는 것이다. 오히려 '신문'을 곧이
곧대로 [신문]으로 발음하고 '친구'를 곧이곧대로 [친구]로 발
음하는 것이 표준적이다. [심문]이나 [칭구] 같은 발음은 긴장
이 풀어진 상태에서 느슨하게 하는 대화에서나 허용된다. 텔

레비전 아나운서나 교사처럼 정확한 메시지의 전달이나 교육을 책임지고 있는 사람들이 직업적으로 하는 말에서는 [심문]이나 [칭구] 같은 느슨한 발음이 허용되지 않는다. 이런 느슨한 발음은 때로는 화자가 충분히 교육을 받지 못했다는 표지로 작용하기도 한다. 이것은 일본어에서 하츠옹(撥音, ん)이 뒤에 오는 소리에 따라 ㄴ, ㅁ, ㅇ으로 꼭 동화되는 것과 대조적이다.

ㄴ은 또 ㄹ의 앞이나 뒤에서 그 ㄹ에 동화돼 ㄹ로 소리 난다. 이 동화는 필연적이다. 그래서 '난로'는 [날로]로 소리 나고, '칼날'은 [칼랄]로 소리 난다. 이것은 전통 문법에서 흔히 자음접변(닿소리이어바뀜)이라고 부르는 동화현상 가운데 하나다. 이런 유형의 동화 현상은 한국어에 아주 흔하다. '천리' '만리' '잔류' '존립'은 [철리] [말리] [잘류] [졸립]으로 소리 나고, '달나라' '들나물' '칠년' '사철나무'는 [달라라] [들라물] [칠련] [사철라무]로 소리 난다.

복합명사나 이에 준할 만한 말들에서, 뒷말의 첫소리가 ㅣ나 ㅣ 선행모음일 때 ㄴ 소리가 덧나는 수가 있다. 예컨대 좀약은 [좀냑]으로 소리 나고, 맹장염은 [맹장념]으로 소리 난다. 또한 색연필은 /색년필/을 거쳐 [생년필]로 소리 나고,

집일은 /집닐/을 거쳐 [짐닐]로 소리 난다.

ㄴ은 한국어에서 동사를 현재 시제로 표현할 때 선어말어미로 쓰이는 수가 있다. 달리 표현하면 'ㄴ다'가 현재형 종결어미라고 말할 수 있다. '갔다' '왔다'에 시간적으로 대립하는 '간다' '온다'의 'ㄴ'이나 'ㄴ다' 말이다. 그러나 규범 문법의 족쇄를 풀어헤치고 우리의 언어 직관에 직접 호소해서 '간다' '온다' 따위의 말들을 느껴보면, 여기서의 이 ㄴ을 단지 현재 표시 선어말어미라고만은 할 수 없다. ㄴ의 힘은 그 이상이다. ㄴ은 과거나 미래와 대립되는 현재 표시라기보다는 추상과 관념에 대립되는 구체와 현실의 표지라고 할 만하다. 그것은 추상과 관념 속에 갇혀 있던 동사를 구체와 현실로 끄집어낸다.

'가다'가 추상이라면 '간다'는 구체다. '오다'가 관념이라면 '온다'는 현실이다. 추상과 관념의 껍질을 부수고 구체와 현실로 비상하는 ㄴ의 이 위대한 힘! 그것은 '탈-사이버의 힘'이라고도 할 만하다. '자다'라는 사이버 동사는 ㄴ의 힘을 얻어 '잔다'라는 현실 동사로 바뀐다. '깨다'라는 사이버 동사는 ㄴ을 복용한 뒤 '깬다'라는 현실 동사로 바뀐다. 그렇게, '사다'는 '산다'로, '하다'는 '한다'로, '기다'는 '긴다'로, '주다'는 '준다'로 변한다.

　위에서 예로 든 동사들의 어간은 받침이 없이 끝난다. 그 어간이 받침으로 끝나면, 이 현재 표시 선어말어미 ㄴ은 '는'으로 변한다. 사이버 세계 속의 '갚다'는 현실로 튀어나와 '갚는다'가 되고, 추상적인 '벗다'는 구체 속에서는 '벗는다'가 된다. '삶다'는 '삶는다'가 되고, '밟다'는 '밟는다'가 된다.

　그러나 그 어간의 받침이 ㄹ인 경우엔 그 ㄹ이 탈락하고 ㄴ만 붙는다. 초창기 문법학자들은 이런 유의 동사에 'ㄹ불규칙동사'라는 멋진 이름을 붙였다. 그래서 사이버 세계에서의 비행은 '날다'이지만 현실 세계에서의 비행은 '난다'이고, 농학자의 경작(耕作)은 '갈다'이지만, 농사꾼의 경작은 '간다'이다. 인류나 뭇 생명의 집단적 생애는 '살다'이지만, 생명체 하나하나의 구체적 현실적 생애는 '산다'이다. 샐러리맨 전체의 봉급 인하는 '줄다'이지만, 내 봉급의 인하나 내 친구의 봉급 인하는 '준다'이다. 그래서 맥락을 따져봐야만 현재형(='현실 동사') 난다, 간다, 산다, 준다의 원형(='사이버 동사')이 '나다[生, 出]', '가다' '사다' '주다'인지, 아니면 '날다' '갈다' '살다' '줄다'인지 알 수 있다.

　상태동사라고도 부르는 형용사는 기본형 자체가 현재형이

다. 그래서 우리는 '아프다' '따뜻하다' '작다' '젊다'라고 말하지, '아픈다' '따뜻한다' '작는다' '젊는다'라고 말하지 않는다. 동작에서와는 달리 상태에서는 사이버와 현실이 중화되는 것인지…… '크다'는 '큰다'로 활용하기도 하지만, 그때의 '크다'는 형용사 '작다'의 반의어가 아니라, '자라다' '성장하다'의 뜻으로 쓰이는 동사다.

ㄴ은 또 받침 없는 동사 어간에 붙어서 과거의 사실을 나타내거나, 받침 없는 형용사(상쾌동사) 어간에 붙어서 현재의 사실을 나타내는 관형사형 어미로 쓰인다. '때린 사람' '공부한 사람'에서처럼 동사 어간 뒤에 붙은 어미 ㄴ은 과거를 표시하지만, '흰 눈' '건강한 사람'에서처럼 형용사 어간 뒤에 붙은 어미는 현재를 표시한다. 그런데 잠깐. 동일한 형태의 관형사형 어미 ㄴ이 이럴 때는 과거를 표시하고 저럴 때는 현재를 표시한다? 이런 설명은 그리 깔끔하지 않다. 다시 말해 그것은 잘못된 설명일 수 있다. 관형사형 어미로서의 이 ㄴ은 시제와는 무관한 것인지도 모른다. 그것을 완결(또는 완료나 확정)이라는 상(相)의 표지로 보면 어떨까? 실은 국어학계에 그런 견해가 없었던 것도 아니다.

관형사형 어미 ㄴ을 현재라는 시제의 표지가 아니라 완결이라는 상의 표지로 보게 되면, 우리는 그것이 동사에 붙었을 때와 형용사에 붙었을 때를 굳이 나누어 설명하지 않아도 된다. '때린 사람' '공부한 사람'에서 ㄴ은 '때리다' '공부하다'라는 동작이 완료됐음을 뜻한다. '흰 눈' '건강한 사람'에서의 ㄴ 역시 '희다' '건강하다'라는 상태가 완결됐음을 뜻한다. 여기서 상태가 완결됐다는 것은 상태가 끝났다는 뜻이 아니다. '그 상태로 됨'이 이미 완결됐다는 뜻이다. 어떤 상태를 우리가 '흰'이라고 표현할 때, 그것이 '희게 됨'은 이미 완결된 상태가 아닌가.

이 관형사형 어미 ㄴ은 그 앞의 어간이 받침으로 끝났을 경우엔 '은'으로 변한다. 그래서 우리는 '벗은 모습' '삶은 달걀'(동사의 과거 시제 또는 완결상), '작은 손' '젊은 사람'(형용사의 현재 시제 또는 완결상) 하는 식으로 말한다. 이때 ㄴ 앞에 붙은 '으'는 조음소, 즉 매개모음에 불과하다.

ㄴ은 또 조사 '는'의 준말이기도 하다. '나는' '너는' '거기는' '여기는'을 우리는 보통 '난' '넌' '거긴' '여긴'이라고 말한다. 흔히 '는/은/이/가'라고 해서 '이/가'와 마찬가지로 '는/은'도 주격

조사라고 생각하는 것이 일반적이지만, 실상 '이/가'와 달리 '는/은'은 격조사가 아니다. '내가 짜장면은 좋아하지만 우동은 싫어해' 같은 문장에서 '짜장면은'이나 '우동은'의 성분은 목적어다. '나는 짜장면을 좋아해'에서 '나는'의 성분은 주어다. '내가 좋아하는 사람이 너는 아니야'에서 '너는'의 성분은 보어다. 똑같은 '는'이 주어의 자리에도 오고, 목적어의 자리에도 오고, 보어의 자리에도 온다. 그러니까 '는/은'은 문장 성분의 격을 결정하는 것이 아니다. 그것은 다만 말하는 사람이 듣는 사람에게 그것에 대하여 이야기하겠다고 주의를 환기시키거나, 문장의 나머지 부분이 그것에 관한 진술이라는 것을 표시하는 주제 표지일 뿐이다. 다시 말해 '는/은'은 격조사가 아니라 보조사(한정사)다. 그것은 여러 성분 뒤에 붙어서, 그 성분을 다른 대상이나 개념과 대조시키며 이야기의 주제로 삼는 기능을 한다. '너는 내 친구이지만 걔는 내 친구가 아니야' '일본 사람과 얘기는 해보았어' '걔가 프랑스 요리를 먹어는 보았어' '그것이 문제는 문제야' '신문은 워싱턴 포스트가 제일이야' 같은 문장에서 '너' '걔' '얘기' '먹어' '문제' '신문'은 일차적으로 이야기의 주제다.

ㄴ은 다른 말과 결합해서 수많은 어미와 조사와 구를 만들어낸다. 'ㄴ데'(값은 싼데, 맛이 없다), 'ㄴ답시고'(잘한답시고 한 일이 일을 크게 만들고 말았다), 'ㄴ다마는'(내가 가기는 간다마는), 'ㄴ고'(뉘 집 처년고), 'ㄴ 바에'(일이 이렇게 된 바에, 끝까지 밀고 나가야지), 'ㄴ들'(난들 별수 있나), 'ㄴ가'(몸이 불편한가?), 'ㄴ가 보다'(정말 기쁜가 보다), 'ㄴ담'(일을 왜 그렇게 한담), 'ㄴ지'(누군지 모르겠다), 'ㄴ지고'(고약한지고!), 'ㄴ지'(기쁜지 슬픈지 모르겠다) 따위는 ㄴ이 만들어내는 말덩어리들의 일부분일 뿐이다. 이 ㄴ은 그 앞의 용언 어간이나 체언이 받침 없이 끝날 때 사용된다. 용언 어간이나 체언이 받침으로 끝나면 이 ㄴ은 '은'이나 '인'(체언의 경우)으로 변한다. 그래서 '값은 싼데'에서의 'ㄴ데'는 '빛깔은 검은데'에서는 '은데'가 되고, '뉘 집 처년고'의 'ㄴ고'는 '뉘 집 총각인고'에서는 '인고'가 된다.

ㄴ 소리는 가볍고 따뜻하고 부드럽다. 눈, 누나, 누님, 누리, 느리다, 느슨하다, 는개, 나무, 나눔, 사뿐사뿐, 덧문, 무논, 버선, 젖니, 언니, 무늬, 보늬, 하늬, 여느, 오누이, 비누, 비녀, 고누, 저냐, 시내, 아내, 하나 같은 말에서 그 가벼움, 따뜻함, 부

드러움이 느껴진다. ‘니나노’나 ‘논다니’는 그 ㄴ의 가벼움을 극도로 과격하게 실현하고 있다. ㄴ 소리의 가볍고 따뜻하고 부드러움은 도란도란, 새근새근 푹신푹신, 늘씬늘씬, 물씬물씬, 아른아른, 사뿐사뿐, 소곤소곤, 나근나근, 미끈미끈처럼 ㄴ 받침을 지닌 첩어들에서 잘 나타난다.

한국어에서 ‘눈’은 동형어다. 그것은 사물을 보는 감각기관, 곧 ‘眼’이나 ‘目’이기도 하고, 겨울날 하늘에서 내리는 하얀 결정체, 곧 ‘雪’이기도 하다. ‘보는 눈’은 단모음을 지니고 있고 ‘내리는 눈’은 장모음을 지니고 있으니 동음이의어라고는 할 수 없지만, 표기가 동일하니 동형어라고는 할 수 있다. 물론 눈에는 다른 뜻도 있다. 초목의 눈도 있고, 자나 저울의 눈도 있고, 그물의 눈도 있다. 그러나 이런 눈들은 ‘보는 눈’의 뜻이 번져나간 것이다. 즉 이런 눈들과 ‘보는 눈’은 동음이의어가 아니라, 본질적으로는 ‘보는 눈’이 다의어일 뿐이다. 그러니 한국어의 눈은 기원적으로 ‘보는 눈’과 ‘내리는 눈’이 있을 뿐이다.

마태복음에 따르면 눈은 몸의 등불이다. 그러므로 “네 눈이 성하면 온몸이 밝을 것이며, 네 눈이 성하지 못하면 온몸이 어두울 것이다.” 크세노폰의 말투를 빌리면 ‘김희애는 정말 아름답다. 그러나 그녀를 아름답다고 생각하는 것은 내 눈이다.’

‘내리는 눈’에 대한 가장 리듬감 있는 능변은 시인 김수영에 의해 이루어졌을 것이다: “눈은 살아있다/ 떨어진 눈은 살아있다/ 마당 위에 떨어진 눈은 살아있다// 기침을 하자/ 젊은 詩人이여 기침을 하자/ 눈 위에 대고 기침을 하자/ 눈더러 보라고 마음놓고 마음놓고/ 기침을 하자// 눈은 살아있다/ 죽음을 잊어버린 靈魂과 肉體를 위하여/ 눈은 새벽이 지나도록 살아있다// 기침을 하자/ 젊은 詩人이여 기침을 하자/ 눈을 바라보며/ 밤새도록 고인 가슴의 가래라도/ 마음껏 뱉자.”

레미 드 구르몽의 눈도 있다. 비록 격조는 김수영의 눈에 비해 좀 떨어지지만: “시몬, 눈은 네 목처럼 희다/ 시몬, 눈은 네 무릎처럼 희다// 시몬, 네 손은 눈처럼 차다/ 시몬, 네 맘은 눈처럼 차다// 눈을 녹이려면 뜨거운 입맞춤/ 네 맘을 풀려면 이별의 입맞춤// 눈은 쓸쓸히 소나무 가지 위/ 네 이마는 쓸쓸히 검은 머리카락 밑// 시몬, 네 동생 눈은 뜰에 잠들었다/ 시몬, 너는 나의 눈, 그리고 내 사랑.”

눈에 비가 섞이면 진눈깨비가 된다. 황인숙은 젊어서 죽은 벗에게 〈진눈깨비〉라는 제목의 시 두 편을 헌정한다. 그 첫 번째 진눈깨비, ‘내리는 눈’ 속에 ‘보는 눈’이 있다: “유리창 저쪽/ 맑게 개인 저편// 감기지 않는 눈// 우리 다시 만날 때/ 너는 나를 기억할까?/ 내가 너를 기억할까?// 3월,/ 벗을 수 없는 추위.”

노래 하나를 다 불러도 추위는 가시지 않는다. 그래서 살아 있는 시인은 죽은 시인을 위해 또 한 번 진눈깨비를 노래한다: “네 이름 이제는/ 나를 울고 싶기 하지 않는다/ 그럼에도/ 가끔 네 이름을 부른다/ 내가 아픈 것도 아니어서/ 삶이 나를 삐치게 할 때// 네가 안 쓴 달력들이/ 파지처럼 쌓였던 나날,/ 이라고 하면 네게 위안이 될까?/ 오오, 미안, 화내지 말라!/ 나도, 미친 듯, 살고 싶다!// ……그러면 추위가 벗어질까?”

누구나 한 개인에게는 세상의 중심이 ‘나’다. ‘나’는 가리킴의 맥락에서 공간과 시간 결정의 중심이다. 모든 발화는 시공간적으로 여기-지금(Hic et nunc)이라고 할 수 있는 가리킴 맥락의 이 제로-포인트에서 일어난다. 러셀에 따르면 ‘나’란 ‘이것’을 경험하는 사람이다.

한국어 제1인칭 대명사 ‘나’는 자기보다 나이나 신분이나 지위가 아래이거나 자기와 동등하다고 생각되는 사람 앞에서, 말하는 사람이 자신을 가리킬 때 쓴다. 자기보다 나이나 신분이나 지위가 위이거나 위라고 생각되는 사람 앞에서는 자신을 낮추어 ‘저’를 쓴다. ‘나’의 복수는 ‘우리’이고, ‘저’의 복수는

'저희'이다. 조사 '가'가 붙을 때 '나'는 '내'라는 변이 형태가 되고, '저'는 '제'라는 변이 형태가 된다. '나는 제네바로 간다'의 '나'와 '내가 제네바로 간다'의 '내'는 동일한 형태소 '나'의 변이 형태들이다. '저는 당신을 사랑합니다'의 '저'와 '제가 당신을 사랑합니다'의 '제'는 동일한 형태소 '저'의 변이 형태들이다. '내' '제'는 또 '나의' '저의'의 축약형이기도 하다. '내 사랑'은 '나의 사랑'이고 '제 잘못'은 '저의 잘못'이다.

내가 말을 거는 상대가 내 손아랫사람이거나 친구인 경우엔 그 사람을 '너'라고 표현한다. '나'의 단일성에 흠집을 냄으로써, '너'는 세상을 분열시키는 한편 진보의 첫 삽을 뜬다. 그러므로 '너'의 운명은 ㄴ의 운명이다. 그것은 분별의 시작이자 분열의 시작이다.

'너' 뒤에 조사 '가'가 오면 '너'는 '네'라는 변이 형태를 취한다. '너는 제네바로 가야 해'의 '너'와 '네가 제네바로 가야 해'의 '네'는 동일한 형태소 '너'의 변이 형태들이다. '내'가 '나의'의 축약형이듯, '네'는 또 '너의'의 축약형이기도 하다. '네 잘못'은 '너의 잘못'이다. 현대 한국어에서 2인칭 대명사 '네'나 그것의 관형형 '네'는 대체로 '니'로 발음된다. '네가 제네바로 가야 해'는 '니가 제네바로 가야 해'로 실현되고, '네 잘못'은

‘니 잘못’으로 실현된다. 이 ‘네’가 정반대의 뜻인 ‘내’와 혼동될 수 있기 때문이다. 즉 ‘네가 제네바로 가야 해’를 ‘내가 제네바로 가야 해’로 잘못 들을 수 있고, ‘네 잘못’을 ‘내 잘못’으로 잘못 들을 수 있기 때문이다.

기실, 현대 한국어에서 표준어 이외의 말에서는 열린 ㅐ와 닫힌 ㅔ가 거의 구별되지 않는다. 표준어의 지역적 기준인 서울에서도 젊은 세대의 한국어에서는 ㅐ와 ㅔ가 점점 중화되고 있는 듯하다. 그래서 우리는 ‘네가’를 ‘내가’라고 발음하느니 차라리 ‘니가’라고 발음하고, ‘너 잘못’을 ‘내 잘못’으로 발음하느니 차라리 ‘니 잘못’이라고 발음한다.

이때 음성-음운적으로 흥미로운 현상이 발견된다. 한국어에서 ㅣ 모음 앞의 ㄴ은 구개음화되지만, ‘네’의 현실음 ‘니’에서는 그 ㄴ이 구개음화되지 않는다. 그것을 구개음화해서 발음하는 사람도 있겠지만, 대체로는 구개음화하지 않는다. 그래서 ‘어머니’의 ‘니’와, ‘니가 갈래?’나 ‘니 잘못’의 ‘니’는 소리가 다르다. ‘니가 갈래?’나 ‘니 잘못’의 ‘니’에서 그 ㄴ 소리를 구개음화시키지 않는 것은, 그 ‘니’가 본디부터 ‘니’였던 것이 아니라 ‘네’의 현실음이라는 것을 화자들이 무의식적으로라도 표현하고 있는 것이라고 해석할 수는 없을까? ‘네’에서 ‘ㄴ’이 구개음이 아니니, 그것의 현실음인 '니'에서도 구개음화를 무의식적으로 피한다고 말이다.

'너'의 변이 형태가 '네'이고, '네'의 현실음이 '니'인데, 그 '니'를 다시 '너'로 환원시키는 수도 있다. '네가 갈래?'를 '니가 갈래?'가 아니라 '너가 갈래?'로 실현시키는 경우 말이다. 이것 역시 '네'가 '내'로 해석되는 것을 막기 위한 것이다. '니가' 대신에 '너가'를 택하는 사람들은 '니가'의 어감이 그리 좋지 않다고 판단했을 것이다. 그러나 '너가'의 어감도 그리 좋은 것은 아니다. 어감을 결정하는 것은 소리 자체의 느낌이나 상징 못지않게 사회적 요소나 편견이다. 현대 한국어에서 '너가'는 그 말을 사용하는 사람이 어린이이거나 덜 지적인 사람이라는 표지이기 쉽다.

'너'의 복수형은 '너희'다. '우리' '저희' '너희'에 복수 접미사 '들'을 붙여 '우리들' '저희들' '너희들'이 되면, 복수 대상을 개별적으로 가리키는 의미가 강조된다. '우리'가 전체주의-집단주의의 연료가 되는 동질의 집합이라면, '우리들'은 열린사회를 이루는 다양한 개인들의 집합이다.

ㄱ의 단일성 바깥의 시간으로 들어가는 입구에 ㄱ을 뒤집어놓은 ㄴ이 있다. ㄴ, 단일성에 흠집을 내는 첫 번째 글자. 둘

ㄴ

이상이면 집단이다! 어떤 일이 두 번 이상 일어나면 법칙이
다?

이상이면 집단이다! 어떤 일이 두 번 이상 일어나면 법칙이
다?

ㄷ

ㄷ은 한글 자모의 셋째 글자다. 이 글자의 이름은 '디귿'이다. 북한에서는 '디읃'이라고 부른다. 또 '드'라고 부르기도 한다. 이 글자가 나타내는 소리는 국제음성문자로는 /t/로 표기되는 치조(잇몸) 파열음이다. 한국어의 다른 무기 파열음들과 마찬가지로, 이 ㄷ 소리는 울림소리 사이에서는 그 자신도 울림소리로 변해 [d]로 실현된다. '두둥실'의 첫 번째 ㄷ은 [t]로 실현되지만, 두 번째 ㄷ은 [d]로 실현된다. 비록 한국어 화자의 귀에는 일반적으로 그 두 ㄷ 소리의 차이가 구별되지 않지만. 이 ㄷ 글자의 꼴은 ㄴ에 획을 하나 더 그어서 만들어졌다. 훈민정음의 창제자들이, 이 ㄷ이 나타내는 소리가 ㄴ이 나타내는 소리와, 그 나는 자리하고 입 모양은 같되 더 굳다고 생

각했기 때문이다.

한국어에서 이 ㄷ 소리는 특별한 환경에 놓이면 ㄹ 소리로 변한다. 그런 ㄷ을 포함하는 용언(풀이씨)을 흔히 'ㄷ불규칙용언'이라고 하고, ㄷ불규칙용언에서 일정한 조건하에 ㄷ이 ㄹ로 변하는 현상을 'ㄷ불규칙활용'이라고 한다. 'ㄷ벗어난끝바꿈' 또는 'ㄷ변칙활용'이라고도 하는 ㄷ불규칙활용이란 어간이 ㄷ으로 끝나는 용언 가운데 일부가 뒤에 홀소리로 시작되는 씨끝(어미)이나 선어말어미를 만났을 경우에 ㄷ이 ㄹ로 바뀌어 소리 나는 현상이다. ㄷ불규칙활용을 하는 용언이 ㄷ불규칙용언이지만, ㄷ불규칙활용을 하는 형용사는 없으니, 즉 ㄷ불규칙활용을 하는 용언은 모두 동사이니, ㄷ불규칙동사라고 말하는 것이 더 적절하겠다.

묻다(질문하다), 걷다(보행하다), 내닫다, 긷다, 눋다, 싣다 같은 동사들이 ㄷ불규칙동사들이다. 이런 동사들의 어간 뒤에 홀소리로 시작되는 어미나 선어말어미가 오면, 예컨대 '어/아'가 오면, '묻어' '걷어' '내닫다' '긷어' '눋어' '싣어'가 아니라 '물어' '걸어' '내달아' '길어' '눌어' '실어'가 된다. 물론 '묻다'나 '걷다'의 경우에 '묻어' '걷어'로 활용하기도 한다. 그러나 그때의 '묻다'는 '의문을 제기하다'의 뜻이 아니라 '매장하다'의 뜻이고, ‘걷다’는 ‘보행하다’의 뜻이 아니라 ‘말아 올리거나 치우다’의 뜻이다. 즉 이때의 ‘묻다’와 ‘걷다’는 앞에서의 ‘묻다’와 ‘걷다’의 동음이의어다. 그때의 ‘묻다’나 ‘걷다’는 불규칙동사가 아니라 정칙동사다. 그러니까 어간이 ㄷ으로 끝나는 동사라고 해서 모두 ㄷ불규칙동사는 아니다. ‘믿다’ ‘돋다’ ‘굳다’ 같은 동사들도 정칙동사들이다. ‘믿어’ ‘돋아’ ‘굳어’ 따위로 활용하는 것이다.

ㄷ불규칙동사 ‘걷다’와 비슷한 의미를 가진 말에 ‘거닐다’가 있다. 그러나 ‘걷다’가 대체로 어떤 목적을 지니고 한 곳에서 다른 곳으로 이동하는 것을 의미하는 데 비해, ‘거닐다’는 목적이 없이 한가롭게 한 장소에서 왔다 갔다 하는 것을 뜻한다. 물론 ‘소풍 나온 사람들이 공원을 거닌다’를 ‘소풍 나온 사람들이 공원을 걷는다’로 바꿀 수는 있다. ‘걷다’도 ‘거닐다’처럼 걷는 것 자체를 목적으로 삼을 수도 있기 때문이다. 그러나 ‘거닐다’는 거니는 것 이외에 다른 목적을 가질 수 없다. 그래서 ‘김 일병은 내무반을 향해 걸었다’를 ‘김 일병은 내무반을 향해 거닐었다’로 바꿀 수는 없다. 바꾸면 어색하다.

어간이 ㄷ으로 끝나는 동사로는 이밖에도 ‘뜯다’ ‘받다’ ‘믿다’ ‘돋다’ ‘쏟다’ ‘굳다’ ‘뻗다’ ‘겯다’ ‘듣다’ ‘붇다’ ‘내닫다’ ‘깨닫다’ 따위가 있다. ‘겯다’ ‘듣다’ ‘붇다’ ‘내닫다’ ‘깨닫다’는 ㄷ불규칙동사이고, 나머지는 정칙동사다. ‘서로 어깨를 겯어라’ ‘제 말 좀 들어보세요’ ‘장마가 계속되면서 강물이 크게 불어났다’ ‘돌격 나팔소리가 들리자 나폴레옹의 군대는 적진을 향해 일제히 내달았다’ ‘선과 악의 경계가 늘상 또렷한 것은 아니라는 걸 깨달았습니다’에서처럼 ‘겯다’ ‘듣다’ ‘붇다’ ‘내닫다’ ‘깨닫다’의 어간이 모음으로 시작하는 어미 앞에서 ‘결’ ‘들’ ‘불’ ‘내달’ ‘깨달’로 변하는 것이다. 우리말에는 ‘들다’ ‘불다’라는 동사도 있으므로, 아무런 맥락이 주어지지 않은 채 ‘들었다’ ‘불었다’라고 말하면, 그것이 ‘듣다’나 ‘붇다’의 과거형인지 ‘들다’나 ‘불다’의 과거형인지 알 수 없다. ‘내닫다’라는 동사는 “내닫기는 주막집 강아지라”는 속담에도 보인다. 무슨 일이 있기만 하면 금세 나서서 무게 없이 왔다 갔다 하는 사람을 이르는 말이다. 이 ‘주막집 강아지’라는 말은 전직 대통령들의 설전이 언론에 보도되면서 사람들의 입에 오르내린 바 있다.

어간이 ㄷ으로 끝나는 형용사로는 ‘곧다’와 ‘굳다’가 있다. ‘굳은 의지’ 할 때의 ‘굳다’는 형용사이지만, ‘땅이 굳었다’ 할 때의 ‘굳다’는 동사다. “굳은 땅에 물이 고인다”에서 ‘굳다’는 형용사일까, 동사일까? 그러니까 그것은 형용사(상태동사) ‘굳다'의 현재 관형형일까, 아니면 동사(동작동사) '굳다'의 과거 관형형일까? 조금 혼란스럽다. 일반인들의 언어 감각으로는 형용사인 듯싶다. '굳은 땅'의 '굳은'은 직관적으로 '이미 굳어 있는'이라기보다 '단단한'의 의미로 다가오는 듯하다.

받침소리 ㄷ은 그 다음에 연구개음 ㄱ(ㄲ, ㅋ)이나 양순음 ㅂ(ㅃ, ㅍ)으로 시작되는 말이 오면 그 ㄱ(ㄲ, ㅋ)이나 ㅂ(ㅃ, ㅍ)에 이끌려 ㄱ이나 ㅂ 소리로 발음되는 경우가 있다. 예컨대 '걷기'를 [걱기]처럼 발음한다거나 '듣보다'를 [듭보다]처럼 발음하는 경우가 그렇다. 정서법상으로 ㄷ 받침을 가지고 있는 말들이 아니더라도, 음절 끝에서 ㄷ 소리로 변하는 받침을 가지고 있는 말들의 경우에는 이와 마찬가지 현상이 일어난다. 예컨대 '벗기다'는 /벋기다/를 거쳐서 [벅기다]처럼 소리 나고, '빛깔'은 /빋깔/을 거쳐 [빅깔]처럼 소리 나고, '낱개'는 /낟개/를 거쳐 [낙개]처럼 소리 난다. 또 '밑바닥'은 /믿바닥/을 거쳐 [밉바닥]처럼 소리 나고, '꽃피다'는 /꼳피다/를 거쳐 [꼽피다]처럼 발음된다. 그러나 이렇게 받침소리 ㄷ이 뒤에 오는 연구개음이나 양순음에 동화돼 ㄱ이나 ㅂ으로 변동하는 현상은 필연적이 아니라 임의적이다. 말하자면 그렇게 소리 날 수도 있고, 소리 나지 않을 수도 있다. 발음을 명료하게 해야 하

ㄷ

는 자리에서라면 이런 소리 변동이 일어나지 않는다. 가까운 사이에 마음을 풀어놓고 말할 때 이런 음운 규칙이 개입한다. 그것은 일본어에서 본질적으로 /ts/에 가까운 소쿠옹(促音: ッ)이 뒤에 오는 자음에 따라 [t]나 [p]나 [s]등으로 꼭 동화되는 것과 대조적이다.

그러나 ㄷ과 관련된 필연적인 규칙도 물론 있다. 예컨대 받침소리 ㄷ이 ㄴ이나 ㅁ 같은 콧소리 앞에 오면 그 콧소리에 동화돼 필연적으로 콧소리 ㄴ으로 변한다. 그래서 '묻는다' '내닫는다' '걷는다' '뜯는다' '받는다' '듣는다' '뻗는다' '깨닫는다'는 각각 [문는다] [내단는다] [건는다] [뜬는다] [반는다] [든는다] [뻔는다] [깨단는다]로 소리 난다. '맏며느리'도 [만며느리]로 소리 난다.

현대 한국어에서 이 ㄷ 소리는 조사, 어미, 접미사 등 종속적 관계를 지닌 말들이 ㅣ 모음으로 시작할 경우에 그 앞에서 ㅈ으로 변한다. 그래서 '굳이'는 [구지]로 소리 나고, '해돋이'는 [해도지]로 소리 나며, '가을걷이'는 [가을거지]로 소리 나고, '등받이'는 [등바지]로 소리 난다. 파열음 ㄷ이 파찰음 ㅈ으로 변하는 것이다. 이른바 구개음화다. 이것은 형태소의 경계에서 특별한 조건 아래 ㄷ이 ㅈ으로 변하는 현대 한국어의 공시적(共時的) 음운 규칙이지만, 역사적으로 보면 한 형태소 안에서도 시간의 추이에 따라 ㄷ이 ㅈ으로 변한 통시적(通時的) 현상이 있었다. 예컨대 '뎌'는 '저'로 변했고, '뎌러ㅎ다'는 '저러하다'로 변했고, '뎝시'는 '접시'로 변했고, '둏다'는 '좋다'로 변했고, '디니다'는 '지니다'로 변했고, '디다'는 '지다'로 변했다. 현대어에서 ㅣ 모음이나 ㅣ 선행모음 앞에서 ㄷ 소리가 드문 데 비해 중세어에서는 흔했다는 것을 알 수 있다.

현대어에서 ㅣ 모음 앞의 ㄷ을 포함하고 있는 말로는 마디, 바디, 진디, 잔디, 반디, 오디, 분디, 아디, 관디[冠帶], 산디[山臺], 어디, 더디, 본디, 내딛다, 디디다, 무디다, 견디다, 엎디다, 더디다 따위가 있을 뿐이다. 이 ㄷ이 구개음화를 피할 수 있었던 것은 이 단어들이 ㄷ 뒤에 본디 지니고 있던 모음이 ㅣ 모음이 아니었던 덕이다. 그 모음이 ㅣ 모음으로 변했을 때는 이미 한국어의 음운사에서 ㅣ 모음 뒤의 ㄷ에서 ㅈ으로의 구개음화 물결이 끝난 뒤여서, ㄷ 소리가 유지될 수 있었던 것이다.

'다'는 한국어에서 가장 자주 사용되는 형태소 가운데 하나일 것이다. 문어의 경우에는 거의 모든 문장이 이 '다'로 끝난다. 위의 문장들이, 그리고 내가 지금 쓰고 있는 문장도, '다'로 끝난다. 그렇다. 이 '다'는, 우선 받침 없는 체언에 붙어 사물을 지정하는 뜻을 나타내는 종결형 서술격조사다. '저기 서 있는 사람이 우리 누나다' '아인슈타인은 20세기의 가장 위대한 물리학자다' '너는 바보다' '대한민국은 자유로운 사회다' 같은 문장에서 이런 용법으로 쓰이는 '다'가 보인다. 체언이 받침으로 끝날 경우에 이 '다'는 '이다'로 변한다. '저기 있는 사람이 우리 형님이다' '백석은 위대한 시인이다' '네가 우리 대장이다' '피노체트 정권은 독재정권이다' 같은 문장에서처럼.

실은 체언이 받침 없이 끝나더라도 '이다'를 사용할 수 있다. 그럴 때는 문어성이 더 또렷해진다. '저기 서 있는 사람이 우리 누나이다' '아인슈타인은 20세기의 가장 위대한 물리학자이다' '너는 바보이다' '대한민국은 자유로운 사회이다'에서처럼. 그러니, '다'는 '이다'가 줄어든 말이라고 할 수 있다. '다'든 '이다'든 학교 문법에서는 그것을 서술격조사라고 가르친다. 그것이 조사라면 아무튼 특이한 조사다. 조사에 서술의 힘이 있다니, 참.

이 조사 '다'와 본질적으로는 똑같되, 학교 문법에서는 범주를 구별해 '어미'라고 가르치는 '다'가 있다. 이 '다'는 용언의 어간에 붙어서 기본형을 나타내는 어미다. 이 '다'는 '오다' '가다' '자다' '막다' '먹다' '서다' '앉다' '울다' '일하다' '공부하다'에서처럼 동사 어간에 붙기도 하고, '좋다' '나쁘다' '싫다' '옳다' '그르다' '아름답다' '깨끗하다' '청명하다'에서처럼 형용사 어간에 붙기도 한다. 우리말에서 형용사의 기본형은 현재형과 일치하므로 형용사의 어간에 붙는 '다'는 현재형 종결어미이기도 하다. '좋다' '나쁘다' '싫다' '옳다' '그르다' '아름답다' '깨끗하다' '청명하다'는 기본형인 동시에 현재형이다. 물론 동사의 경우엔 그렇지 않다. '오다' '가다' '자다' '일하다'는 기본형일 뿐 현재형이 아니다. 이 동사들의 현재형은 '온다' '간다' '잔다' '일한다'이다. 그러니까 동사의 어간에 붙어서 현재형을 만드는 종결어미는 우리가 ㄴ 항목에서 살핀 'ㄴ다'다. 여기서 ㄴ을 선어말어미로 분리해낼 수도 있다.

사실대로 말하자면, '다'는 아무런 시제도 표시하고 있지 않다. 형용사 '좋다' '나쁘다' '옳다' '그르다'에서 '다'가 표시하는 것은 서술 종결이지 현재 시제는 아니다. '좋다' '나쁘다' '옳다' '아름답다'에서 현재 시제를 표시하는 것은 제로 형태다. '좋-' '나쁘-' '옳-' '아름답-' 자체가 현재형인 것이다. 그것들

ㄷ

이 과거 시제가 되면 '좋았다' '나빴다' '옳았다' '아름다웠다'에서처럼 과거 시제 표지 '-았/었-'이 들어간다. 동사 '온다' '간다' '잔다' '일한다'에서도 그것이 현재(또는 현실이나 구체)라고 표시하는 것은 'ㄴ'이지 '다'는 아니다. '막았다' '먹었다' '왔다' '갔다' '잤다' '일했다'('일하였다')에서 과거를 표시하는 것이 '-었/았/였/ㅆ-'이지 '다'가 아니듯. 아무튼 이 'ㄴ다' 역시 결국은 '다'로 끝난다. 그러니 우리말에선 형용사든 동사든 그 기본형 어미나 서술 종결형 어미는 '다'인 것이다.

한국어의 특색은 서술어가 문장 맨 끝에 온다는 것이고, 그 서술어가 동사든 형용사든 그것들의 문어체 종결어미가 '다'이니, 한국어 문장이 대체로 '다'로 끝나는 것은 당연하다. 그러나 그것은 한국어를 너무 밋밋하게 만든다. 문체를 중시하는 작가라면 '-네' '-군' '-어' '-거든' 등 구어체 종결어미를 다양하게 실험하는 한편, 문장의 끝머리에 서술어 이외의 성분을 배치함으로써 자신의 한국어에 변화를 줄 수 있다. '그렇다'를 '그러네' '그렇군' '그래' '그렇거든' 등으로 바꾼다든지, '대한민국은 자유로운 사회다'를 '자유로운 사회다, 대한민국은'으로 바꾼다든지 해서 말이다.

ㄷ을 연이어 쓴 ㄸ은 ㄷ보다 센 소리를 나타낸다. 이 글자의 이름은 '쌍디귿'이다. 북한에서는 '된디읃'이라고 부른다. 국제 음성문자로는 /t'/로 표기한다. ㄸ으로 시작하는 말들은 죄다 고유어들이다. 그러니까 우리나라 한자음에는 ㄸ으로 시작하는 것이 없다. 뚜껑, 딸, 딸기, 따뜻하다, 똬리, 땅, 뚝배기, 뜀뛰기, 띠앗머리, 떡갈나무, 뜨내기, 뜸, 뜨개질, 땔감, 땅울림, 따로국밥, 뛰다, 따르다, 뜯다, 뜰, 뜻, 띠다, 닿다, 딸깍발이, 땀땀이, 땃두릅, 땅콩, 띠, 땡볕, 떠꺼머리, 떡국, 뙈기, 또랑또랑, 뗏장, 또렷또렷, 때때옷, 따오기 같은 아름다운 우리말들이 사전의 ㄸ부(部)를 채우고 있다. 부뚜, 부뚜막, 따따부따, 이따 같은 말에도 ㄸ이 있다. '부뚜'는 곡식의 쭉정이를 날리는 데 쓰는 돗자리다. 풍석(風席)이라고도 한다. '띠'라는 말의 여러 의미 가운데 하나는 태어난 해를 12지(支)의 동물 이름으로 지칭하는 것이다. 쥐띠, 소띠, 범띠, 토끼띠 하는 식으로 말이다. 남의 딸을 높여 말할 때는 '따님' '영애'라고 말하고, 자기 딸을 낮춰 말할 때는 '딸년' '딸자식' '딸아이' '여식' '여아'라고 한다.

'뚜껑'과 '덮개'는 비슷한 말이지만, 뚜껑은 안에 빈 공간을 지닌 그릇의 입구 부분을 덮는 물건을 지칭하는 반면에, 덮개는 안에 빈 공간이 있느냐의 여부와 관계없이 어떤 물체의 윗부분 전체를 덮는 물건을 총칭한다. 그래서 솥뚜껑은 있지만 솥덮개는 없고, 자동차 덮개, 이불 덮개는 있지만 자동차 뚜껑, 이불 뚜껑은 없다.

‘뚜껑’과 ‘덮개’ 얘기를 하다 보니 동사 ‘닫다’로 생각이 내닫는다. ‘빨리 가다, 달리다’의 뜻인 ㄹ불규칙동사 ‘닫다’(‘내닫는다’의 ‘닫다’) 말고, ‘열다’의 반의어인 정칙동사 ‘닫다’ 말이다. ‘달아나다’는 ㄹ불규칙동사 ‘닫다’에서 파생한 말이고, ‘닫아걸다’는 정칙동사 ‘닫다’에서 파생한 말이다. 그 정칙동사 ‘닫다’의 ㄷ 받침은 폐쇄성의 상징이다. ‘열다’의 ㄹ 받침이 개방성의 상징이듯이.

ㄷ은 한글 자모의 세 번째 글자다. 셋은 완성의 숫자다. 셋 이상은 ‘다’다. ‘몽땅’ ‘모두’의 의미인 ‘다’ 말이다. ‘셋’은 ‘다’다. ㄷ은 ‘다’다. 그리고 ‘多’다. ㄷ은 모든 것이다. 특히 성스러운 모든 것이다.

숫자 ‘셋’에 대한 명상은 역사적으로 아주 오래된 것이다. 삼위일체를 원리로 내세우는 정통 기독교는 물론이고, 피타고라스 학파나 플라톤 철학에서도 이 숫자는 성스러운 의미를 지닌다. 사실, 사람들이 ‘셋’이라는 숫자를 성스럽게 생각하는 것이 별난 일은 아니다. 숫자 '셋'은 공간(3차원)과 시간(과거, 현재, 미래)과 행위(시작, 중간, 끝)와 가족(아버지, 어머니, 자식)과 논리(정-반-합, 대전제-소전제-결론)와 개인사(태어남, 삶, 죽음)와 세계사(창조, 세계, 종말)의 구조를 이루는 숫자다. 그러니까, 거의 모든 종교에서 '셋'과 관련된 상징 개념들이 발견되는 것은 놀라운 일이 아니다. 예컨대 힌두교의 브라마와 비쉬누와 시바, 고대 이집트의 오시리스와 이시스와 호루스, 그노시스 학파의 정신과 말씀과 지혜, 기독교도의 성부와 성자와 성신…… '셋'은 흔히 둘의 연장으로 이해된다. 가족은 부부의 연장이다. 3차원은 평평한 세계, 즉 2차원의 개념 뒤에 온다. 현재는 오직 과거와 미래(시작과 끝, 알파와 오메가)에 의해서만 정의된다.

사람들이 분열과 이원성과 마니교적 양분법에서 벗어나는 것은 숫자 '셋'을 통해서다. 숫자 '셋'은 대립되는 한 쌍에 새로운 차원을 보탠다. 선과 악이라는 본원적 대립을 선도 악도 아닌 참은 간단히 초월하면서 참과 거짓이라는 새로운 대립을 창출해낸다. 참과 거짓 사이의 대립을 참도 거짓도 아닌 미는 간단히 초월하며 미와 추라는 새로운 대립을 창출해낸다. ㄱ과 ㄴ 사이의 대립을 ㄱ도 ㄴ도 아닌 ㄷ은 간단히 초월하며

ㄷ과 ㄹ이라는 새로운 대립을 창출해낸다. 그 ㄷ과 ㄹ의 대립은 닫힘과 열림의 대립이다.

'셋'은 또 위험한 양분 상태를 초월하거나 또는 그 양극단에 균형을 잡아주는 파열의 숫자다. 그 덕분에 숫자 '셋'은 모든 성스러운 것을 자동적으로 구현하는 판박이 숫자가 되었다. 그것은 신의 숫자이고, 사제의 숫자이며, 희생의 숫자이고, 헌주(獻奏)의 숫자이다. 그것은 너무나 보편화돼서 동화에는 흔히 곰 세 마리나 화살 세 개가 나오고, 노래에는 흔히 북 세 개와 어린이 셋이 나온다. 그래서 결국 숫자 '셋'은 종교적·신화적·민중적 전통을 상기시키는 모든 것에 대한 의무적 참조 항이 되었다. ㄷ은 신의 글자이자, 성스러움의 글자다.

ㄹ은 한글 자모의 넷째 글자다. 이 글자의 이름은 '리을'이다. 북한에서는 '르'라고 부르기도 한다. 이 글자가 나타내는 소리는 두 가지다. 음절의 처음에 올 때는 설단음(r: 혀끝소리, 튀김소리)이고, 음절의 마지막에 올 때는 설측음(l: 혀옆소리)이다. 그러나 설측음 다음의 ㄹ은 설측음으로 발음된다. '날래다'에서처럼. '래'의 ㄹ이 음절의 처음에 왔음에도, '날'의 ㄹ(설측음 l)에 영향을 받아 설단음 [r]이 아닌 설측음 [l]로 소리 나는 것이다.

ㄹ자의 꼴도 ㄴ자에서 번져 나왔다. 혀끝이 ㄴ 소리를 낼 때와 비슷한 자리에 닿기 때문이다. ㄹ은 표준어에서 단어의 첫소리로는 쓰이지 않는다. 이 ㄹ이 단어의 첫소리에 왔을 경

우에, 그 뒤의 모음이 ㅣ 모음이거나 ㅣ 선행모음일 경우에
는 탈락해버리고, 그 밖의 모음이 왔을 때는 ㄴ으로 변한다.
더 정확히 설명하자면 한국어에서 단어 첫머리의 ㄹ은 무조
건 ㄴ으로 변하고, 그 ㄴ 가운데 ㅣ 모음이나 ㅣ 선행모음의
앞에 놓인 것은 탈락해버린다. 그래서 '력사'는 ('녁사'를 거
쳐) '역사'로 변하고, '리발소'는 ('니발소'를 거쳐) '이발소'로 변
하고, '류형'은 ('뉴형'을 거쳐) '유형'으로 변하고, '료리'는 ('뇨
리'를 거쳐) '요리'로 변한다. 또 '로력'은 '노력'으로 변하고, '랑
만'은 '낭만'으로 변하고, '루수'는 '누수'로 변하고, '론리'는 '논
리'로 변한다. 그러니까 남쪽의 국어사전에서 ㄹ 항목에 오른
말들은 독립된 단어의 자격이 부족한 어미, 조사, 불완전명사
를 빼놓으면 모두 외래어들이다. 라일락, 러브스토리, 럭비, 레
미콘, 레몬, 레이더, 레저, 륙색 룸, 룰, 리듬, 리바이벌, 리바운
드, 링크, 링거, 릴레이, 린치, 린스, 리포터, 리사이틀, 롱숏, 로
터리, 로맨스, 렌즈, 레프트잽, 레인코트, 러시아워, 랑데부, 라
이트윙, 라이터, 라스트신, 라디오 같은 말들이 그 예다.

　그러나 북한의 문화어에서는 이런 두음법칙이 없다. 다시
말해 ㄹ이 단어 첫머리에 오는 것을 허용한다. 그래서 '력사'
'리발소' '류형' '료리' '로력' '랑만' '루수' '론리'라는 말이 사용

된다.

단어의 처음이 아니더라도 현대 한국어에서 ㄹ 소리는 ㄹ 이외의 받침 다음에는 나타나지 못한다. 즉 위에서 예로 든 '날래다'에서처럼 ㄹ 받침 다음에만 그 소리를 유지한다. 다른 받침 뒤에서는 이런저런 음운 규칙의 적용을 받아 ㄴ 소리로 변한다. 예컨대 '감루'는 [감누]로 소리 나고 '종로서적'은 [종노서적]으로 소리 난다. '삼라만상' '무중력'은 [삼나만상] [무중녁]으로 소리 난다. 앞의 받침이 ㄱ이나 ㄷ이나 ㅂ인 경우도 마찬가지다. 다만 이 경우에는 이 받침들에 뒤따르는 ㄹ이 ㄴ으로 변한 뒤, 이 ㄴ이 다시 그 받침들을 콧소리로 동화시킨다. 그래서 '율곡로'는 /율곡노/를 거쳐 최종적으로는 [율공노]로 소리 나고, '만량반'(만양반)은 /만냥반/을 거쳐서 [만냥반]으로 소리 나며, '왕십리'는 /왕십니/를 거쳐 [왕심니]로 소리 난다. 물론 여기서 변화의 차례는 역사적 차례가 아니다. 즉 실제로 그 변화가 일어난 시간적 순서를 의미하는 것은 아니다. 그것은 단지 설명을 명료하게 하기 위해서 설정한 기술적 차례일 뿐이다.

앞의 받침이 ㄴ인 경우에는 뒤의 ㄹ이 살아남는다. ㄹ 이외의 받침 뒤에서는 ㄹ이 모두 ㄴ으로 변한다고 했는데, 이 경우에는 왜 ㄹ이 살아남는가? 뒤의 ㄹ이 ㄴ으로 변하기 전에 자신이 선수를 쳐서 앞의 받침 ㄴ을 ㄹ로 변화시키기 때문이다. 우리가 ㄴ항목에서 살폈듯, ㄴ 소리는 ㄹ의 앞뒤에서 ㄹ로 변하는 것이다. 그래서 '난로'는 [날로]로 소리 나고 '인력'은 [일력]으로 소리 난다. 그러니까 앞의 받침이 ㄴ인 이 경우 역시 앞의 받침이 ㄹ인 경우에 해당하는 것이다. 그러니까 '현대 한국어에서 ㄹ 소리는 ㄹ 이외의 받침소리 다음에는 나타나지 않는다. ㄹ 이외의 받침소리 다음에는 ㄴ으로 변한다'라고 말할 수 있다.

따지고 보면 앞의 받침이 ㄹ인 경우에도 ㄹ 소리가 변하지 않는 것은 아니다. 그것이 비록 철자법에 반영돼 있지는 않지만, '래'나 '리'의 ㄹ이 혀끝소리(설단음 r)인 반면에, '날래다'나 '쏠리다'의 ㄹ은 혀옆소리(설측음 l)다. 몇몇 유럽어에서라면 철자법의 차원에서도 'r'과 'l'로 엄격히 구분되는 소리다. 결국 '날래다'나 '쏠리다'의 두 번째 ㄹ은 첫 번째 ㄹ에 동화되어 그 음질이 달라진 것이다.

부분적으로는 일본어의 영향으로, 그리고 본질적으로는 [r]과 [l]을 한 음소 안에 보듬고 있는 우리말의 특성 탓에, [l] 소리를 포함하고 있는 외국어들이 외래어로 정착될 때 그 [l]

소리가 [r]로 변하는 일이 흔히 있다. 예컨대 대중가요 듀엣 '클론'을 '크론'이라고 부르는 팬들도 드물지 않다. 그것보다는 드문 예이지만 그 역도 있다. 곧 외국어의 [r] 소리가 우리말에서는 [l] 소리로 정착되는 경우다.《미메시스》의 저자 이름인 '아우어(르)바흐'(Erich Auerbach)는 '아우얼바흐'로, 본국에서 지니지 않았던 [l] 소리를 한국에서 지니게 되었다.

ㄹ과 홀소리 사이에 형태소 경계가 있을 때, ㄹ 뒤의 형태소가 ㅣ 모음이나 ㅣ 선행모음으로 시작할 경우엔 설측음 ㄹ 소리가 덧난다. 그래서 '할 일'은 [할릴]로 소리 나고, '볼 일'은 [볼릴]로 소리 나며, '서울역'은 [서울력]으로 소리 나고, '마실 약'은 [마실략]으로 소리 난다. 그러나 ㄹ 뒤의 형태소가 다른 모음으로 시작할 때는 설측음 ㄹ 소리가 그냥 연음해서 설단음으로 변한다. 예컨대 '입을 옷'은 [이브론]처럼 소리 나고, '서울 안'은 [서우란]처럼 소리 난다.

'빨래를 빨려고'에서 '래'의 ㄹ과 '려'의 ㄹ은 같은 소리가 아니다. 뒤의 ㄹ은 앞의 ㄹ과 달리 구개음이다, 비록 한국어에서는 그 두 소리가 동일한 음소이지만. 그 두 소리가 의미의 분화에 관여하고, 그래서 그 두 소리를 철자로 구분하는 언어도 있다. 예컨대 표준 스페인어(카스텔랴노)에서는 일반적인 설

ㄹ

측음 ㄹ을 'l'로 표기하는 반면에, 구개음 ㄹ은 'll'로 표기한다.
예컨대 '카스텔랴노'는 'castellano'로 표기한다.

ㄹ은 목적격조사 '를'의 준말로 사용된다. ㄴ이 보조사 '는'
의 준말로 사용되듯이. 그래서 '나는 너를 사랑해'는 보통 '난
널 사랑해'라고 말한다. '그 아기를'은 '그 아일'이 되고, '개를'
은 '갤'이 되며, '나를'은 '날'이 되고, '우리를'은 '우릴'이 되고
'너희를'은 '너휠'이 되고 '박정희를'은 흔히 '박정휠'이 된다.

'를'은 폐음절로 끝나는 체언 뒤에서는 '을'로 바뀐다. '그는
박정희를 싫어하고 김영삼을 좋아한다'에서처럼. 그러니까 '를'
과 '을'은 동일한 형태소의 변이 형태들이다. 한국어에는 한
문장에 목적어로 보이는 '를/을' 성분을 둘 이상 포함하고 있
는 문장도 흔하다. 예컨대 '현대건설이 그곳에 아파트를 20동
을 지었다'에서처럼. 이른바 이중 목적어문이다. 이때 '아파트
를'과 '20동을'이 둘 다 '지었다'의 목적어인지는 확실치 않다.
'20동을'이 목적어인 것은 확실하지만, '아파트를'을 일종의 주
제로 보는 견해도 있다. 말하는 사람이 그것에 대해 특별한
관심을 가지고 진술을 한다는 의미에서 말이다.

ㄹ은 또 서술격조사(지정사) '이다'의 관형형 '-일'의 '-이'가

모음 뒤에서 탈락한 형태이기도 하다. ‘워싱턴 시에 늘어서 있는 건 벚나물(벚나무일) 거야’ ‘걔가 사랑한 건 내가 아니라 널(너일) 거야’에서처럼. 여기서 보듯 한국어에서 ㄹ이 가장 생산적으로 기능하는 것은 모음으로 끝나는 용언 뒤에 붙는 관형사형 어미로서일 것이다. ‘갈(가다) 곳’ ‘밀(밀다) 사람’에서처럼. 또 ‘읽을 책’ ‘갚을 빚’ ‘먹을(먹다) 것’에서 보듯, 관형형 어미 ㄹ은 어간이 ㄹ 이외의 자음으로 끝날 때 일반적으로 ‘을’로 바뀐다. 매개모음 ‘으’가 들어가는 것이다.

이 관형사형 어미 ‘-를/을’은 추측, 예정, 의지, 가능성 따위의 속뜻을 지니면서 미래 시제를 나타낸다. ‘눈이 내릴 것 같네’ ‘그 일은 내가 맡을 생각이야’ ‘심부름은 걔가 할 거야’ ‘내일까지는 끝낼 예정이야’ ‘떠날 시간이 됐군’ 같은 예에서 그런 용법으로 쓰인 관형사형 어미 ㄹ이 보인다. 또 이 관형사형 어미 ㄹ은 시제 관념 없이 추측 또는 가능성만을 나타낼 수도 있다. ‘발 디딜 틈이 없네’ ‘더 이상 참고 볼 수 없어’ 같은 문장이 그런 용법의 ㄹ이 쓰인 예다. 위에서 예시한 ‘워싱턴 시에 늘어서 있는 건 벚나물 거야’의 ㄹ도 마찬가지다. 또 관형사형 어미 ㄹ은 시제 관념이나 추측 따위의 속뜻이 없이 그저 뒷말을 꾸미는 기능만을 할 수도 있다. ‘여자는 눈물을 흘릴

때가 제일 예쁘다' '일할 사람을 구하고 있다' '쓸 물건이 없다'
같은 문장에서 관형사형 어미 ㄹ은 그저 뒷말을 수식하는 기
능만을 한다.

이런 용법들의 관형사형 어미 ㄹ은 다른 말들과 붙어서
수많은 어미나 조사나 관용구를 만들어낸다. '내가 할게'의
'ㄹ게', '나보다 개가 더 예쁠걸' 또는 '도서관 말고 서점에나
가볼걸'의 'ㄹ걸', '개가 내일 올까'의 'ㄹ까', '영화를 볼까 말까'
의 'ㄹ까 말까', '때려칠까 보다'의 'ㄹ까 보다', '더 말할 나위 없
다'의 'ㄹ 나위 없다', '그리 쉽게 될라고'의 'ㄹ라고', '꽃이 필
락 말락'의 'ㄹ락 말락', '얼굴은 못생겼을망정 마음은 곱다'의
'ㄹ망정', '이왕 할 바에야 빨리 해버려'의 'ㄹ 바에야', '차라리
사표를 낼지언정 그 일만은 못 하겠다'의 'ㄹ지언정', '힘은 약
할지라도 뜻은 굳어야 한다'의 'ㄹ지라도', '행여 물가에 갈세라
계속 감시하고 있다'의 'ㄹ세라', '못생겼을뿐더러 마음보까지
고약하다'의 'ㄹ뿐더러' 등 예를 들자면 한이 없다.

어간 끝의 ㄹ, 즉 ㄹ 받침은 그 말 뒤에 붙은 일정한 어미
앞에서 탈락한다. 구체적으로는 ㄴ, ㅂ, ㅅ, ㅗ와 관형형 어미
'-ㄹ/을' 앞에서 탈락한다. 이런 ㄹ 탈락 현상을 'ㄹ불규칙활

용'이라고도 하는데, 실상 어간이 ㄹ로 끝나는 용언은 정칙활
용을 하는 법이 없고 모두 ㄹ이 탈락하는 불규칙활용을 하므
로 ㄹ불규칙활용이라는 말이 커다란 의미는 없다. '살다'라는
동사는 '살아서' '살고' '살면서' 같은 예에서는 어간을 유지하
면서 활용하지만, '사네' '삽니다' '사시다' '사오' '살 때'('살'+'을
때') 같은 예에서는 ㄹ이 탈락한다. 체언 끝의 ㄹ도 복합어가
되면서 탈락하는 수가 있다. '바느질' '소나무' '따님' '아드님'
'싸전' '마소' 같은 말들에서 그 ㄹ 탈락 현상이 보인다.

어간이 ㄹ로 끝나는 용언 가운데는 불구동사(불완전동사)
'달다'가 있다. '붙이다' '재다' '뜨거워지다'의 뜻을 지닌 동사
나 '꿀맛과 비슷하다'는 뜻을 지닌 형용사 말고, '자유 아니면
죽음을 달라' '차라리 나를 죽여 다오' 할 때처럼 '주다'의 의
미로 쓰이는 '달다' 말이다. 이 '달다'는 억지로 만든 기본형일
뿐 이 동사가 '달다'의 형태로 쓰이는 일은 없다. 실제로 쓰이
는 형태는 '달라'와 '다오'의 두 명령형뿐이다. 그래서 이 동사
가 불구동사인 것이다.

어간의 끝음절이 '르'인 용언이 '-아/어'로 시작되는 어미와
어울리면 대체로 '르'의 'ㅡ'는 탈락하고 어미가 '-라/러'로 바

뀐다. 예컨대 '오르다' '흐르다' '다르다' '모르다' '고르다' '나르다' '그르다' '가파르다' 같은 용언의 어간에 어미 '-아/어'가 붙으면 '올라' '흘러' '달라' '몰라' '골라' '날라' '글러' '가팔라' 같은 형태를 취한다. 이런 활용이 이른바 '르불규칙활용'이고 '르불규칙활용'을 하는 용언이 '르불규칙용언'이다.

르불규칙용언 가운데 '가르다'와 '자르다'는 의미가 비슷한 듯하지만 실은 거의 서로 대체되지 않는 다른 말이다. '가르다'는 칼처럼 날카로운 물건으로 물체의 복판을 타는 것을 의미한다. 갈라진 부분이 원래의 물체에서 분리돼 나가지 않아도 된다. 갈라진 부분의 비중이 서로 같아야 하는 것은 아니지만, 물체의 복판을 탄다는 의미가 있으므로 대체로는 비슷하다. 반면에 '자르다'는 길이를 가진 물체를 어떤 부분에서 동강이 나게 하는 것을 의미한다. 자를 때는 반드시 칼과 같은 기구를 사용하지 않아도 된다. '미시마 유키오가 배를 갈랐다'라고는 해도 '미시마 유키오가 배를 잘랐다'라고는 하지 않는다. 또 '나뭇가지를 잘라냈다'라고는 해도 '나뭇가지를 갈라냈다'라고는 하지 않는다.

어간이 '르'로 끝나는 용언 가운데는 어미 '-어'와 어울릴 때 'ㅡ'의 탈락 없이 어미 '-어'만 '-러'로 바뀌는 활용을 하는 것이 있다. 예컨대 '이르다[到達]' 같은 동사나 '누르다[黃]' '푸르다' 같은 형용사는 어미 '-어'와 어울릴 때 '이르러' '누르러' '푸르러'처럼 활용한다. 이런 활용을 '러불규칙활용'이라고 하고 '러불규칙활용'을 하는 용언을 '러불규칙용언'이라고 한다.

또 어간이 '르'로 끝나는 용언 가운데는, 드물지만, 르불규칙활용이나 러불규칙활용을 하지 않는 것도 있다. '치르다' 같은 동사가 그 예다. 이 동사의 어간에 어미 '-어'가 붙으면 '치러'가 된다. 즉 모음 충돌을 회피하기 위해서 어간의 마지막 소리 'ㅡ'만 탈락될 뿐, 어미는 변하지 않는다.

유년기에 즐겨 부르던 동요 가운데 이런 것이 있었다: "리 리 리 자로/ 끝나는 말은/ 괴나리/ 보따리/ 댑싸리/ 소쿠리/ 유리 항아리." '리'로 끝나는 말이 어찌 이것뿐이겠는가? 막걸리, 피리, 노고지리, 코끼리, 며느리, 계명워리, 미투리, 꼬투리, 자투리, 사투리, 까투리, 원추리, 제비추리, 제비초리, 회초리, 광주리, 둥우리, 봉우리, 몽우리, 정수리, 상수리, 독수리, 무수리, 뿌리, 혹부리, 달무리, 마무리, 변두리, 테두리, 누리, 무꾸리, 옆구리, 멍텅구리, 쇠똥구리, 개구리, 도토리, 오리, 닿소리, 홀소리, 보리, 장도리, 꼬리, 반짇고리, 머리, 허리, 정어리,

ㄹ

덩어리, 벙어리, 모서리, 먹거리, 우뭇가사리, 사금파리, 느타리, 돗자리, 잠자리, 동아리, 종아리, 병아리, 송사리, 싸리, 고사리, 발바리, 키다리, 아주까리, 미나리, 개나리, 왜가리, 대가리 등 들자면 한이 없다. 위 노래의 가사를 "리 리 리 자로 끝나는 말은/ 한 마리/ 두 마리/ 세 마리/ 네 마리/ 대여섯 마리"로 '썰렁하게' 바꾸어 불렀던 기억도 있다.

'리'로 끝나는 말 가운데 내가 특히 좋아하는 말은 '거리'다. 그 '거리'의 이미지는 내게 어떤 연애의 이미지이고, 내가 그 이미지를 얻은 것은 김수영의 시 한 편으로부터다: "별별 여자가 지나다닌다/ 화려한 여자가 나는 좋구나/ 내일 아침에는 夫婦가 되자/ 집은 산 너머가 좋지 않으냐/ 오는 밤마다 두 사람 같이 貴族처럼/ 이 거리 걸을 것이다/ 오오 거리는 모든 나의 설움이다."

ㄹ 받침을 지닌 말들은 밝고 가벼운 느낌을 준다. 방실방실, 둥실둥실, 몽실몽실, 산들산들, 부풀부풀, 보풀보풀, 재잘재잘, 종알종알, 졸졸, 간질간질, 반질반질, 넘실넘실, 새실새실, 꿈틀꿈틀, 보슬보슬, 흔들흔들, 한들한들, 야들야들, 매끌매끌, 빙글빙글, 싱글벙글, 둥글둥글, 서글서글, 생글생글, 솔

솔, 술술, 훨훨, 홀홀, 너울너울, 나울나울, 옹알옹알, 뭉클뭉
클, 깔깔, 나풀나풀, 새살새살, 데굴데굴, 까불까불 같은 의성
어, 의태어들이 그렇다. 날다, 널다, 달다, 덜다, 털다, 알다, 돌
다, 놀다, 걸다, 갈다, 뒹굴다, 여물다, 까불다, 부풀다, 몰다, 풀
다, 여물다, 영글다, 거닐다, 노닐다 같은 동사들도 마찬가지
다. 그리고 다른 무엇보다도 '죽다'라는 말의 반대편에 서 있
는 '살다'라는 말이 그렇다. 또 '닫다'라는 말의 반대편에 있는
'열다'라는 말이 그렇다.

ㄱ이 죽음의 소리라면 ㄹ은 삶의 소리다. ㄷ이 닫힘의 소리
라면 ㄹ은 열림의 소리다. 칼 포퍼에 따르면 플라톤과 마르크
스는 "열린사회의 적"들이다. 그들의 생각이 실천으로 옮겨지
면 사회는 필연적으로 닫힌다.

ㄹ은 액체성의 자음이다. '흐르다'와 '따르다'에도 이미 이
ㄹ이 있다. 그것은 흐른다. 술이 철철 흐르고 물이 줄줄 흐르
듯. 바슐라르에 따르면, 아침의 물속에서는 모든 것이 새롭다.
파르르 떨리는 물의 생명만이 모든 꽃을 새롭게 만든다. 은밀
한 물의 가벼운 한 가닥 떨림도 꽃의 아름다움이 터지는 도화
선이 될 수 있다.

고려속요 〈청산별곡〉은 ㄹ을 타고 흐른다: "살어리 살어리

ㄹ

랏다/ 청산애 살어리랏다/ 멀위랑 ᄃ래랑 먹고/ 청산애 살어
리랏다/ 얄리얄리 얄랑셩 얄라리 얄라// 우러라 우러라 새여/
자고 니러 우러라 새여/ 널라와 시름 한 나도/ 자고 니러 우
니노라/ 얄리얄리 얄랑셩 얄라리 얄라// 가던 새 가던 새 본
다/ 믈아래 가던 새 본다/ 잉무든 장글란 가지고/ 믈아래 가
던 새 본다/ 얄리얄리 얄랑셩 얄라리 얄라// 이링공 뎌링공
ᄒ야/ 나즈란 디내와숀뎌/ 오리도 가리도 업슨/ 바므란 쏘 엇
디 호리라/ 얄리얄리 얄랑셩 얄라리 얄라// 어듸라 더디던 돌
코/ 누리라 마치던 돌코/ 믜리도 괴리도 업시/ 마자셔 우니노
라/ 얄리얄리 얄랑셩 얄라리 얄라// 살어리 살어리랏다/ 바ᄅ
래 살어리랏다/ ᄂᄆ자기 구조개랑 먹고/ 바ᄅ래 살어리랏다/
얄리얄리 얄랑셩 얄라리 얄라// 가다가 가다가 드로라/ 에졍
지 가다가 드로라/ 사ᄉ미 짒대예 올아셔/ 해금을 혀거를 드
로라/ 얄리얄리 얄랑셩 얄라리 얄라// 가다니 비브른 도긔/
셜진 강수를 비조라/ 조롱곳 누로기 ᄆ와/ 잡ᄉ와니 내 엇디
ᄒ리잇고/ 얄리얄리 얄랑셩 얄라리 얄라."

그야말로 ㄹ의 향연이라고 할 만하다. 유랑민의 이 서글픈
노래는 ㄹ 소리로 가멸차다. 소리가 의미를 압도한다. 〈청산별
곡〉은 흐르고 흐르고 흐른다.

ㄹ 받침을 지닌 동사 가운데는 '말다'도 있다. '종이로 담배를 말다' '콩나물국에 밥을 말다'의 '말다'도 있지만, 부정문을 만드는 조동사 '말다'도 있다. '떠들지 말아라' 할 때의 '말다' 말이다. 우리말에서 부정문은 서술어의 어간 뒤에 '-지 아니하다(지 않다)/-지 못하다'를 붙이거나, 서술어의 앞에 '아니(안)/못'을 붙인다. '나는 간다'의 부정문은 '나는 가지 않는다'이거나 '나는 안 간다'이다. 그러나 명령문이나 청유문에는 동사의 어간 뒤에 '-지 말다'가 붙는다. '떠들어라'의 부정문은 '떠들지 않아라'가 아니라 '떠들지 말아라'이고 '조용히 하자'의 부정문은 '조용히 하지 않자'가 아니라 '조용히 하지 말자'다.

'말다'는 명령이나 청유 외에도 요청이나 희망을 나타내는 문장에 사용될 수 있다. 이때에는 '-지 않다' 형과 '-지 말다' 형이 둘 다 허용된다. 예컨대 '네가 여기 오지 않았으면 좋겠어'를 '네가 여기 오지 말았으면 좋겠어'라고 고쳐 말할 수도 있다. '말다'는 동사 어미 '-고' 아래에 쓰여서 그 동작이 결국 이뤄진다는 뜻을 나타내기도 한다. '그 두 사람은 결국 헤어지고 말았어'의 '말다'가 그것이다.

ㄹ

ㄹ의 액체성을 드러내는 말이라고는 할 수 없지만, ㄹ 받침을 가진 말 가운데 '불알'이 있다. '불알'은 '불'과 '알'의 합성어다. '불'은 불알을 싸고 있는 주머니, 즉 음낭을 뜻한다. 그 '불'은 어쩌면 물질이 열과 빛을 내면서 타는 현상으로서의 '불'과 관련이 있을 것이다(과연 그럴까?). '불알'은 성기와 관련된 고유어 가운데 금기의 정도가 비교적 약한 말이다. '불알친구'라는 말도 흔히 쓴다.

ㄹ족(族) 말에는 '별'도 있다. "별 하나에 추억과/ 별 하나에 사랑과/ 별 하나에 쓸쓸함과/ 별 하나에 동경과/ 별 하나에 詩와/ 별 하나에 어머니, 어머니"라고 읊은 것은 청년 윤동주였다. 김광섭의 별은 생텍쥐페리적 '길들임'을 거친 별이다. 그 별은 그러므로 낭만적 사랑의 별이다: "저렇게 많은 중에서/ 별 하나가 나를 내려다본다/ 이렇게 많은 사람 중에서/ 그 별 하나를 쳐다본다// 밤이 깊을수록/ 별은 밝음 속에 사라지고/ 나는 어둠 속에 사라진다// 이렇게 정다운/ 너 하나 나 하나는/ 어디서 무엇이 되어/ 다시 만나랴." 나해철의 별은 다른 자아이자 생명의 담지자이자 벗이자 동행자이자 그림자-존재이자 수호성이다: "한겨울 마른 나뭇가지 끝에도/ 주먹만큼

한 별들은 매달려/ 외로워/ 외로워 말라고/ 파랗게 빛나는데/ 아직은 심장에 따뜻한 피 흐르는/ 내 가슴과 어깨 위에/ 어찌 별들이 맺혀 빛나지 않겠는가/ 사람들아 나를 볼 때도/ 겨울나무를 만날 때도/ 큰 눈에 어린 눈물보다 더 큰/ 별이 거기 먼저 글썽이고 있음을 보라.”

‘입술’ 역시 ㄹ족의 식구다. ‘입’의 ㅂ이 막아놓은 곳을 ‘술’의 ㄹ이 틔워주고 있다. 어떤 소설가는 여자의 입술을 술잔에 비유하기도 했다. 물론 ‘입술’의 ‘술’이 마시는 술은 아니다. 비록 “술은 입으로 들고/ 사랑은 눈으로 든다”는 시구도 있지만. ‘입술’의 ‘술’은 기원적으로 ‘눈시울’의 ‘시울’과 같다. “만져보는 거야/ 네 입술을/ 네 입술의 까슬함과 도드라짐/ 한숨과 웃음/ 만져보는 거야.”

그러니까 비록 한국어에 ㄹ로 시작하는 말은 없을지라도 ㄹ을 포함하는 말은 무수히 많고, 그 말들은 흔히 ‘흐름’이라는 ㄹ의 본성을 음성상징으로 간직하고 있다. 예컨대 고을, 마을, 가을, 겨울, 이슬, 구슬, 겨를, 들, 뜰, 부들, 버들, 결, 딸, 아들, 비늘, 미늘, 그늘, 하늘, 바늘, 마늘, 노을, 글월, 풀, 넌출,

날줄, 그물, 망울, 물방울, 눈시울, 밀기울, 여울, 개울, 저울, 거울, 꽃술, 관솔불, 덤불, 수풀, 샘물, 우물, 나물, 술, 조약돌, 닮은꼴, 물별, 깃털, 봄철, 설, 널, 등걸, 산비탈, 말미잘, 밀알, 흰쌀, 부챗살, 빛발, 꽃말, 보름달, 한글날, 자갈, 맛깔 같은 말의 ㄹ은 얼마나 막힘없이 흐르는가? 서울과 시골의 ㄹ도 그렇다.

꼭 받침 ㄹ만 흐르는 것은 아니다. 스르르, 사르르, 까르르, 뱅그르르, 조르르, 함치르르, 찌르르, 번지르르, 반드르르, 야드르르, 보그르르, 가르르르, 와르르, 데구루루, 후루루 같은 의성어, 의태어에서 ㄹ은 흐른다. 의성어, 의태어의 경우가 아니더라도 ㄹ은 말소리에 윤기를 부여한다. 마루, 나루, 가루, 시루, 그루, 노루, 머루, 벼루, 하루, 이레, 여드레, 아흐레, 자루, 모루, 신기료, 가로, 세로, 찔러, 민들레, 물레, 둘레, 켤레, 얼레, 글치레, 지레, 물푸레나무, 손수레, 써레, 사레, 사래, 두레, 모래, 모레, 겨레, 강강술래, 빨래, 진달래, 도르래, 고무래, 노래, 타래, 고래, 아래, 나래, 가래, 마누라, 소라, 물보라, 자라, 나라 같은 말들에서 ㄹ은 흐른다. 접미사 '-스레'는 '-스러이'의 준말이다. 그러니 '-스럽게'의 뜻이다. 미련스레, 퉁명스레, 억척스레, 변덕스레, 뻔뻔스레, 익살스레, 거추장스레, 우스꽝스레 같은 말에 그 '스레'가 보인다.

ㄹ은 한글 자모의 네 번째 글자다. '넷'이라는 수는 계절과 세계, 곧 시간과 공간을 상징한다. 한 해는 봄·여름·가을·겨울 넷으로 나뉘고, 세계는 전·후·좌·우 넷으로 나뉜다. '넷'이라는 수는 사지(四肢)서 보듯 육체적이고, 사원소(四元素)에서 보듯 물질적이며, 사방(四方: 동서남북)에서 보듯 대지적이다. 세계는 수직적으로는 지옥·땅·하늘 셋으로 나뉘지만, 수평적으로는 전·후·좌·우 넷으로 나뉜다. '넷'은 안정의 수이자, 네모지고 입체적인 세계의 수이다. ㄹ 글자의 꼴도 각겨 있다. 그러나 ㄹ의 소리는 그렇지 않다. ㄹ은 그저 흐르고 흐른다. '흐르다'에도 ㄹ이 있다.

ㅁ은 한글 자모의 다섯째 닿자다. ㅁ 글자의 꼴은 이 글자가 나타내는 소리를 낼 때 아래위의 두 입술이 붙기 때문에 입의 모양을 본뜬 것이다. 입의 모양을 왜 ㅁ처럼 모나게 본떴을까? 그것은 아마도 한자의 입 구(口) 자에 영향을 받았으리라. 한자의 '口' 자도 입의 모양을 본뜬 상형문자다. 지붕이나 집의 평면이 ㅁ자 형인 집을 'ㅁ자집'이라고 부른다.

ㅁ이 표시하는 소리는 입술소리이자 콧소리다. 국제음성문자로는 /m/으로 표기되는 양순 비음이다. 입술을 다물어 입 안을 비게 하고 목청에서 떨려 나오는 소리를 콧구멍을 통해 내는 울림소리가 이 소리다. '숨' '곰' '남' '춤'에서처럼 받침의 경우에는 입술을 떼지 않는다.

ㅁ 받침은 연구개음 ㄱ(ㄲ, ㅋ) 소리 앞에서 그 ㄱ 소리에 동화돼 연구개음 ㅇ처럼 발음되는 경우가 있다. 예컨대 '감기'나 '곤궁'이 [강기]나 [공궁] 비슷하게 발음되는 경우가 그렇다. 그러나 이런 소리 변동은 임의적인 것이다. 표준 발음으로는 [감기]이고 [곤궁]이다.

ㅁ 글자의 이름은 '미음'이다. 북한에서는 '므'라고 부르기도 한다. '미음'의 동음이의어들이 한국어에는 여럿 있다. 미음(米飮)은 환자가 먹는 묽은 쌀죽이다. 줄여서 '밈'이라고도 한다. 미음(美音)은 아름다운 음성이라는 뜻이고, 미음(微音)은 희미한 소리라는 뜻이며, 미음(微吟)은 작은 소리로 읊는다는 뜻이다. 미음완보(微吟緩步)는 작은 소리로 읊으며 천천히 걷는다는 뜻이다. 또 날씨가 조금 흐릿하다는 뜻의 미음(微陰)은 음력 5월의 딴 이름으로도 쓰인다.

ㅁ은 한국어에서 받침 없는 용언에 붙어 그 용언을 명사형으로 만드는 전성어미로 쓰인다. 이런 식으로 만들어지는 명사형을 학교문법에서는 제1명사형이라고 한다. '하다' '오다' '가다' '가리다' 따위의 동사들의 제1명사형은 '함' '옴' '감' '가림'이다. 학교문법에서 제2명사형이라고 부르는 꼴은 어간에

ㅁ

어미 '-기'를 붙여 만든다. 그래서 위에 예시한 동사들의 제2 명사형은 '하기' '오기' '가기' '가리기'이다. 어간이 닿소리로 끝날 때, 다시 말해 어간이 받침 있는 음절로 끝날 때 제1명 사형 전성어미는 ㅁ이 아니라 '-음'이다. 그래서 '먹다' '막다' '좋다' '싫다'의 제1명사형은 '먹음' '막음' '좋음' '싫음'이 된다.

이 명사형 전성어미 ㅁ과 혼동되기 쉬운 것이 명사화 접미 사 ㅁ이다. 명사형 전성어미 ㅁ은 용언에 붙어서 그 용언의 품 사를 그대로 둔 채 자격이나 성분에만 간여하지만, 명사화 접 미사 ㅁ은 용언 뒤에 붙어서 아예 새로운 단어, 새로운 명사 를 만든다. 예컨대 '슬프다'나 '기쁘다'라는 형용사의 어간에 이 명사화 접미사가 붙으면 '슬픔' '기쁨'이라는 명사가 만들 어지고, '자다'라는 동사의 어간에 명사화 접미사 ㅁ이 붙으면 '잠'이라는 명사가 만들어진다. 이 명사화 접미사 ㅁ은 동사 '얼다'의 어간에 붙어서 명사 '얼음'을 만들고, 동사 '꾸다'의 어 간에 붙어서 명사 '꿈'을 만든다.

그러니까 그 형태만으로 보면 어떤 용언의 제1명사형과 그 용언에서 파생한 명사가 서로 구별되지 않는 수가 있다. '고향 꿈을 자주 꿈은 즐거운 일이다' '밤잠을 푹 잠은 건강에 중요 하다' '부채춤을 잘 춤은 그리 쉬운 일이 아니다' 같은 문장들에서 처음에 나온 '꿈' '잠' '춤'은 동사 '꾸다' '자다' '추다'에서 파생한 명사이지만, 뒤에 나온 '꿈' '잠' '춤'은 동사 '꾸다' '자다' '추다'의 명사형이다. 그러니까 뒤에 나온 단어들은 명사형으로 활용했을 뿐 그 품사는 여전히 동사인 것이다. 동사의 이런 명사형을 동명사라고도 한다.

명사형 어미 ㅁ은 그 생산성이 엄청나게 높지만 명사화 접미사 ㅁ은 극히 제한적으로 사용된다. 활용이라는 것은 일반적인 것이지만, 파생이라는 것은 제한적이기 때문이다. 다시 말해서 한국어의 모든 용언은 그 어간에 ㅁ(또는 -음)을 붙여서 명사형으로 만들 수 있지만, 그 어간에 접미사 ㅁ을 붙여서 명사를 파생하는 용언은 적어도 일상어에서는 극히 제한돼 있다. 위에서 언급한 '슬픔' '잠' '꿈' '춤' '얼음' 같은 것들이 그렇게 파생된 명사의 예다. 우리가 자주 쓰는 '삶'이라는 말도 마찬가지다. '삶을 제대로 삶은 쉬운 일이 아니다'라는 문장에서 앞의 삶은 명사요, 뒤의 삶은 동사(의 명사형, 곧 동명사)다. 그러나 비록 용언의 어간에 ㅁ이 붙어 만들어진 명사가 아직은 그리 많지 않을지라도, 원리적으로 이 명사화 접미사 ㅁ은 개념어를 만드는 데 아주 적합한 재료다. 어떤 용언에도 ㅁ(-음)을 붙이기만 하면 적어도 '원리적'으로는 그 용언의

ㅁ

개념을 담는 명사를 만들어낼 수 있으니 말이다. 그래서 앞으로 국어순화 운동이 힘을 얻게 된다면, ㅁ 명사형(동명사)의 많은 수가 완전한 명사로 굳어져 한자어 개념어들을 대체할 가능성도 있다.

'-ㅁ'과 '-기'는 둘 다 명사형 어미로서 용언에 명사(체언)의 자격을 부여하지만, 이 두 어미가 붙은 말들의 의미가 똑같은 것은 아니다. 우선 '-ㅁ 형'은 지각 동사를 주절의 동사로 삼을 수 있지만, '-기 형'은 그렇지 못하다. 그래서 '나는 그의 성격이 살가움을 알았다'나 '나는 그 두 사람의 성격이 매우 다름을 깨달았다'나 '나는 해가 바다 위로 솟아오름을 보았다' 같은 문장은 성립하지만, '나는 그의 성격이 살갑기를 깨달았다'거나 '나는 그 두 사람의 성격이 매우 다르기를 깨달았다'거나 '나는 해가 바다 위로 솟아오르기를 보았다'는 비문이 된다. 이것은 '-ㅁ 형'의 말이 '-기 형'의 말보다 더 명사적 성격 (실체적 대상적 성격)이 크다는 것을 뜻한다. 그 말은 '-기' 쪽이 '-ㅁ' 쪽보다 더 동사적 성격(서술적 성격)이 크다고 바꿔 말할 수 있겠다. '-ㅁ'은 지각의 대상이 될 수 있지만, '-기'는 지각의 대상이 될 수 없는 것이다.

반면에 주절에 기대나 원망 등을 나타내는 동사가 오면, 내포절에선 '-기 형'만이 사용될 뿐 '-ㅁ 형'은 사용될 수 없다. 예컨대 '나는 네가 죽기를 바라'라거나 '우리는 그놈이 죽기를 기다리고 있어'라는 문장은 자연스럽지만, '나는 네가 죽음을 바라'라거나 '우리는 그놈이 죽음을 기다리고 있어'라는 문장은 비문이거나 어색하다. '-기 형'이 기대나 원망과 관련된 동사와 어울릴 수 있는 데 비해 '-ㅁ 형'은 그런 동사들과 어울릴 수 없다는 것은, '-ㅁ 형'이 완료, 확정 등의 의미 자질을 지닌 반면에 '-기 형'은 미완료, 미정 등의 의미 자질을 갖는다는 걸 뜻한다. 위의 두 문장에서 죽음은 아직 완료되지 않고 확정되지 않은 것이므로, '-ㅁ'은 사용하지 못하고 '-기'만 사용할 수 있는 것이다.

그러나 '-ㅁ'이 지닌 실체적 대상적 성격을 이용하면, '-ㅁ 형'으로도 위 문장의 의미를 표현할 수 있다. 즉 '-ㅁ 형'을 사용해서 완전한 명사를 만드는 것이다. '나는 네 죽음을 바라'라거나 '우리는 그놈의 죽음을 기다리고 있어'처럼 말이다. '네가 죽음' '그놈이 죽음' 같은 주어-서술어의 절(節) 구조를 '네 죽음' '그놈의 죽음' 같은 수식어-피수식어의 구(句) 구조로 바꾸어, 복문이었던 문장을 단문으로 만드는 것이다.

ㅁ

ㅁ은 어린아이들이 가장 먼저 배우는 소리다. 그래서 어린아이들이 가장 먼저 배우는 말인 '엄마'에 이 ㅁ이 들어가 있다. 이것은 우리말의 경우에만 그런 것이 아니다. ㅁ 소리를 가장 먼저 배우는 것은 우리나라 아이들만이 아니니까. 그래서 '엄마'라는 말은 영어로는 'mama'이고 프랑스어로는 'maman'이다. 영어나 프랑스어만이 아니다. 알려진 언어의 태반은 '엄마'라는 의미의 어휘소에 ㅁ 소리를 포함하고 있다.

어린아이들이 가장 먼저 배우는 말이 '엄마'라면, 그 다음에 배우는 말은 생명의 존속을 위해 가장 소중한 것, 즉 '밥'일 것이다. 그 '밥'을 어린아이 말로는 '맘마'라고 한다. 어린아이들이 최초로 먹는 '맘마'는 '젖'이다. 사람의 어린아이들만이 아니라 포유동물이면 다 그렇다. 그리고 그 젖이 나오는 곳은 유방이다. 영어로 포유동물의 유방을 'mamma'라고 하는 것은 그래서 조금도 이상하지 않다. 이 영어 단어 자체가 라틴어에서 고대 영어로 수입된 것이다. 유방을 ㅁ 소리로 표현하는 것이 영어만은 아닌 것이다. 실은 포유동물을 뜻하는 영어 'mammal' 역시 '가슴'을 뜻하는 라틴어 'mamma'에서 온 것이다.

ㅁ 소리에서는 따뜻함, 가벼움 같은 것들이 느껴진다. 막내, 말, 맛, 멋, 맵시, 물매, 마름모, 무지개, 물, 뭉클뭉클, 미끈하다, 민들레, 미나리, 미립, 미늘, 머금다, 머위, 무종아리, 무김치, 모으다, 모두, 머루처럼 ㅁ으로 시작하는 말들도 그렇고, 봄, 여름, 보름, 아름, 사슴, 아침, 김, 솜, 숨, 단감, 바람, 사람, 알밤, 개암, 옹달샘, 미끄럼, 헤엄, 냠냠, 자밤자밤처럼 ㅁ 받침으로 끝나는 말들도 그렇다. '몸'과 '마음'처럼 ㅁ으로 시작해서 ㅁ으로 끝나는 말들은 더 그렇다.

ㅁ 소리를 중간에 품고 있는 말들도 마찬가지다. 두루미, 지느러미, 동무, 나무, 풀무, 세모, 네모, 열매, 눈매, 소매, 가리마, 치마 같은 말 말이다. 영어의 '하드웨어'(hardware)를 직역한 '굳은모'와 '소프트웨어'(software)를 직역한 '무른모'도 마찬가지다. 어근이 ㅁ으로 끝나는 달콤새콤하다, 날름날름하다, 부유수름하다, 갸름갸름하다, 상큼하다, 소담하다, 삼삼하다, 함초롬하다, 매초롬하다, 둥그스름하다 같은 말의 가벼움을 음미해보라.

ㅁ 소리 두 개를 모음으로 연결한 '마음'이라는 말만큼 마음의 따뜻함을 드러내는 말은 없을 것이다. 영어의 'heart'라는 말에서는 심장의 박동이나 피의 뜨거움이 느껴지지만 '마

ㅁ

음'에서와 같은 따뜻함과 은근함은 느껴지지 않는다. 'mind' 라는 말에는 ㅁ 소리가 들어 있지만, 그 말에서는 정신 활동의 기계적 성질, 말하자면 차가운 성질이 느껴진다. 'spirit'은 더 그렇다. 이런 영어 단어들에는 '마음'이라는 말이 사람들의 마음속에 울리는 따뜻함이 없다. 줄여서 '맘'이라고도 하는 '마음'과 '넋'이라는 말을 비교해 보아도 그렇다. '넋'은 뭔가 고 귀하거나 원한에 차 있지만, '마음'은 늘상 다른 사람에 대한 배려로 따뜻하다.

'마음'에 대응하는 한자어 유의어는 '정신'일 터이다. '마음' 이 주로 감성이나 의지의 영역을 가리킨다면, '정신'은 이성이 나 오성의 영역을 가리킨다. '정신 나간 놈' '정신 차려 이놈 아' '그 순간 정신을 잃었어'를 '마음 나간 놈' '마음 차려 이놈 아' '그 순간 마음을 잃었어'로 바꿀 수는 없다. 또 '마음이 아 파' '기쁜 마음으로' '마음이 어찌 그리 곱니?' '네 말이 걔 마 음에 상처를 주었어'를 '정신이 아파' '기쁜 정신으로' '정신이 어찌 그리 곱니?' '네 말이 걔 정신에 상처를 주었어'로 바꿀 수도 없다. '걘 지금 학교에 갈 마음이 없어'와 '걘 지금 학교에 갈 정신이 없어'는 둘 다 허용되는 문장이지만 그 뜻은 다르 다. 여기서 '마음'은 의지이지만 '정신'은 이성이다.

'말씀'은 ㅁ이 들어간 또 다른 아름다운 말이다. 유대-기독교적 상상력 속에서 '말씀'은 세상의 기원이다: "태초에 말씀이 있었다. 말씀은 하느님과 함께 있었고, 말씀이 하느님이었다."

이 '말씀'은 중세어에서 '언어'나 '말소리'를 뜻했지만, 현대어에서는 '말'의 높임말로 쓰인다. 그런데 이 '말씀'의 대우법적 쓰임새가 재미있다. '말씀'은 상대나 윗사람의 '말'을 높여 가리키기도 하지만, 자신의 말을 낮춰 가리키기도 하기 때문이다. 그러니까 '말씀'은 '말'의 높임말이자 낮춤말인 것이다. "할아버님 말씀대로 합시다"에서 '말씀'은 '말'의 높임말이지만, "제 말씀 좀 들어보십시오'에서 '말씀'은 '말'의 낮춤말이다.

'숨'과 '호흡'이라는 두 유의어에서 ㅁ 소리의 말랑말랑함과 ㅂ 소리의 답답함이 극명하게 대비된다. '품'이라는 말은 또 얼마나 안온한가? '품'을 안온하게 만드는 것은 그 ㅁ 소리일 것이다. 제 품에 저 아닌 것을 안을 수 있는 것들은 풍성하다. 나희덕이 노래한다: "세상에!/ 오동나무 한 그루에/ 까치가 이십 마리라니// 크기는 크지만/ 반 넘어 썩어가는 나무였다// 그 나무도/ 물기로 출렁거리던 때/ 제 잎으로만 무성하던 때 있었으리// 빈 가지가 있어야지,/ 제 몸에 누구를 앉히는 일/

ㅁ

저 아닌 무엇으로도 풍성해지는 일// 툭툭 터지는 오동 열매에/ 까치들 놀라서 날아올랐다가! 검은 등걸 위로/ 다시 하나 둘 내려앉고 있었다."

'함함하다'나 '함초롬하다'의 ㅁ도 그렇다. '샘'과 '섬'은 또 안 그런가? "사람들 사이에 섬이 있다"고 정현종은 말한다. 물 가운데 섬이 있다. 그 섬이 조은의 몸을 빌려 말한다: "물이 나를 가둔다/ 물이 나를 조인다// 새들은 내 몸에다 배설을 하고/ 바람은 커다란 독처럼 나를 묻는다// ······// 가자/ 이 햇빛 좋고 바람 서늘한 날에/ 나를 기어오르는 물길을 다른 곳으로 꺾으며/ 홀가분해지며."

어간이 ㅁ으로 끝나는 용언으로는 심다, 삼다, 감다, 보듬다, 더듬다, 다듬다, 가다듬다, 쓰다듬다, 담다 따위가 있다. 안온한 '품'을 지닌 ㅁ의 동사들· ···· 세상을 품은(품는) 동사들.

ㅂ은 한글 자모의 여섯째 자다. 이 글자의 이름은 '비읍'이다. 북한에서는 '브'라고도 부른다. 이 글자가 나타내는 소리는 국제음성문자로는 /p/로 표기하는 양순 파열음이다. 이 글자의 꼴은 ㅁ에서 번져 나왔다. ㅂ이 나타내는 소리는 ㅁ이 나타내는 소리와 그 조음 지점이 같기 때문이다. 한국어의 ㅂ 소리는 두 울림소리 사이에서 울림소리로 변해 [b]로 실현된다. 그래서 '바보'는 [paːbo]에 가깝게 실현된다. 앞의 ㅂ이 안울림소리인 데 견주어 뒤의 ㅂ은 울림소리인 것이다.

ㅂ은 한국어에서 일부 동사를 형용사로 만드는 접미사다. '놀라다'라는 동사의 어간에 접미사 ㅂ이 붙어 '놀랍다'라는 형용사가 나왔고, '그리다'라는 동사의 어간에 접미사 ㅂ이 붙

어 '그립다'라는 형용사가 나왔다. 그 동사의 어간이 자음으로 끝나면 접미사 ㅂ은 '읍'으로 변하기도 한다. '웃다'에서 '우습다'가 나오듯이.

　현대 한국어에서 이런 식으로 파생되는 말은 꽤 많은데, 그 가운데는 이 말들의 역사를 반영해서 그 파생의 양태가 다소 불규칙적인 것이 많다. 어간 말음이 탈락하기도 하고 ㅂ 앞에 '으' 말고 다른 모음이 첨가되기도 한다. 아무튼 '믿다'에서 파생한 '미덥다', '아끼다'에서 온 '아깝다', '즐기다'에서 온 '즐겁다', '반기다'에서 온 '반갑다', '배곯다'에서 온 '배고프다', '앓다'에서 온 '아프다' 같은 말들이 이런 유형의 파생어에 속한다고 할 수 있다.

　동사나 형용사 같은 용언의 어간이 ㅂ으로 끝날 때, 이 ㅂ이 모음으로 시작하는 어미 앞에서 '오'나 '우'로 변하는 수가 있다. 이런 식의 활용을 'ㅂ불규칙활용' 또는 'ㅂ변칙활용'이라고 하고, 이런 부류에 드는 용언을 'ㅂ불규칙(변칙)용언'이라고 한다. 예컨대 형용사 '곱다'의 어미 '-아'가 붙으면 '곱아'가 아니라 '고와'가 되고, 동사 '돕다'에 어미 '-아서'가 붙으면 '돕아서'가 아니라 '도와서'가 된다. 이와 비슷하게, '춥다'는 '추어’ ‘춥으니’가 아니라 ‘추워’ ‘추우니’로 활용하고, ‘덥다’ 역시 ‘덥어’ ‘덥으니’가 아니라 ‘더워’ ‘더우니’로 활용한다.

영남 지방의 일부 방언에서는 ‘덥어’ ‘덥으니’ ‘춥어’ ‘춥으니’로 활용하기도 하지만, 아무튼 현대 표준 한국어에서는 ‘덥다’ ‘춥다’가 ㅂ불규칙형용사여서, ‘더워’ ‘더우니’ ‘추워’ ‘추우니’로 활용한다. 동사 ‘눕다’도 ‘눕어’ ‘눕으니’가 아니라 ‘누워’ ‘누우니’로 활용하고, 형용사 ‘반갑다’도 ‘반갑어’ ‘반갑으니’가 아니라, ‘반가워’ ‘반가우니’로 활용한다.

물론 어간이 ㅂ으로 끝나는 용언이 모두 ㅂ불규칙활용을 하는 것은 아니다. 형용사 ‘좁다’는 ‘조와’ ‘조우니’가 아니라, ‘좁아’ ‘좁으니’로 활용하는 정칙(규칙)형용사다. 또 동사 ‘잡다’ 역시 ‘자와’ ‘자우니’가 아니라 ‘잡아’ ‘잡으니’로 활용하는 정칙동사다. 형용사 ‘수줍다’나 ‘어줍다’, 동사 ‘집다’ ‘꼬집다’ ‘입다’ ‘씹다’ ‘업다’ ‘접다’ ‘뽑다’ ‘손꼽다’ 등도 마찬가지다. ‘수줍어’ ‘어줍어’ ‘집어’ ‘꼬집어’ ‘입어’ ‘씹어’ ‘업어’ ‘접어’ ‘뽑아’ ‘손꼽아’ 등으로 활용하는 것이다.

형태가 같고 의미가 다른 말들, 즉 동형어들 가운데 어떤 것은 정칙활용을 하고 어떤 것은 변칙(불규칙)활용을 하는 것도 있다. 위에서 예로 든 형용사 ‘곱다’는 ‘아름답다’는 뜻일 때는 불규칙활용을 하지만, '손가락이나 발가락이 몹시 차서 잘 움직이지 않는다'는 뜻일 때는 '곱아' '곱으니'처럼 정칙으로 활용한다. '굽다'라는 말도 마찬가지다. 이 '굽다'가 '불에 익힌다'는 뜻의 동사일 때는 '구워' '구워서'처럼 불규칙활용을 하지만, '한쪽으로 휘어져 있다'는 뜻의 형용사일 때는 '굽어' '굽어서'처럼 정칙활용을 한다.

어간이 ㅂ으로 끝나는 용언이 규칙적으로 활용하느냐, 불규칙적으로 활용하느냐를 결정하는 규칙은 없다. 역사적으로는 그 이유를 밝힐 수 있지만, 공시적으로 보자면 그것은 현재를 살아가는 한국어 화자들의 관습일 뿐이고, 그러니 무작정 익히는 수밖에 없다. ㅂ으로 끝나는 용언 가운데 압도적 다수가 ㅂ불규칙용언이라는 점은 말해두는 것이 좋겠다. 그 일부만 예를 들자고 해도 슬기롭다, 대수롭다, 외롭다, 괴롭다, 가소롭다, 애처롭다, 번거롭다, 날카롭다, 오줌 마렵다, 귀엽다, 흥겹다, 정겹다, 힘겹다, 역겹다, 지겹다, 눈물겹다, 매섭다, 무섭다, 어지럽다, 사랑스럽다, 안쓰럽다, 미덥다, 기껍다, 아니꼽다, 싱겁다, 놀랍다, 그립다, 차갑다, 뜨겁다, 두텁다, 아름답다, 간지럽다, 더럽다, 서럽다, 부럽다, 즐겁다, 너그럽다, 밉다, 맵다, 두껍다, 깁다, 우습다, 어둡다, 눕다, 사납다, 살갑다, 반갑다, 고깝다, 아깝다, 헐겁다, 안타깝다 등 한이 없다.

ㅂ불규칙용언으로서 우리가 일상적으로 흔히 쓰는 말에 '고맙다'가 있다. 이 '고맙다'는 흔히 '감사하다'와 동의어처럼 생각되지만, 실은 어휘의 범주부터가 다른 말이다. 물론 '와주서서 고맙습니다'와 '와주서서 감사합니다'는 거의 같은 뜻을 지닌 문장이다. 그러나 '고맙다'는 형용사이고, '감사하다'는 동사다. 그러니까 '고맙습니다'는 '나는 당신이 고맙습니다'의 준말이라고 할 수 있는 반면에, '감사합니다'는 '나는 당신에게 감사합니다'의 준말이라고 할 수 있다.

갑돌이가 을숙이에게 '고맙습니다' 또는 '감사합니다'라고 했을 때, 갑돌이에게 을숙이는 '고마운 사람'이다. 그러나 '감사한 사람'은 아니다. 감사를 한 사람은 갑돌이니까. 갑돌이는 '을숙이에게 감사하는 마음'을 갖고 있지만, '고마운 마음'을 갖고 있지는 않다. 그는 그녀에게 고마움을 느낄 뿐이다. 물론 구어에서는 '감사하는'과 '고마운'이 혼동되는 경우도 없지는 않지만, 그래서 '감사하는 마음'이라는 뜻으로 '고마운 마음'이라는 표현이 사용되기도 하지만, 그리고 언젠가는 그 둘이 마음대로 넘나들 수도 있겠지만, 아직은 '고마운 마음'이 다소 어색하다.

하느님은 '고마우신 분'이지 '감사하신 분'은 아니며, 우리는 그분의 은총에 '감사하는 마음'을 가져야지 '고마운 마음'을 가져서는 안 된다. 고마운 마음은 우리 마음이 아니라 하느님의 마음이다. '고마운 마음'이란, '그 마음에 대해서 다른 사람이 감사하는 마음, 그 마음에 대해서 다른 사람이 고마워하는 마음'이라는 의미이니까.

ㅂ불규칙형용사 '두껍다'와 '두텁다'는 그 의미가 통한다. 그러나 '두껍다'는 대체로 물체의 두께에 대해서 쓰이는 반면, '두텁다'는 인정이나 사랑의 양에 대해서 쓰인다. '두꺼운 책'을 '두터운 책'이라고 말하지는 않고, '두터운 정'을 '두꺼운 정'이라고 말하지는 않는다.

한국어 형용사 가운데는 어간에 접미사 '이'를 붙여서 부사를 파생시키는 것들이 있다. 예컨대 '많다'는 어간 '많'에 접미사 '이'를 붙여서 '많이'라는 부사를 만들고, '적다'는 어간 '적'에 접미사 '이'를 붙여서 '적이'라는 부사를 만든다. 또 '높다'의 어간 '높'에 접미사 '이'를 붙이면 '높이'라는 부사가 생긴다. ㅂ불규칙형용사에 부사화 접미사 '이'가 붙으면 그 어간 끝의 ㅂ은 어떻게 될까? '오'나 '우'로 변할까? 아니면 그대로 있을까? 둘 다 아니다. 그냥 탈락하고 만다. 예컨대 형용사 ‘곱다’에서 파생한 부사는 ‘곱이’도 ‘고위’도 아닌 ‘고이’이고, 형용사 ‘쉽다’에서 파생한 부사는 ‘쉽이’도, ‘쉬위’도 아닌 ‘쉬이’다. 마찬가지로 ‘즐겁다’는 부사 ‘즐거이’를 파생시키고, ‘반갑다’는 부사 ‘반가이’를 파생시킨다.

그런데 일부 형용사에 붙는 접미사 ‘이’는 때에 따라 명사화 접미사이기도 하다. 예컨대 ‘넓다’의 어간에 ‘이’가 붙으면 ‘넓이’라는 명사가 파생하고, ‘높다’의 어간에 ‘이’가 붙으면 ‘높이’(‘높게’라는 의미말고 ‘높은 정도’라는 의미)라는 명사가 파생하며, ‘크다’의 어간에 ‘이’가 붙으면 ‘키’(앞의 ㅡ모음은 탈락)라는 명사가 탄생한다. ㅂ불규칙형용사에 이런 성질의 명사화 접미사가 붙으면 어간 끝의 ㅂ은 어떻게 될까? 부사화 접미사 ‘이’ 앞에서처럼 탈락할까? 그렇지 않다. 활용할 때처럼 ‘우’로 변한다. 그래서 형용사 ‘춥다’는 ‘추위’라는 명사를 파생시켰고, 형용사 ‘덥다’는 ‘더위’라는 명사를 파생시켰다.

받침소리 ㅁ이 가벼움의 소리, 떠 있는 소리라면, 받침소리 ㅂ은 무거움의 소리, 가라앉은 소리다. 그래서 ㅂ으로 끝나는 말들은 답답하다. 어근이 ㅂ으로 끝나는 답답하다, 갑갑하다,

ㅂ

찹찹하다, 고리탑탑하다, 거무접접하다, 텁텁하다, 꿉꿉하다, 츱츱하다, 추접하다, 구접스럽다 같은 말들이 그 ㅂ 받침의 무거움과 가라앉음을 보여준다. '트집'이나 '발굽' 같은 명사도 그렇다.

받침소리 ㅂ은 ㄴ이나 ㅁ 같은 콧소리 앞에서는 그 콧소리에 동화돼 콧소리 ㅁ으로 변한다. 그래서 '집느냐' '꼬집느냐' '입느냐' '씹느냐' '업느냐' '접느냐' '잡느냐' '깁느냐'는 각각 [짐느냐] [꼬짐느냐] [임느냐] [씸느냐] [엄느냐] [점느냐] [잠느냐] [김느냐]로 소리 난다. '밥 먹어라'도 [밤머거라]로 소리 난다. 그래서 상황을 고려하지 않으면 [밤머거라]가 '밥을 먹어라'의 뜻인지 '밤을 먹어라'의 뜻인지 구별하기 어려울 때도 있다.

받침소리 ㅂ이 ㄴ이나 ㅁ 같은 콧소리 앞에서 그 콧소리에 동화돼 ㅁ으로 변하는 것은 필연적이고 보편적인 규칙이다. 그러나 ㅂ과 관련된 임의적 변동 규칙도 있다. ㅂ 받침이 ㄱ (ㄲ, ㅋ) 소리 앞에서 ㄱ으로 변하는 경우가 그렇다. 예컨대 '밥그릇' '입가심' 같은 말은 [박그릇]→[바끄릇], [익가심]→[이까심]처럼 발음된다. 또 정서법상 ㅂ 받침을 지니지 않은 말일지라도 그 받침이 ㅂ과 똑같이 소리 나는 경우라면 이 음운법칙이 적용된다. 예컨대 ‘덮개’라는 말이 /덥개/를 거쳐서 [덕개]→[더깨]처럼 발음되는 경우다. 이렇게 ㅂ이 ㄱ 앞에서 ㄱ으로 변하는 현상은 임의적인 것이고 표준 발음으로는 인정되지 않는다. 마음이 풀린 상태에서나 나올 수 있는 발음이다.

ㅂ을 연이어 쓴 ㅃ은 ㅂ을 되게 내는 소리다. 국제음성문자로는 /p/로 표기한다. ㄸ으로 시작하는 말들이 그렇듯 ㅃ으로 시작하는 말들 가운데도 한자어가 없다. 죄다 고유어들이다. 빨래, 뽐내다, 뾰족하다, 빠르다, 뻰정다리, 빨갛다, 빻다, 빼다, 뽑다, 뼈대, 뿜다, 뿔잠자리, 뺨, 빨강, 빽빽하다, 뽀얗다, 뿌리 등걸 같은 말들이 ㅃ 항목에 있다. 뿌리, 거대한 뿌리…… 시인 김수영은 “第三人道教의 물속에 박은 鐵筋기둥도 내가 내 땅에/ 박는 거대한 뿌리에 비하면 좀벌레의 솜털/ 내가 내 땅에 박는 거대한 뿌리에 비하면”이라고 노래한 적이 있다.

물론 ㅃ을 거느리고 있는 말로 ‘뽀뽀’도 빼놓을 수 없다. ‘아빠’ ‘오빠’에도 ㅃ이 있다. 어린 시절에 즐기던 공놀이 이름인 ‘찜뿌’에도 있다. ‘찜뿌’는 방망이를 사용하지 않는 야구다.

ㅃ으로 시작되는 말들 가운데 많은 수는 ㅂ으로 시작되는 말들의 센말이다. 예컨대 ‘뺑긋’은 ‘벙긋’의 센말이고, ‘뻔드르

르'는 '번드르르'의 센말이며, '빼끗거리다'는 '배긋거리다'의 센
말이고, '빵그레'는 '방그레'의 센말이다. '빠드득'과 '바드득',
'빡빡'과 '박박', '빨가숭이'와 '발가숭이', '빨그스름하다'와 '발
그스름하다', '뻗정다리'와 '벋정다리'의 관계도 마찬가지다.

'뻗다'와 '벋다'의 관계도 그럴까? '길게 뻗은 가지'와 '길게
벋은 가지'는 같은 의미이므로 그런 것 같기도 하다. '서울에
서 부산으로 뻗어 있는 고속도로'도 '서울에서 부산으로 벋어
있는 고속도로'라고 고쳐 말할 수 있다. 그러나 '주먹을 뻗는'
것을 '주먹을 벋는'다고는 하지 않고, 그 주먹에 맞고 '뻗는' 것
도 '벋는'다고는 하지 않는다.

ㅂ이 받침이 아닐 때, 그 ㅂ 소리는 받침소리일 때처럼 무겁
거나 가라앉아 있지 않다. 바가, 비늘, 바늘, 보라, 바람, 밤느
정이, 버들, 버섯, 보늬, 보득솔, 빛깔, 빗살, 비름, 부추, 부럼,
바둑, 보슬비, 부지런, 부들, 부리, 봄, 볼, 보람, 보름, 베틀, 바
지라기, 벼리, 벼루, 베개, 버선, 바퀴, 바리, 바위, 바깥, 보푸라
기, 부드럽다, 비 같은 부드러운 말들이 국어사전의 ㅂ부(部)
에 실려 있다.

하늘에서 내리는 비는 대중가요의 가장 흔한 제재 가운데

하나일 것이다. 비는 대지의 모든 곳에 내린다. 배호의 '비 내리는 경부선'과 '비 내리는 명동 거리'가 있는가 하면, 현인의 '비 내리는 고모령'도 있고, 주현미의 '비 내리는 영동교'도 있다. 그뿐만이 아니다. 손인호는 '비 내리는 호남선'을 불렀고, 오기택은 '비 내리는 판문점'을 불렀다. 이 밖에도 비를 제재로 한 노래는 무수히 많다. 윤형주의 '어제 내린 비', 송창식의 '비의 나그네', 채은옥의 '빗물', 김추자의 '빗속을 거닐며'와 '봄비', 투에이스의 '빗속을 둘이서', 김현식의 '비처럼 음악처럼', 남진의 '빗속에서 누가 우나', 정훈희의 '빗속의 연인들', 펄시스터즈의 '빗속의 여인', 김세환의 '비', 박남정의 '비에 스친 날들', 이광조의 '빗속에서', 권인하·김현식·강인원의 '비 오는 날의 수채화', 배따라기의 '비와 찻잔 사이', 이문세의 '빗속에서', 이승훈의 '비오는 거리', 햇빛촌의 '유리창엔 비', 이현우의 '이 거리엔 비가', 오은주의 '지나가는 비', 도미의 '비의 탱고', 박광현의 '비의 이별', 박영미의 '비 오는 토요일의 해후', 바람꽃의 '비와 외로움' 등은 비를 제재로 삼은 노래들이 채우고 있는 기다란 목록의 일부일 뿐이다. 비와 관련된 노래들이 이리도 많은 걸 보면, 내리는 비가 아드레날린의 분비를 촉진해 사람들을 감상적으로 만든다는 속설이 그럴듯하게 생각되기도 한다.

비는 세상의 더러움을 씻어낸다. 그래서 심재상의 비는 씻김굿이다: "비 지나가고 나면 눈치 없이 아스팔트 위에 나앉은 돌멩이도 이쁘다. 물기 머금은 마음에서 후끈하게 김이 오른다. 거기 아득하게 서 있는 게 누구요?"

　ㅅ은 한글 자모의 일곱째 글자다. 이 글자의 이름은 '시옷'이다. 북한에서는 '시읏'이라고 부른다. 또 '스'라고 부르기도 한다. 이 글자가 나타내는 소리는 국제음성문자로는 /s/로 표기되는 무성 마찰음이다.

　ㅅ은 반투명의 자음, 반도체 자음이다. 그 왼쪽에는 투명한 도체인 모음이 있고, 그 오른쪽에는 불투명한 부도체 ㅈ이 있다. 겸양의 선어말어미 −옵−(물러가'옵'고), −삽/사옵−(잘 있'삽'고), −잡/자옵−(받'잡'고)은 투명에서 불투명으로, 도체에서 부도체로의 변이 과정을 음성적으로 드러낸다. ㅅ은 얇은 막의 자음이고, 얇은 사(紗)의 자음이며, 속이 비칠 듯 말 듯 한 슈미즈나 란제리의 자음이다. 잠자리의 날개 같은 느낌이

ㅅ의 느낌이다. 그것은 파열의 자음이 아니라, 마찰의 자음, 스침의 자음이다. 살랑살랑, 스치다, 서늘하다, 소슬하다, 새, 산뜻하다, 삽상하다 같은 말에서 보이는 ㅅ이 그렇다.

ㅅ이 끝소리로 그칠 때에는 ㄷ처럼 발음된다. '시옷'은 /시은/처럼 발음된다. 곳, 뜻, 멋, 맛, 거짓, 그릇, 깃, 방긋, 이웃, 붓, 굿, 구레나룻, 옷, 거멀못, 송곳, 암컷, 엿, 멸치젓, 버섯, 어느덧, 기껏, 날것, 오얏, 씨앗, 갓, 사뭇, 얼레빗처럼 ㅅ으로 끝나는 다른 말들도 [곧] [뜯] [먿] [맏] [거짇] [그륻] [긷] [방귿] [이욷] [붇] [굳] [구레나룯] [옫] [거멀몯] [송곧] [암컫] [엳] [멸치젇] [버섣] [어느덛] [기껃] [날걷] [오얃] [씨앋] [갇] [사묻] [얼레빋]처럼 발음된다.

그래서 받침소리 ㄷ처럼 받침소리 ㅅ도 ㄴ이나 ㅁ 같은 콧소리 앞에 오면 그 콧소리에 동화돼 콧소리 ㄴ으로 변한다. '송곳눈'은 /송곧눈/을 거쳐 [송곤눈]으로 소리 나고, '거짓말'은 /거짇말/을 거쳐 [거진말]로 소리 난다. '엿물'은 /엳물/을 거쳐 [연물]로 소리 나고, '이웃 마님'은 /이욷마님/을 거쳐 [이운마님]으로 소리 난다.

ㅅ을 받침으로 지닌 말들 가운데 '것'이 있다. '것'은 불완전

명사다. 그러니까 '것'은 홀로 쓰이지 못하고, 관형사나 용언의 관형형 뒤에 올 수 있다. 그런 제약만 지키면 이 '것'은 세상의 모든 것을 의미할 수 있다. '것'은 문장 속에 이미 나왔던 말의 대용어로도 쓰일 수 있고, 문장 바깥의 사물, 사람, 사건, 정황 등 모든 것을 가리킬 수 있다. 이 '것' 속에는 우주의 안과 밖 모든 것이 들어 있다. 그 '것'은 이것, 저것, 그것이기도 하고, 네 것, 내 것, 우리 것, 너희 것이기도 하고, 좋은 것, 나쁜 것, 큰 것, 작은 것, 젊은 것, 늙은 것이기도 하다.

'내가 좋아하는 건(것은) 라면이야'라는 문장에서 '것'은 '라면'이라는 사물이지만, '내가 미워하는 건 너야'에서 '것'은 '너'라는 사람이고, '내가 라면을 먹은 건 자정이 조금 지나서야'에서 '것'은 '자정이 조금 지나서'라는 시각이고, '내가 널 미워하는 건 네가 고집이 세서야'에서 '것'은 '네가 고집이 세서'라는 이유다. 또 '우리가 헤어진 건 김포공항에서야'에서 '것'은 '김포공항에서'라는 장소이고, '정말 끔찍했던 건 6·25전쟁이라구'에서 '것'은 '6·25전쟁'이라는 사건이다. '이상한 거(것을) 자꾸 물어보지 마'에서 '것'은 무엇을 가리키는지 알 수 없다.

'것'은 용언의 관형형 뒤에 쓰여서 어떤 문장이나 용언이 나타내고 있는 바로 그 사실이나 행동 또는 상태를 나타내기도

한다. 그러니까 이때의 '것'은 이른바 체언절 또는 명사절을 만든다. 예컨대,

(1) 그 판사가 뇌물을 받았다는 것이 신문에 보도됐다.

(2) 그러고도 무사했다는 것이 놀랍다.

(3) 대법원장은 그가 뇌물을 받았다는 것에 놀라움을 표시했다.

(4) 나는 대법원장이 놀라워한다는 것을 대법원장 비서한테서 들었다.

(5) 우리 중에 누가 반부패 운동의 앞장을 서느냐는 것이 문제다.

(6) 고위 공직자들이 뇌물을 받는 것이 너무 잦다.

(7) 시민 단체가 반부패 운동에 나서는 것을 좀 도와주자.

(8) 언론이 그 문제를 보도하는 것이 좀 이상하다.

같은 문장들에 나타나는 '것'이 그렇다.

예로 든 문장 여덟 개 가운데 첫째에서 다섯째까지는 '것'에 의해 체언화된 문장이 그 종결형을 그대로 유지하고 있고 (즉 -'다' 형을 유지하고 있고), 나머지 세 문장에서는 종결형

을 유지하지 못하고 있다. 남기심은 종결형을 유지하고 있는 체언형을 '긴 체언형'이라고 부르고, 그러지 못한 체언형을 '짧은 체언형'이라고 부른다.

남기심의 설명을 따라가 보자. 위의 예 중 (1)에서 (3)의 긴 체언형은 의미의 변화 없이 짧은 체언형으로 바꿀 수 있다. 즉 (1)의 '그 판사가 뇌물을 받았다는 것이'는 '그 판사가 뇌물을 받은 것이'로, (2)의 '무사했다는 것이'는 '무사한 것이'로, (3)의 '그가 뇌물을 받았다는 것에'는 '그가 뇌물을 받은 것에'로 바꿀 수 있다. 그러나 (4)와 (5)의 긴 체언형은 그렇지 못하다. 고치면 비문이 된다. 다시 말해 '나는 대법원장이 놀라워하는 것을 대법원장 비서한테서 들었다'거나 '우리 중에 누가 반부패 운동의 앞장을 서는 것이 문제다'라는 문장은 성립하지 않는다.

또 (6)과 (7)의 짧은 체언형은 긴 체언형으로 바꿀 수 없지만, 즉 '고위 공직자들이 뇌물을 받는다는 것이 너무 잦다'거나 '시민 단체가 반부패 운동에 나선다는 것을 좀 도와주자'는 문장은 옳지 않지만, (8)의 짧은 체언형은 긴 체언절로 바꿀 수 있기도 하고 없기도 하다. 바꿀 수 있기도 하고 없기도 한 것은 '언론이 그 문제를 보도하는 것이 좀 이상하다'라는 문장이 중의적이기 때문이다. 이 문장은 '언론이 그 문제를 보도한다는 사실이 좀 이상하다'는 뜻일 수도 있고, '언론이 그 문제를 보도하는 태도가 좀 이상하다'는 뜻일 수도 있다. 앞의 뜻일 때는 '언론이 그 문제를 보도한다는 것이 좀 이상하다'로, 즉 긴 체언형으로 말바꿈이 가능하지만, 뒤의 뜻일 때는 그렇지 않다.

이런 예는 얼마든지 있다 '그가 걸어가는 것이 이상하다'라는 문장도 '그가 (차를 타지 않고) 걸어가는 것이 이상하다'라는 뜻일 수도 있고, '그가 걸어가는 모양이 이상하다'라는 뜻일 수도 있다. 앞의 뜻일 대에만 '그가 걸어간다는 것이 이상하다'라고 긴 체언형으로 바꿀 수 있다. '미자가 영어를 하는 것은 우스워'라는 문장도 마찬가지다. '미자가 영어를 하는 사실이 우스워'의 뜻일 수도 있고, '미자가 영어를 하는 태도(나 발음)가 우스워'의 뜻일 수도 있다. 이 역시 앞의 뜻일 때만 '미자가 영어를 한다는 것은 우스워'처럼 긴 체언형으로 바꿀 수 있다. 그러니까 이런 중의적인 문장에서 '것'은 '사실'이라는 추상적인 의미를 지닐 수도 있고, '태도'나 '모양'이라는 비교적 구체적인 뜻을 지닐 수도 있는 것이다.

체언절을 형성하는 '것'이 비교적 구체적인 뜻을 지니는 경우를 들어보면, '미자가 피아노 치는 걸(것을) 들었니?'에서 '것'은 '소리'이거나 소리와 관련된 어떤 것이고, '옆집에서 고기 굽는 게(것이) 구수하구나'에서 '것'은 '냄새'나 냄새와 관련된 어떤 것을 의미한다고 할 수 있다. '미자가 피아노 치는 걸 들었니?'라는 문장에서 주절의 용언을 바꾸면 이 '것'의 의미는 바뀐다. '미자가 피아노 치는 걸 알았니?'에서 '것'은 '사실' 정도의 막연한 뜻이 되고, '미자가 피아노 치는 걸 못 하게 했니?'에서 '것'은 '행위' 정도의 뜻이 되며, '미자가 피아노 치는 걸 떠밀었니?'에서 '것'은 '미자'를 가리킨다. 이런 문장들에서, 긴 체언형과 짧은 체언형의 호환성 여부, '것'의 의미가 추상적이냐 구체적이냐, 또 구체적이라면 어떤 뜻이냐 하는 것은 주로 주절의 서술어에 달려 있다는 걸 짐작할 수 있다.

'것'은 또 명사문을 만드는 데도 쓰인다. 명사문이란 '나도 다음 달에 파리에 갈 예정이야' '철수도 곧 갈 모양이야'에서처럼 '예정' '모양' 같은 명사가 그 문장의 서술어 노릇을 하지만, 그 서술어의 주어는 없는 문장이다. '예정' '모양' 앞에 나온 부분은 이 명사들을 수식하는 관형어절일 뿐, 문장 전체의 주어가 없는 것이다. '것'도 이와 비슷한 명사문을 만든다. 즉 '것'이라는 명사가 그 문장의 서술어지만, '것'을 수식하는 관형어절만 있을 뿐 그 '것'의 주어는 없는 경우다.

이런 유형의 문장에 쓰이는 '것'에는 크게 세 가지가 있다. 첫째 '것'은 '-ㄴ/은/는/던 것이다'의 형식으로 쓰여, 전에 일어났거나 이미 알고 있는 사실 또는 앞에서 말한 내용을 다시 한 번 강조하거나 확인하거나 근거를 대는 기능을 한다. '그는 코를 킁킁거렸다. 냄새를 맡고 있는 것이다'라거나, '체온이 38도까지 올랐다. 감기가 심한 것이다' 같은 문장이 예다. 어린 아이나 여성이 수다를 떨며 이런 유형의 '거예요'를 남발하기도 하지만, 대개의 경우엔 앞의 문장과 관련 없이 불쑥 이 '것이다'가 나오면 어색하게 들린다. 어떤 글의 첫 문장에 이런 '것이다'가 나올 땐 그 문장이 오문이라고 보아도 좋다. 물론 신파극에서는 '했던 것이었던 것이었던 것이었다' 식으로 과장되게 이런 표현을 즐기기도 했던 것이지만.

명사문을 만드는 '것'은 둘째로 '-ㄹ/을 것이다'의 형태로 쓰여 추측이나 예상을 나타낸다. '봄이 오면 내 님도 돌아올 거야(것이야)'라거나 '걔 지금 닳이 아플 거야' 같은 문장이 그 예다.

마지막으로 명사문의 '것'은 '-ㄹ/을 것' 형식으로 문장을 끝맺어 명령의 뜻을 나타낸다. '식사 후에는 꼭 이를 닦을 것'

‘자정 이후에는 욕실 사용을 삼갈 것’ 같은 말이 그 예다.

ㅅ을 받침으로 삼는 또 다른 불완전명사 ‘곳’은 자주 ‘장소’로 대치할 수 있다. 예컨대 ‘위험한 곳에 가지 말아라’를 ‘위험한 장소에 가지 말아라’로 바꿀 수 있다. 그러나 ‘곳’이 순수한 위치로서의 점(點)을 가리킬 수 있는 데 비해, ‘장소’는 일정한 넓이를 가진 공간을 의미한다. 그래서 ‘저 높은 곳을 향하여 날마다 나아갑니다’를 ‘저 높은 장소를 향하여 날마다 나아갑니다’로 바꿀 수는 없다. 또 ‘장소’는 ‘곳’과 달리 어떤 일이나 대상에서 문제가 되는 어떤 부분을 가리킬 수 없다. 그래서 ‘너 마음에 찔리는 곳이 있니?’나 ‘개 주장에는 잘못된 곳이 없어’를 ‘너 마음에 찔리는 장소가 있니?’나 ‘개 주장에는 잘못된 장소가 없어’로 고칠 수는 없다. 반면에 ‘곳’은 불완전명사이므로 ‘장소’와는 달리 독립적으로는 쓰일 수 없다. 물론 예컨대 ‘때와 곳’에서처럼 관용적으로 쓰이는 수는 있지만 일반적으로 ‘곳’은 홀로 서지 못한다. 그래서 ‘장소가 비좁군’이라는 말을 ‘곳이 비좁군’이라고 고쳐 말할 수는 없다.

‘뜻’은 언어적 단위의 내포나 외연을 가리킬 때, 또는 어떤 중요성이나 가치 곧 의의를 가리킬 때는 '의미'라는 말로 바꿀 수 있다. '로스앤젤레스는 천사들이라는 뜻이야'는 '로스앤젤 레스는 천사들이라는 의미야'로 바꿀 수 있다. 또 '이 논쟁을 계속하는 것이 무슨 뜻이 있겠니?'도 '이 논쟁을 계속하는 것 이 무슨 의미가 있겠니?'라고 바꿀 수 있다. 그러나 '의미'라는 말은 '뜻'과는 달리 '의지'나 '의도'나 '의사'를 가리킬 수는 없 다. 그래서 '네 뜻이 정 그렇다면 결혼을 서두르도록 하자'를 '네 의미가 정 그렇다면 결혼을 서두르도록 하자'로 바꿀 수는 없다. 또 '그 사람이 당선된 건 하느님의 뜻일 수도 있다'를 '그 사람이 당선된 건 하느님의 의미일 수도 있다'로 바꿀 수는 없 다.

이 ㅅ 글자의 꼴은 이 글자가 나타내는 소리를 낼 때 혀끝 과 윗니 사이를 좁히고 그 사이로 바람을 스쳐 내게 되기 때 문에 이의 모양을 본뜬 것이다. 이의 모양을 왜 ㅅ의 꼴로 본 떴을까? 아마도 '이'를 의미하는 한자 '齒'의 영향이 아닌가 싶 다. '齒'라는 글자에는 ㅅ과 똑같은 모양이 네 개나 들어 있다. 이 한자는 입안에 아랫니와 윗니가 벌어져 있는 모습을 본뜬 것이다. 한글 ㅅ은 한자 '齒'에서 이의 모양이 ㅅ 꼴로 형상화

된 것을 따랐을 가능성이 있다.

이 ㅅ 뒤에 ㅣ 모음이나 ㅣ 선행모음(ㅑ, ㅕ, ㅛ, ㅠ)이 오면 ㅅ은 구개음으로 변한다. 그때도 글자는 ㅅ이지만, 그 ㅅ 소리는 보통 때의 ㅅ 소리와 다르다. 즉 사, 서, 소, 수, 스의 ㅅ 소리와 샤, 셔, 쇼, 슈, 시의 ㅅ 소리는 다르다. ㅅ이 ㅣ 모음이나 ㅣ 선행모음 앞에서 구개음화하는 현상은 ㄴ이 같은 환경에서 구개음화하는 현상과 같은 원리다. '사다'의 ㅅ은 잇소리이지만, '시다'의 ㅅ은 입천장소리다. '시큼하다' '시금털털하다' '시들다' '시무룩하다'의 ㅅ 소리 말이다. 이 구개음 ㅅ은 영어 철자법에서 's'가 표시하는 소리보다는 'sh'(프랑스어의 ch나 독일어의 sch)가 표시하는 소리에 더 가깝다.

어간이 ㅅ으로 끝나는 용언의 일부는 홀소리로 시작되는 어미나 선어말어미와 어울려 활용할 때 이 ㅅ을 탈락시킨다. 이런 현상을 'ㅅ불규칙활용' 또는 'ㅅ변칙활용'이라고 한다. 고유어로는 'ㅅ벗어난끝바꿈'이라고도 한다. 그리고 이런 활용을 하는 용언을 'ㅅ불규칙용언'이라고 한다. 예컨대 '잇다' '짓다' '낫다' '긋다' '붓다' '젓다' '잣다' 같은 말들의 어간에 어미 '-어/아'나 '-으니'가 붙으면 '이어' '이으니' '지어' '지으니' '나

아' '나으니' '그어' '그으니' '부어' '부으니' '저어' '저으니' '자
아' '자으니' 따위가 되는 것이 ㅅ불규칙활용의 예다. 특정 지
역의 방언들에서는 '잇어' '잇으니' 따위로 활용하는 수도 있
지만, 표준어에서는 어간 끝의 ㅅ이 탈락한다.

어간이 ㅅ으로 끝난다고 해서 모두 ㅅ불규칙활용을 하는
것은 아니다. 예컨대 '솟다' '벗다' '빗다' '웃다' '빼앗다' 같은
말은 '솟아' '솟으니' '벗어' '벗으니' '빗어' '빗으니' '웃어' '웃으
니' '빼앗아' '빼앗으니' 따위로 활용한다.

한국어에는 두 낱말이 결합하여 합성어를 만들 때, 그 합
성어의 두 낱말 사이에 소리가 덧생기는 경우가 있다. 그 덧생
기는 소리를 '사잇소리' 또는 '간음(間音)'이라고 한다. 사잇소
리는 크게 두 가지다. 첫째는 '사잇소리' '냇가' '귓밥'에서처럼
뒷낱말의 첫소리가 덧나는 경우이고, 둘째는 '잇몸' '냇물'에서
처럼 두 낱말 사이에 ㄴ 소리가 덧나는 경우다.

한국어 정서법에서 사잇소리는 흔히 앞말의 끝에 ㅅ을 받
치어 적어 표기하는데, 이런 경우의 시옷을 사이시옷이라고
한다. 사이시옷을 적는 경우는 한글맞춤법 제30항이 규정하
고 있다. 한글맞춤법 제30항은 사이시옷을 받치어 적는 경우

를 순우리말로 된 합성어로서 앞말이 모음으로 끝나는 경우
와, 순우리말과 한자어로 된 합성어로서 앞말이 모음으로 끝
난 경우, 그리고 두 음절로 된 한자어로 대별하고 있다.

첫 번째 경우는 나룻배, 나뭇가지, 조갯살, 잿더미, 찻집에
서처럼 뒷말의 첫소리가 된소리로 나는 것과, 아랫니, 잇몸, 깻
묵, 빗물에서처럼 뒷말의 첫소리 'ㄴ, ㅁ' 앞에서 ㄴ소리가 덧
나는 것과, 뒷일, 베갯잇, 깻잎, 나뭇잎에서처럼 뒷말의 첫소리
모음 앞에서 'ㄴㄴ' 소리가 덧나는 것으로 다시 나뉜다.

또 두 번째 경우도 핏기, 텃세, 귓병, 봇둑, 찻잔에서처럼 뒷
말의 첫소리가 된소리로 나는 것과, 곗날, 훗날, 양칫물, 툇마
루에서처럼 뒷말의 첫소리 ㄴ, ㅁ 앞에서 ㄴ 소리가 덧나는 것
과, 가욋일, 사삿일, 예삿일, 훗일에서처럼 뒷말의 첫소리 모
음 앞에서 'ㄴㄴ' 소리가 덧나는 것으로 다시 나뉜다.

사이시옷이 사잇소리를 표기하는 두 음절 한자어의 예로
는 곳간(庫間), 셋방(貰房), 숫자(數字), 찻간(車間), 툇간(退
間), 횟수(回數) 따위가 있다.

받침으로서 ㅅ은 첩어 부사를 만드는 데 흔히 사용된다.
흘낏흘낏, 쫄깃쫄깃, 희끗희끗, 생긋생긋, 기웃기웃, 쭈뼛쭈뼛,

또렷또렷, 머뭇머뭇, 지긋지긋, 방긋방긋, 반듯반듯, 꾸깃꾸깃,
찌릿찌릿, 느릿느릿, 비릿비릿, 거뭇거뭇, 나긋나긋, 슬몃슬몃,
쫑긋쫑긋, 울긋불긋에서처럼 말이다.

    ㅅ으로 시작하는 말 가운데 가장 아름다운 것은 아마 '사
랑'일 것이다. 사포 이래로 수많은 서정 시인들이 사랑을 노
래했고, 대중가요의 대부분은 사랑에 관한 것이다. "너에게로
가는/ 그리움의 전깃줄에/ 나는/ 감/ 전/ 되/ 었/ 다"고 고정희
는 썼다. 이진명의 〈일화(逸話)〉는 환상특급이다: "나는 사랑
의 밀사였다/ 마음에 오래도록 드리운/ 천 년 전의 왕국/ 樓
蘭으로 가야 한다/ 국경선을 넘다가 체포되었고/ 그리운 산
맥은/ 죽음을 가지고 넘어야한다// 나는 죽어 누더기 하나 걸
치지 않고/ 千山南路로 간다/ 거기서도 더 깊은 폐허로 가서/
미이라가 된다/ 붉은 비단 조각이 몸에 덮이고/ 그 위에/ 天世
不變/ 네 글자가 놓인다// 타림 강이 실어온 모래가 나를 덮
는다/ 살쾡이 무리들은 벌판을 넘어뜨리며/ 북로의 산맥을 치
닫는다/ 계절도 없이 해가 기울고/ 로브노르 호수만한 달이
차오르면/ 鳴砂山 모랫더미는 끝 모르게 운다// 아, 완성하여
라/ 흘러와 꿈을 완성한 자의 잔은/ 가득 찬다/ 붉은 비단빛

으로/ 사랑의 밀명을 전하라고."

ㅅ 글자의 소리보다 더 되게 나는 소리를 적기 위하여 겹쳐 만든 글자가 ㅆ이다. ㅆ의 이름은 '쌍시옷'이다. 북한에서는 '된시옷'이라고 한다. 한국어에서 ㅆ은 욕설에 자주 쓰인다. '상스럽다'의 센말인 '쌍스럽다'나 '상소리'의 센말인 '쌍소리'에서도 벌써 ㅆ의 '쎄기'가 드러난다. '쌍말'은 '상말'보다도 더 '쎄다.' 그런 '쌍말' 가운데는 '쌍' '썅' 같은 말도 있지만 가장 널리 쓰이는 것은 여자 어른의 성기를 이르는 말과 그 말의 복합어들일 것이다. 그 말들은 활자화하기 거북한 금기어들이다. 그러나 내가 끝까지, 이 책이 끝나도록, 그 금기를 지킬 수 있을까?

∧

ㅇ은 한글 자모의 여덟째 자다. 이 글자의 이름은 '이응'이다. 북한에서는 '웅'이라고 부르기도 한다. 이 글자가 받침으로 쓰였을 때 나타내는 소리는 혀뿌리를 목젖에 붙여 입길을 막고 콧구멍 길을 튼 뒤에 목청을 떨고 코 안을 울려 내는 연구개 비음이다. 훈민정음이 만들어질 당시 이 소리를 표기하는 글자는 ㆁ이었다. ㆁ을 지금 우리는 '옛이응'이라고 부른다. ㆁ은 ㅇ에 금을 하나 더 그어 만든 것이고, ㅇ은 목구멍의 동그란 단면을 본뜬 것이다. 그러니까 현대 정서법상으로는 ㆁ과 ㅇ이 ㅇ 하나로 합쳐졌지만, 본디 ㆁ과 ㅇ은 그 글자가 나타내는 소릿값이 달랐다. 지금의 받침으로 쓰이는 ㅇ이 ㆁ이고, 모음 앞에 소릿값 없이 멋으로 붙이는 ㅇ이 ㅇ인 것이다.

물론 15세기 당시 ㅇ의 음가가 지금 모음 앞에 멋으로 붙이는 ㅇ처럼 영[零]이었는지는 알 수 없다. 어떤 사람들은 부드러운 ㅎ 소리라고도 말하고, 목청의 울림 자체라고도 말한다. 우리가 15세기로 돌아가지 않는 한 그걸 확인할 길은 없다. 확실한 것은 지금 받침으로 쓰이는 ㅇ이 그 당시에는 ㆁ이었다는 것이다. ㅇ에 금을 하나 더 그어 ㆁ을 만든 것은, 문자를 만든 이들이 아마도 ㆁ 소리가 ㅇ 소리와 비슷하되 더 센 맛이 있다고 판단했기 때문일 것이다.

현대 한국어에서는 받침으로 쓰이는 ㅇ만 소릿값이 있다. 그 소리는 울림이 크고 가볍다. 다른 비음들처럼 ㅇ 받침 역시 말에 밝음과 가벼움과 말랑말랑함과 탄력을 주는 것이다. ㅇ은 공의 자음, 동그라미의 자음이다. 또랑또랑, 어화둥둥, 어슬렁어슬렁, 방실방실, 싱글싱글, 딩동댕, 둥둥, 붕붕, 방방, 통통하다, 웅숭깊다, 벙글벙글, 송이송이, 알쏭달쏭, 아롱아롱, 초롱초롱, 대롱대롱, 올망졸망, 아롱다롱, 조롱조롱, 주렁주렁, 퐁당퐁당, 달캉달캉, 오동포동, 몰캉몰캉, 낭창낭창, 말랑말랑, 살랑살랑, 살강살강, 팔랑팔랑, 찰랑찰랑, 촐랑촐랑, 쫄랑쫄랑, 탐방탐방, 요러쿵조러쿵, 가르랑가르랑, 펄렁펄렁, 종알종

ㅇ

알, 설렁설렁, 첨벙첨벙, 자장자장, 아장아장, 깡충깡충, 빙빙, 송송, 옹알옹알, 예쁘장하다, 날쌍하다, 상냥하다, 상큼하다, 싱싱하다, 오동통하다, 앙증맞다, 동그랗다, 둥글다, 공, 아양, 하양, 노랑, 빨강, 파랑, 사랑, 우엉, 두렁, 고동, 망울, 강낭콩, 앙가슴, 그냥, 저냥, 이냥저냥 같은 말에서 그 ㅇ 소리의 가벼움과 울림이, 그 원만함과 구성(球性)이 감지된다. '엉덩이' '궁둥이' '사랑' 같은 말에서도 ㅇ 소리의 말랑말랑함, 밝음, 가벼움이 느껴진다. 영롱하다, 낭랑하다, 생생하다 같은 한자어들에서도 그렇다. 강아지, 망아지, 송아지 같은 데서 보이는 접미사 'ㅇ아지'에서도 마찬가지다. 고양이와 야옹야옹도 그렇다.

고양이가 되고 싶은 시인이 말한다: "이 다음에 나는 고양이로 태어나리라/ 윤기 잘잘 흐르는 까망 얼룩 고양이로/ 태어나리라/ 사뿐사뿐 뛸 때면 커다란 까치 같고/ 공처럼 둥굴릴 줄도 아는/ 작은 고양이로 태어나리라/ 나는 툇마루에서 졸지 않으리라/ 사기그릇의 우유도 핥지 않으리라/ 가시덤불 속을 누벼누벼/ 너른 벌판으로 나가리라/ 거기서 들쥐와 뛰어놀리라/ 배가 고프면 살금살금/ 참새 떼를 덮치리라/ 그들은 놀라 후다닥 달아나겠지/ 아하하하/ 폴짝폴짝 뒤따르리라/ 꼬마 참새는 잡지 않으리라/ 할딱거리는 고놈을 앞발로 톡 건

드려/ 놀래주기만 하리라/ 그리고 곧장 내달아/ 제일 큰 참새를 잡으리라.”

또 다른 시인은 고양이에게서 봄의 관능과 생명력을 떠올린다: “꽃가루와 같이 부드러운 고양이의 털에/ 고운 봄의 향기가 어리우도다.// 금방울과 같이 호동그란 고양이의 눈에/ 미친 봄의 불길이 흐르도다.// 고요히 다물은 고양이의 입술에/ 포근한 봄의 졸음이 떠돌아라.// 날카롭게 쭉 뻗은 고양이의 수염에/ 푸른 봄의 생기가 뛰놀아라.”

한글맞춤법의 가장 커다란 특징은 여느 음소문자와는 달리 음절 단위로 글자를 네모지게 모아쓰는 것이다. 그것은 일차적으로 한자의 영향이라고 할 수 있다. 한자는 적어도 중국과 한국에서는 철두철미하게 1자-1음절 원칙을 지키고 있다.

한글은 뜻글자인 한자와는 달리 소리글자이고, 소리글자 가운데서도 일본 사람들의 가나가 음절문자인 것과는 달리 음소문자인데도, 한글을 만든 사람들은 음소를 표현하는 각 글자를 선에 따라 벌여놓질 않고 음절 단위로 모아쓰는 방식을 택했다. 그것은 한글의 약점이라고 할 만하다.

이렇게 음절 단위로 모아쓸 경우에 자음으로 시작하는 음

절은 문제가 없지만, 모음으로 시작하는 음절은 문제가 생긴
다. 음절의 첫소리를 나타내는 모음을 제일 앞에 놓으면 네모
로 모아쓰는 것이 불가능하기 때문이다.

그래서 훈민정음의 제작자들은 모음으로 시작하는 음절의
경우 그 모음의 앞에, 또는 위에 ㅇ을 놓는 방식을 택했다. 더
정확히 말하면, 당시의 음운학·음성학 지식이 불충분해서 훈
민정음의 제작자들은 모음이든 자음이든 낱소리들이 그 자체
로는 소리를 낼 수 없다고 생각하고 있었다. 반드시 첫소리와
둘째 소리와 셋째 소리가 합해져야 하나의 소리마디를 이룬
다고 생각했던 것이다. 그래서 'ㅏ ㅑ ㅓ ㅕ ㅗ ㅛ ㅜ ㅠ ㅡ ㅣ'
앞에 ㅇ을 덧붙여 '아 야 어 여 오 요 우 유 으 이'로 만들었을
뿐만 아니라, 한자어의 경우에는 음절이 모음으로 끝나는 경
우에도 ㅇ을 받침으로 덧붙여서 '가' '거' '고' '구'라고 쓸 것은
'강' '겅' '공' '궁'이라고 썼다.

지금의 관점에서 보면 '아' '야' '어' '여' 따위의 글자에서
ㅇ은 글자의 모양을 내기 위해 멋으로 붙인 것이라고 할 수 있
지만, 15세기 사람들의 생각으로는 그것은 멋이 아니라 반드
시 그 자리에 있어야 할 소리였다. 그들은 'ㅏ ㅑ ㅓ ㅕ' 따위만
으로는 소리가 이루어질 수 없다고 생각했기 때문이다. 지금

의 우리는 ㅏ ㅑ ㅓ ㅕ ㅗ ㅛ ㅜ ㅠ ㅡ ㅣ라는 글자를 아 야 어 여 오 요 우 유 으 이라고 읽는 데 전혀 거리낌이 없지만, 15세 기 사람들이라면 잠시 망설인 뒤에야 '아' '야' '어' '여' '오' '요' '우' '유' '으' '이'라고 읽었을 것이다. 하긴, 지금의 우리들도 ㅏ ㅑ ㅓ ㅕ 따위의 글자들이 온전한 글자라고 생각하지는 않는 다. 한글을 처음 배운 때부터 지금까지 음절 단위로 모아쓰는 맞춤법에 이미 너무 길들여져 있으니 말이다. 그러니까 지금 국어사전의 ㅇ부에 실린 말들은 죄다 모음이나 반모음으로 시작하는 말들이다.

주시경이나 최현배 같은 국어학자들이 꿈꾸었고, 지금도 많은 학자들이 한글맞춤법의 궁극적 도달점이라고 생각하고 있는 풀어쓰기가 이루어지면, 당연히 음절 앞머리에 멋으로 붙이는 ㅇ은 사라질 것이다. 그래서 '아리랑'은 'ㅏ리라ㅇ' 비슷 한 형태로 쓸 것이고, '아버지' '어머니'는 'ㅏ버지' 'ㅓ머니' 비슷 한 형태로 쓸 것이고, '알쏭달쏭'은 'ㅏㄹ쏘ㅇ다ㄹ쏘ㅇ' 비슷 한 형태로 쓸 것이다.

고려속요 〈청산별곡〉이 ㄹ의 향연이라면, 현대의 동요 〈구 슬비〉는 ㅇ의 향연이다: "송알송알 싸리잎에 은구슬/ 조롱조 롱 거미줄에 옥구슬/ 대롱대롱 풀잎마다 총총/ 방긋 웃는 꽃

ㅇ

잎마다 송송송." 이 의태어들은 의성어 이상으로 '방방 뜬다.'
그것들이 묘사하는 형태는 둥글게 뭉쳐 있다.

ㅈ

　ㅈ은 한글 자모의 아홉째 자다. 이 글자의 이름은 '지읒'이다. 북한에서는 '즈'라고 부르기도 한다. 이 글자가 나타내는 소리는 혓바닥을 입천장에 붙였다가 터뜨릴 때에 나는 무성 파찰음이다. 받침으로 그칠 때는 혓바닥을 입천장에 붙이기만 해, ㄷ처럼 소리 난다. 그래서 '지읒'은 /지은/처럼 소리 난다. 마찬가지로 온갖, 밤낮, 벚, 소젖, 저승빚, 고자좆 같은 말들도 /온간/ /밤낟/ /벋/ /소젇/ /저승빋/ /고자졷/처럼 발음된다. 그래서 받침소리 ㄷ처럼 받침소리 ㅈ이 ㄴ이나 ㅁ 같은 콧소리 앞에 오면 그 ㅈ은 콧소리에 동화돼 콧소리 ㄴ으로 변한다. 예컨대 '벚나무'는 /벋나무/를 거쳐서 [번나무]로 소리 나고, '젖먹이'는 /젇먹이/를 거쳐 [전머기]로 소리 난다. '낮말'

은 [난말]로, '온갖 나물'은 [온간나물]로, '빛내다'는 [빈내다]로 소리 난다.

이 ㅈ 글자의 꼴은 ㅅ에 금을 하나 더해 만든 것이다. 훈민정음의 창제에 간여했던 학자들이 ㅅ처럼 ㅈ도 잇소리라고 생각했기 때문이다. ㅈ 글자를 연이어 쓴 ㅉ은 ㅈ 글자의 소리와 나는 자리는 같되 더 된소리를 나타내기 위해 사용한다. ㅉ의 이름의 '쌍지읒'이다. 북한에서는 '된지읒'이라고 한다.

ㅈ 소리와 같은 파찰음을 또 구개음(입천장소리)이라고도 한다. 더 정확히 말하면 경구개음이다. 입천장소리란 혀와 입천장 사이에서 이루어지는 소리다. 넓은 의미의 입천장소리는 센입천장소리(경구개음)와 여린입천장소리(연구개음)로 나뉜다. 센입천장소리는 혀끝이 선입천장에 닿았다가 떨어지면서 나는 소리로 ㅈ 소리, ㅉ 소리, ㅊ 소리가 이에 해당한다. 여린입천장소리는 혀의 뒤쪽이 여린입천장에 닿았다가 떨어지면서 나는 소리로 ㄱ 소리, ㄲ 소리, ㅋ 소리가 이에 속한다. 보통 입천장소리라고 할 때에는 센입천장소리를 말한다.

센입천장소리는 그 안에 홀소리 ㅣ를 약하게 포함하고 있다. 그래서 '자'와 '쟈'는 글자는 다르지만 소리로는 구분되지 않는다. 물론 '쟈'를 '자'보다 더 과장되게 발음함으로써 그 차이를 드러낼 수는 있겠지만, 그 차이가 한국어에서는 언어학적으로 의미 있는 차이가 아니다. 즉 형태소의 뜻을 구별하는 데 그 차이가 사용되는 것은 아니다. 그래서 '자'만이 아니라 '저' '조' '주'도 '져' '죠' '쥬'와 소리가 같다. 한글맞춤법에 '져'와 '죠'가 있는 것은 '지어'와 '지오'의 준꼴로써 그 형태를 드러내기 위해서일 뿐, 그 글자들을 '저' '조'와 다르게 읽는 것은 아니다. 예컨대 '아름답죠'는 그것이 '아름답지요'의 준말이어서 '아름답죠'로 표기하는 것일 뿐, 그 발음은 '아름답조[아름답쪼]와 같다. 또 '해가 져서'의 '져서'도 그것이 '지어서'의 준말이어서 '져서'로 표기하는 것일 뿐 그 발음은 '저서'와 같다. '쥬' 같은 글자는 표준어에서는 사용되지 않는다. '있쥬'(있지요), '없쥬'(없지요)에서처럼 충청 방언을 실감나게 표기하는 데는 사용될 수 있다.

구개음과 모음 사이의 ㅣ 모음이 불필요한 것은 다른 파찰음의 경우도 마찬가지다. 그래서 쨔, 쪄, 쬬, 쮸는 짜, 쩌, 쪼, 쭈와 소리가 같고, 챠, 쳐, 쵸, 츄는 차, 처, 초, 추와 소리가 같다. 물론 이런 글자들은 거의 사용되지 않는다.

입천장소리가 아닌 소리들이 ㅣ 모음과 만나면 입천장소리가 되는 현상이 있다. 이런 현상을 '입천장소리되기(구개음

ㅈ

화)’라고 한다. 넓은 의미의 입천장소리되기는 거의 모든 언어에서, 조금 더 과감하게 말하면 예외 없이 모든 자연언어에서 볼 수 있는 현상이다. ㅣ 소리가 나는 위치가 입천장에 가깝기 때문에, 입천장 아닌 소리가 거기에 동화돼 입천장소리가 되는 것이다.

입천장소리되기의 정도는 여러 단계여서, 어떤 경우에는 구개음으로 완전히 변해버리는 경우도 있고, 구개음으로 변하지는 않더라도 구개음의 성격을 약간 띠게 되는 경우도 있다. 뒤의 경우는 아주 보편적인 현상이다. 즉 어떤 자음도 ㅣ 모음 바로 앞에서는 ㅣ 모음에 이끌려 입천장소리의 성격을 약간 띠게 된다. 이런 소리들은 구개음’과 구별해서 ‘구개화음’이라고 한다. 예컨대 ‘가’의 ㄱ 소리에 견주어 ‘기’의 ㄱ 소리는 구개화음이다. ‘다’의 ㄷ 소리에 견주어 ‘디’의 ㄷ 소리도 마찬가지다. 그러나 음성학 훈련을 체계적으로 받지 않은 사람의 귀에는 그 두 소리의 차이가 거의 느껴지지 않는다. 우리는 ‘다’의 첫소리와 ‘디’의 첫소리가 다르다는 걸 거의 느낄 수 없다.

그러나 이 단계를 넘어서 ㅣ 모음 앞의 자음이 완전한 구개음으로 변하기도 한다. 이 현상도 여러 언어에서 관찰되지만 앞의 현상처럼 보편적인 현상은 아니다. 그러니까 좁은 의미의 구개음화는 모든 언어에 예외 없이 존재한다고 말할 수는 없다.

한국어에는 좁은 의미의 구개음화가 있다. 대표적인 것이 ㄷ 소리와 ㅌ 소리가 ㅣ 모음이나 ㅣ 선행모음(ㅑ, ㅕ, ㅛ, ㅠ) 앞에서 ㅈ 소리, ㅊ 소리로 바뀌는 현상이다. 예컨대 '굳이'가 [구지]로 소리 나고, '같이'가 [가치]로 소리 나고, '등받이'가 [등바지]로 소리 나고 '밭이다'가 [바치다]로 소리 난다.

현대어에서 ㄷ, ㅌ 소리 다음에 ㅣ 모음이나 ㅣ 선행모음이 오는데도 ㄷ, ㅌ 소리가 구개음화하지 않는 경우는 그렇게 많지 않다. '견디다' '버티다' 같은 동사들과 이 동사들의 제1부사형인 '견뎌' '버텨' 같은 예가 있고, '잔디'를 비롯한 몇몇 예가 있지만, 이런 낱말들은 본디('본디'의 '디'도 예가 되겠다) ㄷ, ㅌ 소리 다음에 있던 모음이 ㅣ가 아니라 ·ㅣ나 'ㅢ'였던 터라 구개음화를 피할 수 있었던 것이다. 현대어에서 ㅈ 소리로 시작되는 단어의 많은 수는 본디부터 자, 저, 조, 주였던 것이 아니라 댜, 뎌, 됴, 듀였던 것이 구개음화된 것이다. 앞서도 얘기했듯이 '저'는 '뎌'가 변한 것이고, '저러하다'는 '뎌러ᄒ다'가 변한 것이고, '접시'는 '뎝시'가 변한 것이고, '좋다'는 '둏다'가 변한 것이다. ㅊ 소리로 시작되는 말도 마찬가지다. 한국어는

ㅈ

중세를 넘기고 나서 대규모의 구개음화를 경험한 것이다.

어간이 ㅈ으로 끝나는 용언으로는 잊다, 짖다, 꾸짖다, 부르짖다, 우짖다, 울부짖다, 부딪다, 비릇다(아이를 낳으려는 기미를 나타내다), 서릇다(좋지 못한 것을 쓸어 없애다, 설거지하다), 버릇다(벌려 헤뜨리다, 파서 헤집어놓다), 찢다, 꽂다, 맺다, 갖다, 낮다, 맞다, 찾다, 잦다, 늦다, 빚다, 애꿎다, 짓궂다, 닺다(다지다), 멎다 따위가 있다.

동사 '멎다'는 '바람이 멎었다' '바람이 그쳤다'에서처럼 '그치다'로 대치할 수 있지만, 두 동사가 동의어는 아니다. '그치다'는 계속되던 현상 자체가 없어진 상태에 있게 되는 것을 뜻하는 반면, '멎다'의 경우에는 계속되던 행동이나 움직임 또는 현상이 잠정적으로 중지될 뿐 그와 관련되는 존재 자체가 없어지는 것은 아니다. 그래서 '잘 가던 시계 바늘이 멎었다'거나 '거기서 우연히 발걸음이 멎었다'를 '잘 가던 시계 바늘이 그쳤다'거나 '거기서 우연히 발걸음이 그쳤다'고는 하지 않는다. 또 '멎다'는 일기를 포함한 자연현상에 주로 쓰일 뿐, 사람의 행동에는 잘 사용되지 않는다. 그래서 '사람들이 그칠 새 없이 밀어닥쳤다'라고는 해도 '사람들이 멎을 새 없이 밀어닥쳤다'라고는 하지 않는다. '멎다'는 또 '멈추다'와도 다르다. '시계 바늘이 멎었다'는 '시계 바늘이 멈췄다'로 바꿀 수 있지만, '인적이 멎었다'를 '인적이 멈추었다'로 바꿀 수는 없다. '멈추다'는 구체적인 물체의 움직임과 관련해서만 사용되는 것이다.

'잘다'와 '작다'는 뜻이 통한다. '잘다'에는 물체가 여럿 있는 가운데 낱개의 크기가 보통 정도에 이르지 못한다는 뉘앙스가 있다. 그래서 여럿이 함께 있는 경우가 아니면 사용되지 않는다. '메추라기 알이 너무 잘다'와 '메추라기 알이 너무 작다'는 비슷한 뜻이지만, 눈앞에 메추라기 알이 하나만 있는 경우에는 '잘다'라는 표현을 대체로 사용하지 않는다. 또 '잘다'는 크거나 긴 대상의 굵기에 대해서도 사용할 수 있다. 예컨대 채를 길고 가늘게 썰 경우 '잘게 썬다'고는 말할 수 있어도 '작게 썬다'고는 말할 수 없다. '잘다'는 또 사람의 행동이나 생각이나 성질이 좀스럽고 쩨쩨하다는 뜻으로도 쓰인다. '사람이 왜 그렇게 잘게 구니?'에서처럼 말이다. 여기서 '잘게'를 '작게'로 바꾸어 '사람이 왜 그렇게 작게 구니?'라고 해도 뜻이 통하기는 하겠지만, '잘게'라는 말이 더 유창하게 들린다. '작다'와 '적다'도 뜻이 통하지만, '작다'가 크기에 대해서 사용되는 말이라면, '적다'는 수량에 대해서 사용되는 말이다. '작은 꽃'은 키가 작은 꽃이지만, '적은 꽃'은 그 수가 얼마 되지 않는 꽃을 말한다.

'자잘함' '가늚' '사소함' 따위의 뜻을 지닌 접두사 '잔'은 형용사 '잘다'의 관형형이 굳어진 것일 터이다. 잔물결, 잔걱정, 잔정, 잔주름, 잔가지, 잔풀, 잔뼈, 잔솔, 잔심부름, 잔소리, 잔손, 잔재미, 잔글씨, 잔뿌리, 잔돈, 잔바느질, 잔병치레, 잔털, 잔손금, 잔재주, 잔꾀 같은 말에 그 작고, 잘고, 자잘하고, 자질구레한 형용사 '잔'이 보인다. '잔머리 굴리지 마!'에서 '잔머리'의 '잔'도 마찬가지다.

'잘코사니'는 얄미운 사람이 불행을 당했을 때 이를 고소하게 여겨 내뱉는 감탄사다. '잘코사니! 그렇게 거만하게 굴더니 그 꼴 좀 보라구' 같은 표현에 그 '잘코사니'가 보인다. 이 '잘코사니'는 명사로도 쓰인다. 얄미운 사람이 봉변을 당하는 것을 고소하게 여기는 기분이라는 뜻으로 말이다. '담임이 교장에게 질책을 당하는 것을 보고 학생들은 잘코사니를 느꼈다'에서처럼. 지지다, 자지러지다, 잦아들다, 자장가, 자작나무, 지지배배, 지지난번, 주절주절, 재잘재잘 같은 말에도 우리의 ㅈ이 보인다. '지지리도 못생겼다' 할 때의 '지지리'도 ㅈ족(族)

의 일원이다.

‘못된 짓’ ‘그런 짓’ 할 때의 명사 ‘짓’과 ‘선생질’ ‘도둑질’에서의 접미사 ‘질’에서도 마찬가지다. 접미사 ‘-질’은 ‘딸꾹질’에서처럼 부사 뒤에 붙은 경우도 있지만, 대체로 명사나 명사형 뒤에 붙어 동작성을 부여하며 행위나 직업, 노릇 따위를 의미한다. 삽질, 걸레질, 비질, 인두질, 칼질, 낫질, 총질, 톱질, 대패질, 망치질, 도끼질, 송곳질, 못질, 무두질, 다리미질, 삿대질, 맞담배질, 채찍질, 군것질, 바느질, 감침질, 시침질, 박음질, 홈질, 다듬질, 담금질, 찜질, 땜질, 양치질, 되새김질, 뒷걸음질, 목수질, 손질, 발길질, 헛손질, 헛발질, 주먹질, 서방질, 계집질, 화냥질, 동냥질, 도망질 따위의 말에 그 접미사 ‘-질’이 보인다. ‘바느질’이나 ‘감침질’에서 ‘질’은 중립적으로 쓰였지만, ‘서방질’이나 ‘동냥질’에서 ‘질’은 경멸의 의미를 함축하고 있다.

‘자지’는 남성의 성기 이름이다. 남자 어른의 성기는 ‘좆’이라고 한다. 음경(陰莖), 남근(男根), 옥근(玉根)이라고도 한다. 어린 남자아이의 성기는 ‘고추’라고 부르기도 하고 ‘잠지’라고 말하기도 한다. 여성 성기의 이름은 ‘보지’다. 씹, 밑, 질(膣), 여음(女陰), 음문(陰門), 하문(下門), 여근(女根), 옥문

(玉門)이라고도 한다. 아주 천하게는 '밑구멍' '씹구멍'이라고
도 한다. '씹'은 여자 어른의 보지를 일컫는다. '잠지'에 맞세워
여자아이의 성기를 완곡하게 '봄지'라고도 한다.

ㅉ으로 시작하는 말들은 죄다 고유어다. 찧다, 째다, 찍다,
찌르다, 쫓다, 쪼개다, 짧다, 짜다, 짜깁기, 짝짓기, 찜질, 쪽빛,
찌르레기, 찌개 같은 말들이 ㅉ 항목에서 발견된다. ㅉ으로 시
작되는 말 가운데 많은 수는 ㅈ으로 시작되는 말의 센말이다.
예컨대 쫄래쫄래는 졸래졸래의 센말이고, 쫄쫄은 졸졸의 센
말이며, 쭈뼛쭈뼛은 주뼛주뼛의 센말이고, 짜그르르는 자그
르르의 센말이다. 짜드락거리다와 자드락거리다, 짜르랑거리
다와 자르랑거리다, 쫄깃쫄깃과 졸깃졸깃, 좌르르와 좌르르의
관계도 마찬가지다.

이제 다음은 ㅊ이다. ㅊ이 ㅈ을 좇는 글자이므로.

ㅊ은 한글 자모의 열째 글자다. 이 글자의 이름은 '치읗'이다. 북한에서는 '츠'라고 부르기도 한다. 이 글자가 나타내는 소리는 ㅈ과 비슷하되 더 거세다. ㅈ 소리에 ㅎ 소리가 더해진 것이 ㅊ 소리다. 그래서 ㅈ 소리 다음에 ㅎ 소리가 오거나, ㅎ 소리 다음에 ㅈ 소리가 오면 ㅊ으로 소리 난다. 예컨대 '젖히다' '얹히다' '앉히다'는 [저치다] [언치다] [안치다]로 소리 나고, '많지' '그렇지'는 [만치] [그러치]로 소리 난다.

이 ㅊ 글자의 꼴은 ㅈ 소리에 금을 하나 그어서 만들어졌다. ㅊ 소리는 ㅈ 소리처럼 ㅣ를 약하게 포함하고 있는 구개음이어서, 쟈, 져, 죠, 쥬가 자, 저, 조, 주처럼 소리나듯, 챠, 쳐, 쵸, 츄는 차, 처, 초, 추처럼 소리 난다.

ㅊ

이 ㅊ 소리도 ㅈ 소리처럼 받침으로 그칠 때는 윗잇몸에서 혀끝을 떼지 않아 ㄷ 소리와 같게 된다. 그래서 '치읓'은 /치은/처럼 발음된다. 마찬가지로 낯, 살갗, 닻, 쥐덫, 몇, 안개꽃, 돛, 옻, 숯, 윷, 늦, 및, 빛 같은 말들은 /낟/ /살갇/ /닫/ /쥐덛/ /면/ /안개꼳/ /돋/ /온/ /숟/ /윧/ /늗/ /믿/ /빋/처럼 발음된다. 그래서 받침소리 ㄷ처럼 받침소리 ㅊ이 ㄴ이나 ㅁ 같은 콧소리 앞에 오면 그 ㅊ은 콧소리에 동화돼 콧소리 ㄴ으로 변한다. 예컨대 '윷놀이'는 /윤놀이/를 거쳐 [윤노리]로 소리 나고, '꽃마을'은 /꼳마을/을 거쳐 [꼰마을]로 소리 난다. '옻나무'는 [온나무]로 소리 나고, '빛나네'는 [빈나네]로 소리 나고, '몇 날'은 [면날]로 소리 나고, '숯막'은 [순막]으로 소리 난다.

ㅊ 소리는 ㅈ, ㅉ 소리와 함께 하나의 묶음을 이루어 자음의 음성상징군을 이룬다. 예컨대 '잘랑잘랑'과 '짤랑짤랑'과 '찰랑찰랑'은 그 의미는 같고 느낌만 다르다. '짤랑짤랑'은 '잘랑잘랑'보다 된 느낌이고, '찰랑찰랑'은 '잘랑잘랑'보다 거센 느낌이다. 여린말, 센말, 거센말이 꼭 다 갖추어져 한 묶음을 이루는 것은 아니다. 얕은 물이나 진창을 밟거나 칠 때 나는 소리인 '잘바닥잘바닥'과 '찰바닥찰바닥'은 쓰이지만 '짤바닥짤바닥'이라는 말은 사용되지 않는다. 반면에 '조금 질긴 듯

하다'는 뜻으로 '졸깃하다'와 '쫄깃하다'는 있어도 '촐깃하다'는
없다.

'낯'은 '얼굴'이라는 뜻이지만 사람에 대해서만 쓰일 뿐 동
물에 대해서는 쓰이지 않는다. '침팬지의 얼굴'이라고는 해도
'침팬지의 낯'이라고는 하지 않는다. 물론 비유적인 뜻으로는
사용할 수 있다. "벼룩도 낯짝이 있지" 같은 속담에서처럼 말
이다. 또 '낯'에는 낮춤말의 뉘앙스가 있어서 윗사람의 얼굴에
대해서는 사용할 수 없다. '선생님 얼굴'을 '선생님 낯'이라고는
할 수 없다. 또 낯뜨겁다, 낯붉히다, 낯부끄럽다. 낯간지럽다,
낯가리다, 낯깎이다, 낯두껍다, 낯없다, 낯빛이라는 말에서도
짐작되듯, '낯'은 '감정 표현'이나 '체면'과 관련돼 있다. '낯바
닥'은 '낯'을 더 속되게 이르는 말이고, '낯가죽'은 '낯'을 이루
는 살가죽이다. '낯두껍다'를 '낯가죽이 두껍다'라고도 하는
데, '뻔뻔스럽고 염치가 없다'는 뜻이다.

'빛'이라는 말만큼 풍부한 함축을 거느리는 말도 드물다.
창세기는 빛으로 시작한다: "태초에 하느님이 우주를 창조하
셨다. 지구는 아무 형태도 없이 텅 비어 흑암에 싸인 채 물로
뒤덮여 있었고 하느님의 영은 수면에 활동하고 계셨다. 그때

★

하느님이 '빛이 있으라' 하고 말씀하시자 빛이 나타났다. 그 빛은 하느님이 보시기에 좋았다. 하느님이 빛과 어둠을 나누어 빛을 낮이라 부르시고 어둠을 밤이라고 부르셨다. 저녁이 지나고 아침이 되자 이것이 첫째 날이었다."

빛은 볕이자 색깔이자 광채이자 안색이자 희망이자 힘이다. '빛은 동방으로부터!' 그러나 빛은 때로 죽음이다. 오징어가 시인 유하의 입을 빌어 말한다: "눈앞의 저 빛!/ 찬란한 저 빛!/ 그러나/ 저건 죽음이다// 의심하라/ 모오든 광명을!" 시인 정화진도 유년기의 한 풍경을 회상하며 빛의 살기(殺氣)를 노래한다: "아홉 마리 눈 뜨지 않은 쥐들은 햇빛에 찔려 마당에서 죽었다."

'초빛'은 단청을 할 때 초벌로 바르는 불그레한 채색이다. '초빛'보다 진한 빛이 '이빛'이고, '이빛'보다 진한 빛이 '삼빛'이다.

'차'는 '찰기가 있음'을 나타내는 접두어로 사용된다. '차조' '차좁쌀' 같은 단어들에서 그 '차'가 보인다. '찹쌀'의 '차'도 마찬가지다. ㅂ이 들어간 것은 '쌀'의 옛말이 '뿔'이어서 그 '뿔'의 ㅂ이 사라지지 않고 나타난 것이다. '볍씨' '접때'의 ㅂ도 마찬가지다. 접두사 '차'의 원래 형태는 '찰'이다. ㅈ 앞에서 ㄹ이 탈락한 것이다. ‘바느질’에서처럼. ‘찰밥’ ‘찰떡’ ‘찰옥수수’ ‘찰흙’ ‘찰것’ 같은 말들에서 접두사 ‘찰’이 보인다.

‘찰’과 상대되는 접두사는 ‘메’다. ‘메’는 ‘끈기가 적고 메진’이라는 뜻을 지닌 접두사다. ‘메떡’ ‘메조’ ‘메기장’ 같은 말에서 그 접두사 ‘메’가 보인다. ‘멥쌀’의 ‘메’도 마찬가지다.

‘차’는 또 명사에 붙어서 그것을 강조하며 형용사로 만드는 접미사로 쓰인다. ‘보람차다’ ‘희망차다’ ‘기운차다’ 따위 말들에서 보이는 ‘차’가 바로 그 ‘차’다. 이 ‘차’는 아마도 ‘가득하게 되다’라는 뜻의 자동사 ‘차다’와 관련이 있을 것이다.

‘치’는 ‘위로’의 뜻을 지닌 접두사다. 치받다, 치뜨다, 치밀다, 치닫다, 치꺾다, 치뚫다, 치더듬다, 치뻗다 같은 말에서 그런 의미의 접두사 ‘치’가 보인다.

‘치’는 또 움직임에 힘을 주는 뜻을 나타내는 접미사로 쓰이기도 한다. 밀치다, 놓치다, 넘치다, 솟구치다 같은 말에서 그 ‘치’가 보인다. 실상, ‘놓치다’의 ‘치’도 이런 ‘치’인지는 또렷하지 않다. ‘놓치다’는 ‘세게 놓다’라기보다는 ‘자기 의사에 반해서 놓다’ ‘잡거나 얻거나 닥쳐온 것을 도로 잃어버리다’라는 뉘앙스가 더 강하기 때문이다. 그러니 이 ‘놓치다’는 ‘놓다’와 ‘치다’의 합성어일 수도 있다.

ㅊ

동사 '치다'는 한국어의 대표적인 동음이의어다. 남영신의 《혼 + 국어사전》에는 무려 열 개의 '치다'가 나온다. 그 하나 하나가 또 다의어다. 외국인은 물론이고 한국인도 그 '치다'의 뜻을 다 헤아려 쓰기는 어려울 것이다.

'참'은 진짜이거나 품질이 좋음을 나타내는 접두사다. 참사랑, 참말, 참기름, 참숯 같은 단어들에서 그런 참이 보인다. 이 접두사 '참'은 또 동식물의 이름 앞에 붙기도 한다. 참나리, 참꽃, 참방동사니, 참나래박쥐, 참나무, 참나물, 참개구리, 참고래, 참다랑어, 참붕어, 참매미 같은 단어들의 '참' 말이다. 이 '참'에 상대되는 접두사는 '개'일 것이다. 접두사 '개'는 '참것이 아닌' '좋은 것이 아닌'이라는 의미를 지니고 있다. 개떡, 개살구, 개머루, 개죽음, 개꿈, 개꽃 같은 말에서 그런 의미의 접두사 '개'가 보인다. 이 접두사 '개'는 아마도 집짐승의 이름 '개'와 관련이 있을 것이다.

어간이 ㅊ으로 끝나는 용언에는 쫓다, 좇다, 다닳다(다그치다), 및다(미치다) 따위가 있다.

청춘, 청추(淸秋), 청청(靑靑)하다, 청칠(靑漆), 청채(靑菜), 청천(靑天), 청치마, 청참외 같은 한자어들은 ㅊ의 젊음, ㅊ의 푸르름을 보여준다. ㅊ의 빛깔은 초록빛이고, 그것은 청춘의 빛이다. 〈잘 가라 내 청춘〉이라는 시도 있고, 〈청춘의 덫〉이라는 드라마도 있었고, 〈청춘예찬〉이라는 미셀러니도 있었다. 내게 청춘은 다른 무엇에 앞서 김창완의 〈청춘〉이다: "언젠가 가겠지/ 푸르른 이 청춘/ 지고 또 피는 꽃잎처럼// 달 밝은 밤이면/ 창가에 흐르는/ 내 젊은 영가가 구슬퍼// 가고 없는 날들을/ 잡으려 잡으려/ 빈 손짓에 슬퍼지면// 차라리 보내야지/ 돌아서야지/ 그렇게 세월은 가는 거야// 날 두고 간 님은/ 용서하겠지만/ 날 버리고 가는/ 세월이야// 정 둘 곳 없어라/ 허전한 마음은/ 정답던 옛 동산/ 찾는가."

대체로 청춘은 과거다. 청춘은 청춘을 의식하지 않는다. 그래서 청춘은 아쉬움이고 그리움이고 회한이다. 묘사되는 청춘은 늘상 쓸쓸하다. 정은숙의 〈청춘〉도 그렇다: "아주 희미한 빗줄기를 앞세워 어둔 길 걸어본 적 있네/ 손을 잡아줄 사람 하나 그리워하며 벼랑 끝을 간 적 있네/ 입속에 고인 얼마간의 침을 되새김질하며 걸었네/ 등에 짊어진 몇 권의 책과 동전 지갑과 한 줄기 바람/ 나 그 짐을 지며 기꺼이 길을 떠났네/ 살아가며 겨우 몇 발자국 밖으로 걸어본 듯한 청춘의 어느 날// 내 마음의 변화를 알지 못하는 너/ 갈아입은 옷 모양을 주의 깊게 바라보는 너/ 내가 보여주는 것만을 바라보는 너/ 다른 별에서 만나 이제 인사를 나눌 수 있겠지/ 자, 그때 는 그대여 손을 내밀고 경건하게 인사를 나누자/ 이젠, 안녕, 한때 내 것이었던 너 질투의 이름이여.”

ㅋ

　ㅋ은 한글 자모의 열한째 글자다. 이 글자의 이름은 '키읔'이다. 북한에서는 '크'라고 부르기도 한다. 이 글자가 나타내는 소리는 국제음성문자로는 /kh/로 표기되는 연구개 파열음이다. 목젖으로 콧길을 막고 혀뿌리를 늘여 연구개 뒤쪽에 붙여 입길을 막았다 떼며 내는 무성음이다. 받침으로 그칠 때는 혀뿌리를 떼지 않아 ㄱ 소리와 같게 된다. 그래서 '키읔'은 '키윽'처럼 발음된다. 마찬가지로 동녘, 부엌도 /동녁/ /부억/처럼 발음된다. 그래서 받침 ㅋ은, ㄱ처럼, ㄴ, ㅁ 같은 콧소리(비음) 앞에서는 그 콧소리에 동화돼 콧소리 ㅇ으로 변한다. '부엌문'은 [부엉문]으로 소리 나고, '동녘 나라'는 [동녕나라]로 소리 난다.

이 ㅋ 글자의 꼴은 ㄱ에 금을 하나 더 그어 만든 것이다. ㅋ 소리는 ㄱ의 거센소리, 즉 ㄱ에 ㅎ이 합쳐진 소리이기 때문이다. ㅋ 소리는 한국어에서 기능 부담량이 그리 크지 않은 음소다. 즉 다른 소리에 견주어 ㅋ 소리를 포함하는 단어가 그리 많지 않다. ㅋ 소리를 포함하는 단어들 가운데도 그 소리가 본디 ㄱ이었던 것이 ㅋ으르 변한 것들이 많다. '코'나 '칼' 같은 말들이 그렇다. 이 말들은 본디 '고' '갈'이었다. '감기'를 뜻하는 '고뿔'(코의 불)이나, 칼처럼 생겼다고 해서 붙여진 이름인 '갈치' 같은 명사에 '코'나 '칼'의 옛 형태인 '고'나 '갈'이 보인다. 파생어나 복합어 같은 합성어들은 그 합성어를 이루는 어휘소들이 시간의 흐름에 따라 형태 변화를 일으켜도 그대로 남아 있는 보수적이고 화석적인 성격을 띠고 있는 수가 많다. 그러니까 '고뿔'의 '고'나 '갈치'의 '갈'은 '코'나 '칼'의 화석인 것이다. 그러나 '갈치'의 '갈'만 하더라도 '칼'과의 유추로 점점 '칼'로 변하는 경향이 있다. 아직까지는 '갈치'가 표준어로 되어 있지만, '칼치'라는 달도 조금씩 세력을 키워가고 있는 듯하다.

'걔는 칼이야' 같은 말에서 보이는 '칼이다'라는 표현은 '분명하다' '정확하다' '얄짤없다'의 뜻이다. 그 표현에서는 잘 벼린 칼날의 쟁쟁함이 느껴진다.

'칼'과 비슷한 말로 '검'(劍)이 있지만, 이 두 낱말은 가리키는 범위가 다르다. '칼'은 일정한 길이의 날과 사람이 한 손으로 잡을 수 있는 자루를 가진 도구다. 자루가 없는 것은 '면도날'에서와 같이 단순히 '날'이라고 한다. '검'은 칼 가운데서 사람을 찌르거나 베기 위한 목적을 가진, 비교적 길고 큰 도구를 가리킨다. 한쪽에 날이 있는 것을 '도'(刀), 양쪽에 날이 있는 것을 '검'(劍)으로 구분하기도 한다. 다소 작은 것은 단검 또는 단도라고 하고, 아주 작은 것은 비수(匕首)라고 한다.

아무튼 한국어 단어에 이 ㅋ 소리를 포함하는 말은 상대적으로 적은 편이고, 그 가운데 일부는 원래 ㄱ 소리였던 것이 변한 것이다. ㅋ을 끝소리로 포함하고 있는 말들은 윗녘, 아랫녘, 아침녘, 해질녘, 밝을녘, 새벽녘처럼 접미사 '-녘'으로 끝나는 말들을 빼놓으면 '부엌'과 '키읔'뿐이다. 그것은 한국어에 이 ㅋ 소리가 음소로 편입된 것이 그리 오래된 일이 아니라는 것을 뜻한다.

ㅋ 소리는 ㄱ 소리와 ㅎ 소리가 합쳐진 것이다. 그래서 ㄱ 다음에 ㅎ이 오거나 ㅎ 다음에 ㄱ이 오면 ㅋ 소리가 난다. 예

컨대 '먹히다' '박히다' '각하'는 [머키다] [바키다] [가카]로 소리 난다. '형제나 자매의 아들이나 딸'을 뜻하는 '조카'라는 말도 본디는 '족하'였다. '좋고' '많기' 역시 [조코] [만키]로 소리난다. '수캐' '암캐' '수캉아지' '암캉아지' '수키와' '암키와' 같은 말에서 '개' '강아지' '기와'가 '캐' '캉아지' '키와'로 변한 것은 '수'나 '암' 뒤에 ㅎ이 숨어 있기 때문이다.

ㅋ 소리를 포함하는 한국어 단어에는 의성어들이 많다. 맛이나 냄새가 맵거나 독할 때 내는 소리인 '카'나 '커', 여우가 잇달아 울부짖는 소리인 '캥캥', 몸집이 큰 개가 짖는 소리인 '컹컹', 목구멍에 무엇이 걸렸을 때 뱉어내려고 잇달아 내는 소리인 '칵칵', 참다못해 자꾸 좀 새되게 웃는 소리인 '캐득캐득', 심리적 충격을 받아서 가슴이 조금 세게 뛰는 소리인 '콩콩', 단단한 바닥에 크고 무거운 물건이 잇달아 떨어지거나 부딪쳐 울리는 소리인 '쿵쿵', 돼 무거운 물건이 규칙적으로 떨어져서 울리는 소리인 '쿵더쿵', 곤하게 자면서 코를 고는 소리인 '쿨쿨', 폭발물 따위가 잇달아 요란히 울리는 소리인 '쿵쾅쿵쾅', 폭발물 따위가 폭발하며 웅숭깊게 울리는 소리인 '콰르릉', 액체가 급하고 세차게 쏟아지는 소리인 '콰르르', 많은 양의 액체가 작은 구멍으로 잇달아 쏟아져 흐르는 소리인 '콸

콸', 기침소리인 '콜록콜록'과 '쿨룩쿨룩' 같은 것들이 그 예다.

이 예들에서도 짐작되듯 이런 의성어들은 모음에 따른 음성상징에 따라 큰말/작은말 또는 밝은 말/어두운 말로 나뉜다. 즉 힘겹게 내는 기침소리는 작은 소리인 '콜록콜록'과 큰 소리인 '쿨룩쿨룩'이 있다. 그뿐만 아니라 '칼락칼락'과 '컬럭컬럭'도 있다. '컹컹'은 몸집이 큰 개가 내는 소리이지만, '캉캉'은 몸집이 작은 개가 짖는 소리다. 그러나 '캥캥'이나 '컁컁'이 되면 개 울음소리라기보다는 여우 울음소리라는 느낌이 더 강하다. 또 '킹킹'이 되면 동물이라기보다는 어린아이의 울음 섞인 소리라는 느낌을 준다. 이렇게 ㅋ 소리는 주로 의성어에 쓰인다.

ㅋ 소리는 ㄱ, ㄲ 소리와 함께 하나의 묶음을 이루어 자음의 음성상징군을 이루는 수가 있다. 예컨대 '구리다'와 '쿠리다', '쾅쾅거리다'와 '꽝꽝거리다'는 그 의미가 서로 통하지만 느낌은 다르다.

ㅋ으로 시작되는 말들 가운데 의성어(나 의태어)가 아닌 말들은 일부를 제외하고는 대체로 외래어들이다. 우선 한국어나 한국인을 뜻하는 '코리안'과 한국을 뜻하는 '코리아'에 이 ㅋ 소리가 들어가 있다. 이 밖에도 카드, 카나리아, 카네이션,

카리스마, 카멜레온, 카세트, 카우보이, 컨테이너, 컨베이어, 컴퓨터, 케이블카, 코미디, 콘센트, 콘크리트, 콘테스트, 콜라, 콜드게임, 콤비, 콜택시, 크레용, 크레파스, 크레졸, 크리스마스, 킬로미터, 킹사이즈, 클로버, 클라리넷, 클라이맥스, 클래식, 클럽, 크림, 크롬, 콤플렉스, 콘체르토, 콘서트, 콘택트렌즈, 커트라인, 커피, 컬러, 커뮤니케이션, 커브, 커리큘럼, 캐러멜 같은 말들에 이 ㅋ 소리가 들어가 있다.

물론 '크다' '키' '키우다' 같은 말에도 이 ㅋ 소리가 있다. '크다' '크기' '키' '키우다'는 동일한 어원을 가진 말들이다. '크다'에는 '자라다, 커지다'라는 의미의 동사도 있고, 길이나 부피나 높이가 보통보다 더 대단하다는 뜻의 형용사도 있다. '큰 북에서 큰 소리 난다' 할 때의 '크다'는 형용사이지만, '쑥쑥 크는 아이들' 할 때의 '크다'는 동사다.

'키우다'는 '크게 하다'라는 뜻의 동사다. 비슷한 말로 '기르다'라는 말이 있지만, '키우다'와 '기르다'가 완전한 동의어는 아니다. '기르다'는 자연적인 성장과 결부된 양육이나 재배의 과정에 대해서만 쓰이지만, '키우다'는 자연적인 성장과 관련되지 않은 행위에도 사용될 수 있다. '키우다'에는 대체로 더 크게 하려는 목적의식이 전제돼 있다. '아들 셋을 모두 의사로 키워냈다'는 '아들 셋을 모두 의사로 길러냈다'로 바꿀 수 있지만, '그는 몇 번 이사를 다니는 동안 재산을 키워서 제법 큰 집을 장만했다' 같은 문장에서는 '키워서'를 '길러서'로 바꿀 수 없다. 반대로, '요즘 젊은이들은 머리를 기른다' 같은 문장에서는 '기른다'를 '키운다'로 바꿀 수 없다.

부엌…… 시인 정화진은 흐릿한 부엌 연기 속에서 컸다. 어른이 된 그녀가 녹슨 부엌을 회상한다: "부엌 안으로 들어가는 흰 치마자락을 본다/ 부뚜막 위쪽 한가운데 눈부시게 작은 단지가 놓여 있다/ 삼베 조각으로 단지를 맑게 닦는 할머니/ 단지가 반짝인다 관솔불이 타오르는 아궁이/ 가마솥 뚜껑을 밀어올리며 불빛은/ 무명치마에 불그레 안긴다/ 부엌 문지방에 아이가 앉아 생글생글 단지를 본다// 단지 옆면에 아이가 잠깐 비친다/ 아이는 입술을 달싹거린다 아궁이에서 연기가 불쑥/ 솟아나온다 단지 속의 물이 흐려진다/ 몇 가닥 연기는 부엌 살창을 휘감으며 마당으로 빠져나간다/ 건넌방 쪽 마루 난간엔 땀방울이 맺혀 있다/ 누가 앓고 있는 듯하다 분주히 약사발이 방을 드나들고/ 아이는 여전히 입술을 달싹인다/ 부뚜막 위, 단지 속엔 연기가 가득 찬다/ 물이 마른다 부

ㅋ

억에선 노래를 부르지 말아라 애야/ 조왕이 노하시면……//
이젠 아이가 부지깽이를 들고 아궁이 앞에 있다/ 연기가 부엌
을 넘쳐 나와 건넌방 쪽으로 몰려간다/ 아이는 목이 막힌다
금이 가고 있는 단지 속에 먼지가 쌓인다/ 흐릿한 부엌 연기
속에서 아이는 크고/ 건넌방으로 건너간 할머니는 다시 나오
지 않는다/ 쪽마루 계자각 난간이/ 풀썩 내려앉는다 연기가
피어오른다// 녹슨 부엌,/ 가마솥 옆 부뚜막에 걸터앉아/ 청
바지 입은 나는 지금/ 단지 조각들과 부서진 노래들을 본다/
그을음투성이의 떨어져내린 벽토 속에 섞여 있는."

이런 부엌 풍경을 요즈음의 아이들은 상상할 수 없을 것이
다. 이런 부엌이 지금도 남아 있을까? 모르지, 상주군 외서면
우산리 청산촌 근암댁에라면…….

ㅌ은 한글 자모의 열두째 글자다. 이 글자의 이름은 '티읕'이다. 북한에서는 '트'라고 부르기도 한다. 이 글자가 나타내는 소리는 국제음성문자로는 /th/로 표기되는 혀끝소리다. 소리가 나는 곳은 ㄷ 소리와 같지만 ㄷ 소리에 견주어 ㅌ 소리는 거센소리다. 말하자면 ㄷ 소리에 ㅎ 소리를 합한 것이 ㅌ 소리다. 그래서 이 글자의 꼴은 ㄷ에 금을 하나 더 그어서 만들어졌다. ㅌ 소리가 ㄷ 소리와 ㅎ 소리의 합침이므로 ㄷ 소리 다음에 ㅎ 소리가 오거나 ㅎ 소리 다음에 ㄷ 소리가 오면 ㅌ으로 소리 난다. 예컨대 '맏형'은 [마텽]으로 소리 나고, '좋다' '많다'는 [조타] [만타]로 소리 난다.

정서법상 ㄷ 받침을 갖지 않은 말일지라도 ㄷ으로 소리 나는 받침과 ㅎ이 연속되면 ㅌ으로 소리 난다. 그래서 '옷하고'는 /옫하고/를 거쳐 [오타고]로 소리 나고, '꽃하고'는 /꼳하고/를 거쳐 [꼬타고]로 소리 난다.

수탉, 암탉, 수퇘지, 암퇘지, 수탕나귀, 암탕나귀, 수톨쩌귀, 암톨쩌귀 같은 말에서 닭, 돼지, 당나귀, 돌쩌귀 같은 말들이 '탉' '퇘지' '탕나귀' '톨쩌귀' 따위로 변한 것은 '수'와 '암' 뒤에 ㅎ이 숨어 있기 때문이다.

이 ㅌ 소리는 받침으로 그칠 때에는 ㄷ 소리로 난다. 그래서 '티읕'은 /티읃/처럼 소리 난다. 그러니 '밭'은 [받]으로 소리 나고, '밭하고'는 /받하고/틀 거쳐 [바타고]처럼 소리 난다. 마찬가지로 울밑, 발끝, 밥솥, 불볕, 곁, 겉, 콩팥, 샅, 콩밭, 한낱, 바깥 따위의 낱말들은 /울믿/ /발끋/ /밥솓/ /불볃/ /곁/ /겉/ /콩팓/ /삳/ /콩받/ /한낟/ /바깓/처럼 소리 난다. 그래서 받침소리 ㄷ처럼 받침소리 ㅌ이 ㄴ이나 ㅁ 같은 콧소리 앞에 오면 그 ㅌ은 콧소리에 동화돼 콧소리 ㄴ으로 변한다. 예컨대 '낱말'은 /낟말/을 거쳐서 [난말]로 소리 나고, '밭문서'는 /받문서/를 거쳐 [반문서]로 소리 난다. '밑면적'은 [민면적]으로, '끝물'은 [끈물]로, '솥물'은 [손물]로, '볕뉘'는 [변뉘]로, '겉모습'은 [건모습]으로, '팥눈'은 [판눈]으로, '바깥마당'은 [바깐

마당]으로, ‘곁눈질’은 [견눈질]로 소리 난다.

또 이 ㅌ 소리는 ㅣ 모음이나 ㅣ 선행모음 앞에서는 ㅊ 소리로 구개음화한다. 예컨대 ‘같이’는 [가치]로 소리 나고 ‘겉이’는 [거치]로 소리 난다. 또 ‘닫히다’는 [다치다]로 소리 나고, ‘묻히다’는 [무치다]로 소리 난다. 중세어에서는 튝[軸], 튱뎡[忠貞], 티다(치다), 티밀다(치밀다)에서처럼 ㅣ 모음이나 ㅣ 선행모음 앞에서도 ㅌ이 오는 일이 드물지 않았지만, 현대어에서는 그 ㅌ이 대개 ㅊ으로 구개음화하면서 뒤의 모음이 단모음으로 변했다. 현대 한국어에서 ㅣ 모음 앞에서 ㅌ이 유지되고 있는 낱말들은 대체로 그 옛 형태가 ‘틔’였던 것들이다. ‘옥에도 티가 있다’의 ‘티’나 ‘당황한 티가 역력하다’의 ‘티’를 비롯해, 티없다, 티끌, 티격태격, 티적티적, 티석티석, 티눈, 티티새, 팅팅, 동티, 진티(일이 잘못되게 된 빌미, 불행한 사건의 원인), 행티(행짜를 부리는 버릇), 불티, 노티, 나이티, 숫티(숫된 태도와 모양), 부티(베를 짤 때 베틀의 말코 양쪽 끝에 끈을 매어 사람의 허리 뒤로 두르는 넓은 띠), 손티(약간 드러나는 마마 자국), 나티(짐승 모양을 한 귀신), 고개티(고개를 넘어가는 가파른 비탈길), 드티다(밀거나 비켜나서 약간 틈을 내다), 버티다 같은 말에 그 ‘티’가 보인다.

ㅌ

ㅌ 소리는 ㄷ, ㅌ 소리와 함께 하나의 묶음을 이루어 자음의 음성상징군을 이룬다. 예컨대 '단단하다'와 '딴딴하다'와 '탄탄하다'는 그 의미는 같고 느낌만 다르다. '딴딴하다'는 '단단하다'보다 더 센 느낌이고, '탄탄하다'는 '단단하다'보다 거센 느낌이다. 그 출발점이 꼭 ㄷ이 돼야 하는 것은 아니다. '동동하다'라는 말은 없지만, '똥똥하다'와 '통통하다'는 비슷한 의미를 공유하면서 느낌을 달리한다.

한국어 '통'은 여러 이질적 의미를 지닌 동음이의어다. 그 '통' 가운데는 '속이 차게 자란 배추나 박 같은 것의 몸피'라는 의미의 통도 있고, '어떤 일에 한속이 되어 이룬 무리나 모임'이라는 의미를 가진 통이 있다. 어쩌면 이 두 통은 동음이의어가 아니라 다의어일지도 모른다. 그러니까 본래의 어원은 같은 한 핏줄의 말, 한통속의 말인지도 모른다. 아마 그 '통', 또는 그 '통'들에서 '통째로' '통짜로' 같은 부사가 나왔을 것이다. 또 그 '통'이나 그 '통'들에서 접두사 '통'도 나왔을 것이다.

접두사 '통'은 '자르거나 쪼개지 않은 통째로'의 의미를 지닌다. '통나무'는 켜거나 쪼개지 않은 통째로의 나무이고, '통꽃받침'은 서로 붙어 있는 꽃받침이다. '통꽃받침'과는 반대로 낱낱으로 떨어져 있는 꽃받침은 '갈래꽃받침'이라고 한다. 꽃부리가 모두 하나로 붙은 것은 '통꽃부리'이고, 꽃부리가 낱낱으로 갈라진 것은 '갈래꽃부리'다. 나팔꽃처럼 통꽃부리로 된 꽃을 '통꽃'이라고 하고, 갈래꽃부리를 가진 꽃을 '갈래꽃'이라고 한다.

접두사 '통'의 상대어가 꼭 '갈래'인 것은 아니다. 통째로 담근 배추김치는 '통김치'지만, 조각으로 썰어서 담근 김치는 '쪽김치'다. '통잠'의 상대어도 '쪽잠'이다. '통잠'이란 저녁에서 아침까지 깨지 않고 끝까지 푹 자는 잠이고, '쪽잠'은 짧은 틈을 타서 불편하게 쪼그리고 잠깐 자는 잠이다. 한편, 통째 그대로의 고추는 '통고추'지만, 가늘게 채친 고추는 '채고추'이고, 실처럼 가늘게 썬 고추는 '실고추'다.

아무튼 접두사 '통'은 이 밖에도 많은 말들 위에 얹혀서 파생어들을 만들어내고 있다. '통구덩이'는 건축 기초공사를 하기 위해 집자리 전체를 판 구덩이고, '통닭'은 털을 뜯고 내장만 뺀 채 통거리로 익힌 닭고기이며, '통깨'는 찧거나 갈지 않은 깨이고, '통마늘'은 쪼개지 않은 통째의 마늘이다. '통무'는 쪼개거나 썰지 않은 무고, '통밀'은 찧거나 빻지 않은 밀이며, '통배추'는 한 포기 그대로의 배추고, '통밤'은 밤[夜] 전체를 뜻한다. '통밤을 새우다'는 잠을 전혀 자지 않고 밤을 꼬박 새

운다는 뜻이다.

‘통’에 관해서 진도를 계속 나가자. ‘통보리’는 타지 않은 통째로의 보리쌀이고, ‘통비단’은 통째로 된 비단이며, ‘통뼈’는 한 통으로 이루어진 아래팔뼈이고, ‘통뽕’은 썰지 않은 통째로의 뽕잎이다. 애기잠을 자는 누에에게는 뽕잎을 썰어서 주고 그 뒤로는 통뽕을 준다. ‘통수수’는 쓿지 않은 그대로의 수수이고, ‘통잣’은 송이에서 낱알을 빼지 않은 통째의 잣이며, ‘통조각’은 여러 조각을 잇지 않고 하나로 된 조각이고, ‘통파’는 통째의 파다. ‘통대구’는 속만 빼고 말린 대구이고, ‘통마루’는 툇마루를 제외한 안방과 건넌방 사이에 놓인 마루이며, ‘통팥’은 맷돌에 갈지 않고 통째로 밥에 섞는 팥이고, ‘통줄’은 목줄 없이 원줄에 곧바로 낚시를 매는 낚싯줄이다. 북한에서는 ‘통바위’ ‘통바늘’ ‘통버선’ 같은 말도 쓰인다. ‘통바위’는 나뉘지 않고 통째로 생긴 바위고, ‘통바늘’은 크고 두꺼운 바늘이며, ‘통버선’은 종아리까지 덮게 만들어진 긴 버선이다.

틈, 터, 틀, 트다, 터울, 턱, 테두리, 타래, 탈, 팅기다 같은 아름다운 말들이 국어사전의 ㅌ부에 올라 있다. ‘터’는 ‘우리 집은 터가 좁다’ ‘고려는 개성에 터를 잡았다’에서처럼 원래 건축이나 토목공사를 하는 자리, 어떤 일이 이루어진 밑자리를 뜻하는 완전명사지만, 그 뜻이 번져나가 용언의 관형형 어미 뒤에 쓰여 예정, 추측, 처지, 형편 따위를 의미하는 불완전명사로도 쓰인다. '자기 앞가림도 못하는 터에 오지랖은 넓어서 늘 남의 일에 참견이다'라거나, '그 일은 내가 꼭 이루고야 말 테다(터이다)'의 '터' 말이다. '턱' 역시 음식을 씹거나 소리를 내는 데 사용하는 기관을 뜻하는 말이지만, 좋은 일이 있을 때 주위 사람에게 베푸는 음식 대접이라는 뜻으로 번져나갔다. '쌍둥이를 얻었으니 한턱 크게 내야겠구먼' 할 때의 '턱' 말이다. '턱'에는 또 이유나 합당한 근거라는 뜻도 있다. '걔가 그걸 알 턱이 없지' '피해자 쪽의 요구액이 턱없이 커' 같은 문장에서 보이는 '턱'이 그 '턱'이다.

'튕기다'라는 말이 지닌 탄성, 탄력의 느낌이 '튀기다'라는 말에는 없는 걸 보면 그 탄성이 ㅇ 받침 때문이라고 짐작할 수 있다. 통통하다, 탱탱하다 같은 말에서도 그렇다. 그러나 ㅇ의 그 탄성은 ㅌ과 어울려 더 힘을 얻고 있다. '튀다'라는 말에도 ㅌ이 있고, 비록 한자어이긴 하지만, '탄성' '탄력'이라는 말에도 ㅌ이 있지 않은가? ㅌ과 ㅇ이 어울려 빚어내는 탄성과 울림의 느낌은 '텅텅텅'이라는 소리에도 있다. 어떤 산책의 풍경: "플라타너스를 손바닥으로 두드리면/ 내 손바닥이/ 텅. 텅.

텅 울린다./ 텅. 텅. 텅. 텅. 텅./ 텅. 텅. 텅./ 검은 맨드라미, 노란 금잔화, 쓰러진 화단 옆을/ 텅텅거리며 걷는다."

그러나 손이 텅텅거리는 동안, 손이 톡톡 튀는 동안, 발은 얼마나 힘들 것인가? 손은 텅텅거리고, 발은 터벅거린다. 발은 터벅거리고 타박거린다. 손은 텅텅, 발은 타박타박. 타박네의 발걸음.

어간이 ㅌ으로 끝나는 용언으로는 짙다, 얕다, 뱉다, 붙다, 밭다, 맡다, 같다 따위가 있다. 어간이 ㄷ으로 끝나는 용언들처럼 그 말들은 닫혀 있다. 탄력도 없다.

ㅍ

　ㅍ은 한글 자모의 열셋째 글자다. 이 ㅍ 글자의 꼴은 ㅂ 글자에 아래로 두 발을 붙이고 옆으로 눕힌 것이다. 이 글자의 이름은 '피읖'이다. 북한에서는 '피읖'이라고 부르는 외에 '프'라고도 부른다. 이 글자가 나타내는 소리는 국제음성문자로는 /ph/로 표기되는 무성 파열음이다. 목젖으로 콧길을 막고 두 입술을 다물어 숨길을 막았다가 뗄 때에 목청을 갈고 숨을 불어내면서 내는 소리라는 점에서 ㅂ 소리와 비슷하다. 그러나 ㅂ 소리보다는 거세다. 즉 ㅂ 소리에 ㅎ 소리를 합한 것이 ㅍ 소리다. 그래서 ㅂ 소리 다음에 ㅎ 소리가 오면 ㅍ으로 소리 난다. 예컨대 '입학'은 [이팍]으로 소리 나고, '잡히다'는 [자피다]로 소리 난다. 정서법상 ㅂ으로 끝나지 않은 말일지

라도 ㅂ처럼 소리 나는 받침 다음에 ㅎ이 오면 ㅍ 소리가 난다. 예컨대 '값하다'는 /갑하다/를 거쳐 [가파다]로 소리 난다.

ㅍ 소리가 받침으로 그칠 대에는 ㅂ 소리와 같게 된다. 그래서 '피읖'은 /피읍/처럼 소리 난다. 마찬가지로 짚, 잎, 무릎, 오지랖, 앞, 옆, 헝겊, 섶 같은 낱말들은 /집/ /입/ /무릅/ /오지랍/ /압/ /엽/ /헝겁/ /섭/처럼 소리 난다. 그래서 받침소리 ㅂ처럼 받침소리 ㅍ도 ㄴ이나 ㅁ 같은 콧소리 앞에서는 그 콧소리에 동화돼 콧소리 ㅁ으로 변한다. '앞날'은 /압날/을 거쳐 [암날]로 소리 나고, '옆마을'은 /엽마을/을 거쳐 [염마을]로 소리 난다. '잎눈'은 [임눈]으로, '무릎맞춤'은 [무름맏춤]으로, '섶나무'는 [섬나무]로, '짚나타미'는 [짐나라미]로 소리 난다. "입속의 검은 잎"에서 '입'도 [입]이고, '잎'도 [입]이다. 물론 '검은'과 '잎' 사이에선 ㄴ 소리가 덧나 "검은 잎"은 [거믄닙]처럼 소리 나지만.

ㅍ 소리는 ㅂ, ㅃ 소리와 함께 하나의 묶음을 이루어 자음의 음성상징군을 이루는 수가 있다. 예컨대 '뱅그르르'와 '뼁그르르'와 '팽그르르'는 그 의미가 비슷하지만 느낌은 다르다. '뼁그르르'는 '뱅그르르'보다 센 느낌이고, '팽그르르'은 '뼁그르르'보다 거센 느낌이다.

　‘잎’과 ‘잎새’와 ‘잎사귀’와 ‘이파리’는 비슷한 말이다. 그러나 그 쓰임새에는 미묘한 차이가 있다. ‘잎’이라는 말은 의미의 영역이 넓어서 그 쓰임이 자유롭지만, 다른 말들은 그렇지 못하다. 우선 ‘잎새’라는 말은 꽃잎에 대해서는 쓰이지 못한다. ‘잎사귀’라는 말도 그렇다. 그러니까 ‘꽃잎’이나 ‘꽃이파리’는 있어도 ‘꽃잎새’나 ‘꽃잎사귀’는 없다. 그 ‘꽃’을 구체화해도 마찬가지다. ‘코스모스 잎’이나 ‘코스모스 이파리’는 있지만, ‘코스모스 잎새’나 ‘코스모스 잎사귀’는 없다. “잎새에 이는 바람에도 나는 괴로워했다”고 윤동주가 읊었을 때, 그 잎새는 적어도 꽃잎은 아니었던 것이다.

　‘잎사귀’는 또 침엽수나 풀잎에 대해서는 쓰이지 않는다. ‘솔잎’이라고는 해도 ‘솔잎사귀’라고는 잘 하지 않는다. 활엽수나 야채의 크고 넓은 잎을 가리키는 것이다. ‘잎새’는 사용 범위가 더 좁다. 야채에 대해서도 사용되지 않고 오직 활엽수의 잎에만 사용되는 것이다. ‘배추 잎’이나 ‘배추 잎사귀’나 ‘배추 이파리’는 자연스럽지만, ‘배추 잎새’라고는 하지 않는다. 또 ‘잎새’는 활엽수 가운데서도 오동나무 잎처럼 너무 큰 잎에는 사용되지 않는다. ‘잎새’는 또 ‘잎사귀’와는 달리 나무에 달려 살아 있는 잎만을 가리킨다. 우리가 밟고 지나가는 낙엽은

‘잎사귀’일 수는 있어도 ‘잎새’일 수는 없는 것이다. 그 낙엽은 또 ‘이파리’일 수도 없다. ‘마른 잎’이나 ‘마른 잎사귀’는 있어도, ‘마른 잎새’나 ‘마른 이파리’는 없다. 그래서 ‘잎’이나 ‘잎사귀’는 땔감이 될 수 있지만, ‘잎새’나 ‘이파리’는 땔감이 되기에는 어색하다.

‘풋’은 덜 익거나 미숙함을 나타내는 접두사다. 풋가지, 풋감, 풋강냉이, 풋게, 풋고추, 풋곡식, 풋과일, 풋김치, 풋나물, 풋대추, 풋마늘, 풋미역, 풋밤, 풋보리, 풋콩, 풋호박 같은 말들에 그 ‘풋’이 보인다. 이것들을 다 아울러서 ‘풋것’이라고 한다.

‘풋’이 들어가는 말은 이 밖에도 많다. ‘풋사랑’은 철없는 나이에 느끼는 어설픈 사랑이고, ‘풋솜씨’는 숙련되지 않은 솜씨며, ‘풋기운’은 젊은 사람들이 내는 익숙하지 못한 기운이고, ‘풋윷’은 배운 지 얼마 안 되어 익숙하지 못하게 노는 윷이다. ‘풋윷’을 ‘보리윷’이라고도 한다. ‘풋바둑’은 배운 지 얼마 안 되어 서투른 바둑 솜씨를 뜻하는데, 이 역시 ‘보리바둑’이라고도 한다. 이와 비슷하게 ‘보리장기’는 법식도 모르고 아무렇게나 두는 장기를 뜻한다.

ㅍ의 빛깔은 말할 나위 없이 푸른색이다. ‘푸르다’라는 말

은 명사 '풀'에서 나왔다. 풀빛이 푸른빛인 것이다. 우리말의 '푸르다'에는 영어의 'green'과 'blue'가 뭉뚱그려져 있다. '푸른 산'에서 '푸른'은 'green'에 가깝고, '푸른 하늘'에서는 'blue'에 가깝다. 같은 계열의 말인 '파랗다'도 그렇다. 그 일차적 뜻은 'blue'지만, 파랑새, 잎파랑이, 잎파랑치, 파랑말 같은 단어들에서 파랑은 'blue'보다는 'green'에 가깝다. '파랗다'는 청색, 녹색, 남색에 두루 걸쳐 있다.

우리말에 색채어가 발달돼 있다는 것은 잘 알려져 있다. '푸르다' 계통의 말도 예외는 아니다. '푸르스름하다'는 조금 푸른 듯한 것이고, '푸르께하다'는 옅지도 짙지도 않게 조금 푸른 것이며, '푸르죽죽하다'는 칙칙하게 푸르스름한 것이고, '푸르퉁퉁하다'는 산뜻하지 못하게 푸른 것이다. '푸르누렇다'는 푸른빛을 띠면서 누런 것이고, '푸르무레하다'는 아주 엷게 푸르스름한 것이며 '푸르뎅뎅하다'는 산뜻하지 못하고 칙칙하게 푸른 것이며, '푸르데데하다'는 천해 보이게 푸르스름한 것이다. 푸릇푸릇, 푸르뎅뎅, 푸르락붉으락, 붉으락푸르락처럼 빛깔과 관련된 부사들도 다양하다.

이런 섬세한 색채어들은 '푸르다'와 같은 계열의 다른 말들에도 그대로 적용된다. 그래서 '파랗다'라는 큰 테두리 안에도 파르께하다, 파르대대하다, 파르댕댕하다, 파르무레하다, 파르스레하다, 파르족족하다, 파릇파릇하다 등 섬세한 색채어들이 각자의 자리를 차지하고 있고, '퍼렇다' 안에도 퍼르스름하다, 퍼르스레하다, 퍼르무레하다 따위가 있다.

'푸르다'는 관형형 '푸른'의 형태로, 그리고 '파랗다'는 명사 '파랑'의 형태로 많은 복합어들을 만든다. 푸른거북, 푸른곰팡이, 푸른나물, 푸른매, 푸른상어, 푸른콩, 파랑돔, 파랑비늘돔, 파랑줄돔, 파랑무지기(끝에 파랑물을 들인 무지기. 무지기는 조선조 때 상류층 여성들이 예장을 할 때 입었던 속치마), 파랑물잠자리, 파랑벌, 파랑새, 파랑쥐치, 파랑콩 따위가 그런 복합어들이다. '파랗다'는 관형형 '파란'의 형태로 파란불, 파란빛 같은 말을 만들기도 한다. '파란불'은 교통신호 가운데 파란색 신호로서 '가도 좋음'을 나타낸다. '청신호'라고도 한다. 그래서 파란불이 켜졌다는 건 희망적인 조건이 마련됐다, 어떤 일이 허락됐다는 뜻이다. '파란불'의 상대어는 '빨간불'이다. '빨간불'이라는 말은 '멈춤'이나 '위험'을 나타내는 교통신호에서 뜻이 번져 위험한 상황을 빗대는 말로 쓰인다. 그러니까 빨간불이 켜졌다는 건 위험스러운 일이 일어났다거나 일이 잘 안 될 것 같은 조짐이 나타났다는 뜻이다. '빨간불'을 '적신호'라고도 한다. 파랑은 빛깔을 의미하기도 하고, 그 빛깔을 지닌 물감을 의미하기도 한다.

이 모든 파랑색의 어원이 된 '풀'도 한국어에서 여러 복합어를 만든다. 풀잎, 풀벌레, 풀베개, 풀언덕, 풀섶, 풀숲, 풀밭, 풀단, 풀꽃, 풀싸움처럼. '풀싸움'이란 누가 풀을 많이 뜯나를 겨루는 놀이다. 꽃을 따서 그 숫자를 겨루는 놀이는 '꽃싸움'이라고 한다. 풀잠자리, 풀매미, 풀노린재, 풀강충이, 풀멸구, 풀무치의 빛깔은 풀빛, 즉 푸른빛이다. ㅍ으로 시작하는 아름다운 말인 '푸성귀'도 '풀'과 관련이 있으리라.

그 '풀' 옆에는 이 말과 동형어로서 '종이 따위를 바르거나 붙이는 데 또는 헝겊을 빳빳하게 하는 데 쓰는 물질'을 의미하는 '풀'이 있다. 풀칠, 풀질, 풀먹임, 풀집, 풀칼, 풀맛 따위의 풀이 그 풀이다. '풀맛'이란 풀을 먹인 천이 살에 닿을 때 느껴지는 빳빳한 맛이다.

'눈'에 대해서도 그랬듯, '풀'에 대해서도 시인 김수영은 넓다란 해석의 지평을 허용하는 능변의 시를 남겼다: "풀이 눕는다/ 비를 몰아오는 동풍에 나부껴/ 풀은 눕고/ 드디어 울었다/ 날이 흐려서 더 울다가/ 다시 누웠다// 풀이 눕는다/ 바람보다도 더 빨리 눕는다/ 바람보다도 더 빨리 울고/ 바람보다

천년을 기다려온 소설,
백년 후면 역사가 된다
고구려
미천왕
1
도망자 을불
무명 역사소설
쏟아지는 찬사!
소설 베스트셀러
1위
"우리 젊은이들이
〈삼국지〉를 읽기 전에
〈고구려〉를 먼저 알기 바란다."
www.saeumbook.co.kr
전화 02-394-1037 팩스 02-394-1029
새움

우리나라는 왜 대한민국일까?
벼락같이 던져진 대한민국 국호 韓의 비밀

핵융합 발전의 획기적인 발전을 주도했던 ETER의 물리학자 이정서는 대통령의 초청으로 프랑스에서 귀국한다. 그는 대통령 초청 만찬에서 공적을 치하 받지만 기쁨도 잠시, 며칠 후 친구의 충격적인 죽음을 접하게 된다. 경찰 수사에서 친구의 죽음은 자살로 판정되지만 정서는 의구심을 떨치지 못한다. 정서는 사건을 파고들다 다른 친구인 한은원 교수까지 실종되었다는 사실을 알게 된다. 이러한 사건의 미궁 한가운데엔 대韓민국이 있다.

천년의 금서

"이것은 위험한 책이다.
〈무궁화꽃이 피었습니다〉는 예고편에 불과했다!"

하드커버 | 327쪽 | 정가 10,800원

최후의 경전

경이로운 수의 비밀을 풀다
인류를 구원할 최후의 지혜를 찾아라!

1달러 속 13계단과 요한묵시록 144, 그리고 12, 72, 108…… 놀라운 숫자들의 수수께끼가 흥미진진하게 펼쳐진다. 자본으로 세계를 지배하려는 비밀결사 모임인 프리메이슨. 그들의 지도자인 전시안은 지구의 물리적 변화에 대해 연구하면서 신비의 경전을 찾기 위해 은둔한 채 세상 밖으로 나오지 않고 있다. 카발라와 짝이 된다는 경전, 성경에 그 열쇠가 있다는 신비의 경전. 과연, 그 경전은 무엇이고, 어떤 내용을 담고 있는 것인가?

"김진명을 읽지 않고 현대 소설을 말하는 것은 우스운 일이다.
댄 브라운도 김진명 소설을 읽고 쓰는 것은 아닐까?"

하드커버 | 384쪽 | 정가 13,800원 | 〈코리아닷컴 1,2〉 개정판

신의 죽음

지키려는 자는 죽었고, 빼앗으려는 자는 살아 있다
기록은 지웠으되, 진실은 때를 기다렸다

'현무첩'을 지키려 했던 김일성의 죽음. 그리고 현무첩을 향한 중국의 엄청난 음모. 현무첩에 담긴 단 한 줄의 문구는 대체 무슨 뜻이기에 김일성은, 그리고 중국은 이를 차지하려 애쓰는가? 김일성이 죽던 날, 24시간 내내 그를 따라다닌다는 8명의 의사는 왜 그 자리에 없었던 걸까? 김일성에게 가던 차량들은 왜 다시 평양으로 되돌아갔던 것인가? ……현무첩을 둘러싼 숨 막히는 추격전이 펼쳐지는 가운데 김일성 죽음의 진실이 마침내 베일을 벗는다.

"미국 CIA도 주목한 소설,
김진명이 아니고서는
누구도 쓸 수 없는 책이다."

하드커버 | 392쪽 | 13,800원

"만화를 통해 우리 아이들이
우리나라의 이름이 왜
대한민국인지를
확실히 알 수 있길 바랍니다.
–소설가 김진명"

만화
천년의 금서

대한민국 국호를 찾아 떠나는
가슴 떨리는 역사 추리 만화!

베스트셀러 소설 〈천년의 금서〉가 탄탄한 원작에 재미를 더해, 아이들의 눈높이에 맞게 학습만화로 출간되었다. 천재 소년 마루가 천방지축 사건 사고 속에서 대한민국 국호에 담긴 거대한 비밀을 찾아 떠나는 모험 이야기! 이 책은 우리나라 국호의 진정한 의미를 알게 하고, 우리 역사와 뿌리에 대한 관심을 키워주는 반가운 학습만화이다. 특히 역사 왜곡에 대해 올바른 문제의식을 갖도록 한다는 점에서 더욱 유익하다.

전면컬러 | 268쪽 | 정가 11,800원 | 김진명 원작 | 백철 그림

일본 역사 교과서 왜곡의 음모를 파헤친다
사라진 호태왕비의 글자는 동(東)이었다

일본의 한 시골 마을에 의문의 살인사건이 발생한다. 피살자는 비문에 관한 서적들을 가득 소유한 여든이 넘은 노인. 현장에는 아무런 단서도 남아 있지 않고, 없어진 것이라고는 책 뒤에 붙어 있던 종이 한 장뿐이다. 도대체 이토록 대담하고 정교하게 살인을 저지른 범인은 누구이고, 범인이 가져간 종이는 무엇일까? 사건의 중심엔 '왜가 백제와 신라·가야를 신민으로 삼았다'는 조작된 '임나일본부'가 있다.

"대한민국을 지키는
국보급 소설이다.
김진명 최고의 소설이다!"

하드커버 | 전2권 | 각권 375쪽 내외
각권 11,800원 | 〈가즈오의 나라 1,2〉 개정판

잔인하게 슬픈, 그러나 아름다운……
100년의 시차로 벌어진 명성황후 시해사건과 황태자비 납치사건

가부키 관람 도중 일본의 황태자비가 납치된다. 경악하는 일본 열도, 누가 감히 일본의 황실을 모욕한단 말인가? 범인의 요구는 뜻밖에도 한성공사관발 문서 한 장. 황태자비의 목숨이 경각에 달려 있음에도 문서의 존재조차 완강히 부인하는 일본 정부. 과연 문서가 닿고 있는 내용이 무엇이란 말인가?

"이 소설을 읽기 전까지 나는 왜 사람들이
김진명에 열광하는지 알지 못했다."

하드커버 | 476쪽 | 정가 13,800원 | 〈황태자비 납치사건 1,2〉 개정판

왜 김진명의 〈고구려〉인가?

김진명의 〈고구려〉는 고구려 역사 중 가장 극적인 시대로 손꼽히는 미천왕 때부터 고국원왕, 소수림왕, 고국양왕, 광개토대왕, 장수왕까지 여섯 왕의 이야기를 그릴 예정이다. 2011년 상반기 1~3권의 출간으로 미천왕편이 완결되었다. 이후 고국원왕편의 첫 이야기인 〈고구려 4-사유와 무〉까지 출간된 상황이다. 17년간의 사료 검토와 해석을 통해 당시의 고구려 상황은 물론 급변하는 동북아 정세까지 아우르는 〈고구려〉는 대한민국 역사소설의 새로운 장을 여는 의미 있는 작품이라 하겠다.

우리 역사상 가장 강력했던 나라 '고구려'에 대한 사람들의 뜨거운 관심에도 불구하고 〈삼국지〉와 〈초한지〉, 〈수호지〉를 번역하여 필독서로 제정하여 읽게 하는 현실에 반해 지금까지 고구려를 제대로 알 수 있는 문학은 존재하지 않았다. 그렇기에 오늘날 요하 문명을 자국의 역사로 편입시키고 있는 중국의 동북공정 프로젝트에 맞서 '우리 역사 고구려'를 바로 세우기 위한 김진명의 〈고구려〉가 세상에 선보이게 된 것은 참으로 반갑고 귀한 일이다. 마침내 드러나는 천년 제국 고구려의 장엄한 진실, 다가올 천년은 김진명의 〈고구려〉를 먼저 읽게 될 것이다.

김진명 역사소설
고구려 미천왕편

전3권 | 각권 345쪽 내외
각권 12,800원

미천왕편 (전3권)
고국원왕편 (전2권)
소수림왕편 (전3권)
광개토대왕편 (전3권)
장수왕편 (전2권)이 이어서 출간됩니다

먼저 일어난다// 날이 흐리고 풀이 눕는다/ 발목까지/ 발밑까지 눕는다/ 바람보다 늦게 누워도/ 바람보다 먼저 일어나고/ 바람보다 늦게 울어도/ 바람보다 먼저 웃는다/ 날이 흐리고 풀뿌리가 눕는다.”

풀 말고도 품, 팔, 판소리, 핏줄, 파닥거리다 같은 아름다운 말들이 ㅍ의 가족이다. 팔은 어깨에서 손목까지, 또는 어깨에서 손까지를 가리키지만, 팔뚝은 팔꿈치에서 손목까지만을 가리킨다. ‘팔’의 중세어 형태는 ‘ᄇᆞᆯㅎ’이다. 현대어에서도 ‘두 발 둘레의 고목나무’ 같은 표현에서 ‘발’은 두 팔을 펴서 벌린 길이를 뜻하는데, 이 ‘발’이 곧 ‘팔’이다. ‘팔’의 중세어 ‘ᄇᆞᆯㅎ’의 흔적인 것이다.

숲…… 숲은 신성하다. “숲은 비밀스러운 부름이 있는 곳”이고 “신생(新生)의 장소”라고 조정권은 말한다. 거리가 세속이라면 숲은 성소다. ‘신성한 숲’에서 ‘신성한’은 잉여적이다. 그것은 한정의 기능을 발휘하지 못한다. 모든 숲은 신성하기 때문이다.

조정권의 신성한 숲은 이렇다: “……// 숲 가운데로 들어서

자 언 호수에서 빛이 일어서고 있었다/ 어둠 속에서 밤새들이 언 공기를 털어내며/ 깃을 움츠린/ 그때 새벽별이 눈을 깜짝거렸으므로/ 나도 눈 깜짝이며 미소를 보냈다/ 이제 조금 있으면 동이 트리라./ ……// 숲은 비밀스러운 부름이 있는 곳./ 붉은 빛이 나래 치는 바윗가에서/ 부름 소리를 들으리라./ 그 소리가 귀에 닿기 전 회리바람이 불어/ 앗아가는 일은 없으리라./ 하지만 기다리는 육신에게/ 신은 언제나/ 默言으로 말할 뿐./ 새벽빛 같은 눈짓으로/ 默示할 뿐// ……."

한국 시에서 '신성한 숲'의 시원은 황인숙의 신성한 숲이다. 그녀의 신성한 숲은 적의를 지닌 채 사냥꾼을 둘러싸고 있다: "이 숲./ 들벚나무와 사시나무/ 뿌리 사나운 아카시아와 싸리나무, 소나무/ 뜻밖에 만난 놀란, 한 그루의 향나무와/ 밟은 적도 긁힌 적도 무수한/ 덩굴나무와 가시나무./ 본 적은 있으나 이름 모를 나무들과/ 보지 못한 나무들/ 보지 못할 나무들/ 이 숲./ 꿈틀거리는 나무 사이로/ 두려움 없이 내가/ 지나갈 수 있을까?/ 나는 새처럼 가볍지도 않은데/ 이들은 내게 적의의 새를 날리지 않을까?/ 이 숲./ 나무의 무리 가득한/ 숲/ 안개로/ 깊어지고."

II

ㅍ이 받침으로 사용되는 말이 그리 많은 것은 아니다. 깊다, 높다, 싶다 같은 형용사와 갚다, 짚다, 톺다, 엎다, 덮다 같은 동사가 이 ㅍ 받침을 지니고 있다. '톺다'는 샅샅이 뒤지면서 찾는다는 뜻이다. '깊다'와 '깊숙하다'는 비슷한 뜻을 지닌 형용사지만, '깊숙하다'는 아주 깊은 데에는 쓰이지 않는다. 그리고 '깊다'와는 달리 '깊숙하다'는 일반적으로 추상적, 비유적으로 사용되지 않는다. 웅덩이나 굴은 깊을 수도 있고 깊숙할 수도 있지만, 바닷물은 깊을 뿐이지 깊숙할 수는 없다 (그러나 바닷물 깊숙이 들어갈 수는 있다). 또 생각이나 그늘도 깊을 수 있을 뿐 깊숙할 수는 없다.

'높다'에서 파생한 '높다랗다'도 '높다'와 달리 추상적, 비유적으로는 사용되지 않는다. 지붕이 높은 집도 있고 지붕이 높다란 집도 있지만, 지위가 높은 사람은 있어도 지위가 높다란 사람은 없다. 또 눈이 높은 사람은 많지만 눈이 높다란 사람은 없다. 물론 눈의 물리적 위치가 높다랄 수는 있겠지만.

ㅎ은 한글 자모의 열넷째 글자다. 이 글자의 이름은 '히읗'이다. 이 글자가 나타내는 소리는 국제음성문자로는 /h/로 표기되는 마찰음이다. 목청을 좁혀 숨을 내쉴 때 그 가장자리를 마찰하여 내는 맑은 소리가 ㅎ 소리다. 받침으로 끝날 경우에는 입천장을 막고 떼지 않으므로 ㅅ 받침처럼 소리가 난다. 즉 ㄷ으로 소리 난다. 그러니까 이 글자의 이름 '히읗'은 '히은'처럼 소리 난다.

위에서 이 글자의 이름은 히읗이라고 말했다. '이 글자의 이름은 히읗이다'라고 할 때 '히읗이다'는 어떻게 읽어야 할까? 자음으로 끝난 실사 뒤에 모음으로 시작되는 허사(어미나 조사나 접미사)가 연결될 때는 앞의 자음이 연음되는 것이 한극어의 음운 규칙이다. '즐거움이다'는 [즐거우미다]로 소리난다. 그 규칙을 따르자면 '히읗이다'는 [히으히다]로 읽어야 할 테다. 마찬가지로 '히읗을' '히읗이'도 [히으흘] [히으히]로 읽어야 할 테다. 그것은 '기역이다' '기역을' '기역이' '니은이다' '니은을' '니은이'를 [기여기다] [기여글] [기여기] [니으니다] [니으늘] [니으니] 따위로 발음해야 하는 것과 같다. 그러나 '히읗을'을 [히으흘]이라고 발음하는 사람은 없을 것이다. 우리는 모두 '히읗을'을 [히으슬]이라고 발음한다.

실은 표준어규정의 제2부 표준발음법 제16항에 이 문제에 대한 예외적 규정이 있다. 한글 자모의 이름은 그 받침소리를 연음하되 'ㄷ, ㅈ, ㅊ, ㅋ, ㅌ, ㅍ, ㅎ'의 경우에는 디귿이[디그시], 디귿을[디그슬], 디귿에[디그세], 지읒이[지으시], 지읒을[지으슬], 지읒에[지으세], 치읓이[치으시], 치읓을[치으슬], 치읓에[치으세], 키읔이[키으기], 키읔을[키으글], 키읔에[키으게], 티읕이[티으시], 티읕을[티으슬], 티읕에[티으세], 피읖이[피으비], 피읖을[피으블], 피읖에[피으베], 히읗이[히으시], 히읗을[히으슬], 히읗에[히으세]로 발음하도록 규정하고 있다. 이렇게 발음하는 것을 원티적으로 설명할 수는 없다. 이런 예외들은 관용이라고 할 만하다.

어쨌든 ㅎ 소리와 ㅅ 소리는 아주 가까운 소리다. 인도-유럽 조어에서 h가 그리스어에서는 s로 변했다는 것은 널리 알려진 일이고, 한국어에서도 표준어의 ㅎ 소리가 방언에서 ㅅ 소리로 변하는 일이 흔하다. '휴지'가 '수지'로, '형'이 '성'으로 변하듯.

이 ㅎ은 ㄱ, ㄷ, ㅂ, ㅈ과 만나면 앞뒤를 가리지 않고 ㅋ, ㅌ, ㅍ, ㅊ 소리로 바뀐다. 예컨대 '않게'는 [안케]로, '악하다'는 [아카다]로 발음된다. '않다'는 [안타]로 발음되고, '덥히다'는 [더피다]로 발음되며, '않지'는 [안치]로 발음된다. 이것은 자연스러운 일이다. 본디 ㅋ, ㅌ, ㅍ, ㅊ 소리는 ㄱ, ㄷ, ㅂ, ㅈ 소리에 ㅎ이 더해진 것이니까 말이다. ㅎ 글자의 꼴은 ㅇ에 금을 두 개 더해 만들었다. ㅎ이 ㅇ보다 거센 목청소리임을 나타내기 위해서였다.

일부 형용사의 어간 끝에 오는 ㅎ은 ㄴ, ㄹ, ㅁ, ㅂ으로 시작되는 어미 앞에서 탈락하거나 '-아서/어서' '-았/었' 앞에서 어간과 어미의 모양이 함께 바뀌는 일이 있다. 예컨대 '하얗다'는 하얀, 하얄, 하얌, 하얍니다. 하얘서, 하얬다로 활용한다. 이런 활용을 'ㅎ불규칙활용'(ㅎ변칙활용, ㅎ벗어난끝바꿈, ㅎ받침변칙)이라고 하고, 이런 활용을 하는 용언을 'ㅎ불규칙용언'이

ㅎ

라고 한다. ㅎ불규칙용언에는 하얗다, 빨갛다, 파랗다, 까맣다, 노랗다 등 빛깔을 나타내는 형용사와 이렇다, 그렇다, 아무렇다, 기다랗다, 커다랗다, 좁다랗다, 널따랗다, 동그랗다, 높다랗다, 깊다랗다 등 상태를 나타내는 형용사가 있을 뿐 동사는 없다.

어간이 ㅎ으로 끝나는 동사에는 찧다, 빻다, 놓다, 낳다, 땋다, 쌓다 따위가 있다. 그리고 어간이 ㅎ으로 끝나는 형용사 가운데 ㅎ변칙활용을 하지 않는 대표적인 낱말로는 '좋다'가 있다. '하얗다'의 관형형은 '하얀'이지만, '좋다'의 관형형은 '존'이 아니라 '좋은'이다.

이 ㅎ 소리는 단어의 첫머리에 올 때를 빼고는 묵음이 되는 일이 잦다. '좋은' '좋아' '싫은' '싫어'는 [조은] [조아] [시른] [시러]로 소리 난다. 또 완전히 묵음이 되지는 않는다고 하더라도 약화되는 일이 흔하다. '마흔'은 [마흔]이라고 발음해야 하지만, [마은]이라고 발음하는 경우가 많다. 연설문이 아닌 다음에야 '일하다'를 [일하다]로 발음하는 사람은 없다. [이라다]인 것이다. 그러나 '좋은' '싫은'을 [조은] [시른]으로 발음하는 것과 '마흔' '일하다'를 [마은] [이라다]로 발음하는 것은 그 성격이 다르다. '좋은' '싫은'은 [조흔] [실흔]으로 발음할 수 없지만, 즉 표준 발음에서는 ㅎ이 반드시 묵음이 되어 [조은] [시른]이지만, '마흔' '일하다'는 관례적으로 [마은] [이라다]일 뿐, [마흔] [일하다]로 읽는 것이 표준 발음인 것이다.

'절구에 고추를 빻아라'(발음은 반드시 [빠아라])와 '절구에 고추를 찧어라'(발음은 반드시 [찌어라])에서 보듯 '찧다'와 '빻다'는 의미의 영역을 공유하고 있지만, '빻다'는 대상을 가루로 만든다는 뜻이지, '찧다'처럼 껍질을 벗긴다거나 액체가 나오도록 짓누른다거나 단순히 마주 부딪는다는 뜻을 지니지 않는다. 그래서 벼를 찧거나 방아를 찧을 수는 있어도 벼나 방아를 빻을 수는 없고, 풀을 찧어서 즙을 낼 수는 있어도 빻아서 즙을 낼 수는 없으며, 미끄러져서 엉덩방아를 찧거나 문설주에 이마를 찧을 수는 있어도 엉덩방아를 빻거나 이마를 빻을 수는 없다.

'하다'라는 동사는 우리가 아주 흔히 쓰는 말이다. 그런데 이 '하다'는 다른 말 뒤에 붙어 동사나 형용사를 만드는 접미사 구실을 하기도 한다. 우리말에서 '하다'의 생산성은 아주 높고, 그 규칙도 까다롭다. 한국어가 모국어인 사람들은 어떤 말에 '-하다'가 붙을 수 있는지('밥하다' '나무하다' '평등하다' '총명하다'는 말은 있지만 '집하다' '바위하다' '자유하다' '지혜

하다'는 말은 없다), 그 '하다'가 앞의 어근과 분리될 수 있는지 없는지(예컨대 '성실하다'는 '성실은 하다' '성실도 하다'처럼 어근과 '하다'가 분리될 수 있지만, '착하다'는 '착은 하다' '착도 하다' 따위로 분리할 수 없다), 또 그렇게 붙은 말이 동사인지 형용사인지를 직관적으로 알 수 있지만, 외국인들에게는 그것을 일일이 구별하는 것이 악몽 같으리라.

이 '하다'는 우선 일부 명사 뒤에 붙어 동사를 만든다. 일하다, 사랑하다, 노래하다가 그 예다. 또 형용사의 어근에 붙기도 한다. 착하다, 까마득하다, 훌륭하다, 갸륵하다에서처럼. '하다'는 또 부사에 붙어서 형용사나 동사를 만들기도 한다. 들썩들썩하다, 번쩍번쩍하다가 그 예다. 접미사 '하다'는 또 형용사에 붙은 부사형 어미 'ㅏ/ㅓ(워)' 뒤에 붙어서 동사를 만든다. 기뻐하다, 슬퍼하다, 좋아하다, 싫어하다, 반가워하다, 미워하다에서처럼 말이다. 접미사 '하다'는 또 의존명사 '체, 듯, 양' 따위에 붙어서 조동사나 보조형용사를 만든다. '모른 체하다' '비가 오는 듯하다' '어린 양하다'가 그 예다. 접미사 '하다'의 이런 용법은 일반적인 국어사전에 소개돼 있는 대표적인 용법들일 뿐이다. 그 용법의 세부 사항은 오직 한국어 화자의 언어 직관에 기대서만 알 수 있을 뿐이다. 주격의 체언 뒤에 주격조사 '이/가'를 붙이는 것이 자연스러운지 보조사 '은/는'을 붙이는 것이 자연스러운지를 판단하는 일만큼이나 접미사 '하다'를 제대로 사용하는 것은 어려운 일이다. '하다'에 대한 기다란 글을 읽고 싶은 독자를 위해서는 서정수의 《동사 '하-'의 문법》이라는 책이 마련돼 있다. 1975년에 초판이 나온 뒤 세부 사항에 대해서는 적잖은 비판을 받았지만, 이 책은 '하다'에 대한 가장 치밀한 연구서다.

동사든 접미사든 '하다'의 중세어 형태는 'ᄒᆞ다'이다. 물론 중세어에 '하다'가 없었던 것은 아니다. 그러나 그 '하다'는 '많다' '크다'는 뜻의 형용사였다. 이 '하다'는 현대어에서는 사라져 버렸지만, '하고많다' '하도'('하도 고돼서 졸지 않을 수 없었어') 같은 말에 그 흔적이 남아 있다. 또 그 관형형 '한'이 굳어져 버린 접두사 '한'에도 그 흔적이 남아 있다. '한길' '한사리' 같은 말에서 보이는 '크다'는 뜻의 접두사 '한' 말이다. '한글'의 '한'도 그 '한'과 관련이 있을 것이다. 우리 글자를 처음으로 '한글'이라고 부른 사람은 주시경이라는 견해가 많은데, 그 '한'은 '韓'이자, '큰'이자, '하나'였을 것이다. 접두사 '한'은 '한가운데' '한복판' '한밤중' 같은 말에서는 '완전한'이라는 의미를 지니고, '한사발' 같은 말에서는 '가득 찬'이라는 뜻을 지닌다.

ᄒᆞ

‘하’로 시작되는 접속부사들은 대체로 ‘그러하’의 ‘그러’나 ‘그리하’의 ‘그리’가 생략된 것들이다. ‘하지만’은 ‘그러하지만’(그렇지만)의 뜻이고, ‘하나’는 ‘그러하나’(그러나)의 뜻이며, ‘한데’는 ‘그러한데’(그런데)의 뜻이다. ‘해서’는 ‘그리해서’나 ‘그러해서’(그래서)의 뜻이고, ‘하여’는 ‘그리하여’나 ‘이리하여’의 뜻이다.

‘핫’은 두 개의 의미를 지닌 접두사다. 첫 번째 의미는 ‘솜을 두었다’는 뜻이다. ‘핫이불’은 솜을 둔 이불이고, ‘핫바지’는 솜을 둔 바지다. 접두사 ‘핫’의 두 번째 뜻은 ‘배우자를 갖추었다’는 뜻이다. ‘핫아비’는 아내가 있는 남자이고, ‘핫어미’는 남편이 있는 여자다. 그 반의어는 각각 ‘홀아비’ ‘홀어미’다. 접두사 ‘핫’의 반의어가 접두사 ‘홀’인 셈이다. 그러니까 접두사 ‘홀’은 ‘짝이 없다’ ‘하나뿐이다’라는 뜻이다. 접두사 ‘홀’과 뜻이 통하는 접두사로 ‘홑’이 있다. 이 ‘홑’은 ‘한 겹이다’ ‘외톨이다’라는 의미다. ‘홑잎’은 한 장의 잎사귀로 된 잎이고, ‘홑치마’는 한 겹으로 된 치마다. 그 반의어는 각각 ‘겹잎’과 ‘겹치마’다. 그러니까 ‘홑’과 상대되는 ‘겹’은 사물이 거듭된 상태를 뜻한다. 홑눈과 겹눈, 홑옷과 겹옷, 홑자락과 겹자락, 홑이불과 겹이불, 홑홀소리와 겹홀소리, 홑닿소리와 겹닿소리, 홑처마와 겹처마,

홑집과 겹집, 홑대패와 겹대패, 홑자락과 겹자락, 홑꽃과 겹꽃, 홑창과 겹창, 홑씨방과 겹씨방 등 '홑'과 '겹'을 내세운 반의어 쌍들이 우리말에는 많이 있다. '홑'의 상대가 늘 '겹'인 것은 아니다. '홑담'은 한 겹으로 쌓은 담이지만, 겹으로 마주 대어 쌓은 담은 '맞담'이라고 한다.

해, 힘, 흙, 함초롬하다, 하늘, 흐늘흐늘, 흐놀다, 흐너지다, 휘우뚱, 휘날리다, 향긋하다, 함박눈, 햅쌀, 햇나물, 헹가래, 혀밑샘, 호루라기, 홈질, 홰, 희나리(덜 마른 장작) 같은 예쁜 말들이 사전의 ㅎ부를 채우고 있다.

해는 생명의 근원이다. 한국인에게 가장 익숙한 '해의 시'는 아마 이럴 것이다: "해야 솟아라. 해야 솟아라. 말갛게 씻은 얼굴 고운 해야 솟아라. 산 너머 산 너머서 밤새토록 어둠을 살라먹고, 이글이글 앳된 얼굴 고운 해야 솟아라."

사십대 이상의 사람들에게는 어쩌면 이런 동요가 더 익숙할지도 모른다: "해야 해야/ 나오너라// 김치국에/ 밥 말아 먹고// 장구 치고/ 나오너라."

ㅏ

아르튀르 랭보의 시 〈모음〉을 김현은 이렇게 번역했다.

검은 A, 흰 E, 붉은 I, 푸른 U, 파란 O: 모음들이여,

언젠가는 너희들의 보이지 않는 탄생을 말하리라.

A, 지독한 악취 주위에서 웅웅거리는

터질 듯한 파리들의 검은 코르셋,

어둠의 만(灣); E, 기선과 천막의 순백(純白).

창 모양의 당당한 빙하들, 하얀 왕들, 산형화들의 살랑거

림.

I, 자주조개들, 토한 피, 분노나

회개의 도취경 속에서 웃는 아름다운 입술.

U, 순환주기들, 초록 바다의 신성한 물결침,
동물들이 흩어져 있는 방목장의 평화, 연금술사의
커다란 학구적 이마에 새겨진 주름살의 평화.

O, 이상한 금속성 소리로 가득 찬 최후의 나팔,
여러 세계들과 천사들이 가로지르는 침묵,
오, 오메가여, 그녀 눈의 보랏빛 테두리여!

이 〈모음〉의 이미지는 프랑스어 모음들의 이미지일 것이고, 랭보의 상상력이 만들어낸 이미지일 것이다. 그래서 우리들이 ㅏ를 검은색으로, ㅣ를 붉은색으로, ㅗ를 파란색으로 느끼기는 쉽지 않을 것이다. 물론 아주 깊은 곳에는 보편적으로 받아들일 수 있는 소리의 빛깔이나, 빛깔의 소리라는 것이 있을 수도 있다. 랭보가 그런 깊이와 보편성에 다다랐는지를 이따금 되돌아보며 우리들의 홀소리 여행을 시작한다.
ㅏ는 한글의 첫째 홀소리 글자다. 이 글자의 이름은 '아'다. 한국어의 모음은 ㅏ에서 시작해 ㅣ에서 끝난다. ㅏ가 원만함,

ㅏ

두루뭉술함의 상징이라면 ㅣ는 뾰족함, 모남의 상징이다. ㅏ에서 ㅣ까지 가는 여행은 원만함과 뾰족함을 왕복 운동하는 여행이다. ㅏ 다음의 ㅑ나, ㅓ 다음의 ㅕ나, ㅗ 다음의 ㅛ나, ㅜ 다음의 ㅠ에 ㅣ가 숨어 있기 떠문이다. ㅑ나 ㅕ나 ㅛ나 ㅠ는 ㅣ가 자음화한 [j]에 ㅏ나 ㅓ나 ㅗ나 ㅜ 같은 모음이 이어져 나는 소리인 것이다. '깔깔'이 원만한 웃음이라면, '낄낄'은 뾰족한 웃음이다. '칵칵'이 두루뭉술하다면, '컄컄'은 뾰족하고 모났다.

'아'는 한국어에서 가장 널리 사용되는 감탄사다. 한국어만이 아니라 외국어에서도 마찬가지인데, 그것은 ㅏ라는 모음이 가장 자연스럽고 보편적인 모음이라는 뜻일 것이다.

'아'는 놀라거나 당황하거나 할 때, 또는 급한 마음으로 말하려 할 때 내는 소리다. '아, 저게 뭘까' '아, 그렇구나' '아, 깜빡 잊었구나' 할 때의 '아'가 그것이다. 이 '아'는 상대편의 주의를 불러일으키기 위하여 쓰이기도 한다. '아, 이 사람아, 여기 좀 봐' 할 때의 '아' 말이다. '아'는 또 기쁘거나 슬프거나 뉘우치거나 귀찮거나 감탄하거나 할 때 내는 소리이기도 하다. '아, 재미있다'라거나, '아, 이렇게 될 줄이야'라거나, '아, 따분해' 할 때 이런 '아'가 사용된다.

속담에 "아 다르고 어 다르다"는 말이 있다. "아 해 다르고 어 해 다르다"라고도 하는 이 속담은 같은 내용의 말이라고 하더라도 말하기에 따라서 그 느낌이 사뭇 달라진다는 뜻이다.

'아'는 또 자음으로 끝난 명사 아래에 붙어서, 손아랫사람이나 짐승 또는 어떤 사물을 부를 때 사용되는 호격조사이기도 하다. '갑돌아' '갑순아' "두껍아 두껍아 헌 집 줄게 새 집 다오" "달아 달아 밝은 달아 이태백이 놀던 달아" 같은 말에 그런 용법으로 쓰이는 '아'가 보인다. 그 명사가 모음으로 끝났을 경우엔, 즉 그 명사에 받침이 없을 경우엔, '아' 대신에 '야'가 쓰인다. '갑수야' '백두야' "새야 새야 파랑새야"에서처럼.

"두껍아 두껍아 헌 집 줄게 새 집 다오"에서 '두껍아'는 '두껍'에 '아'가 붙은 것이다. 거기서 '두껍'은 '두꺼비'다. 그러니까 제대로 말하려면 '두꺼비야'가 돼야 할 것이다. 그러나 세 음절을 기본으로 해서 음수율을 만들기 위해 '두꺼비야'를 '두껍아'로 줄인 것이다.

아(我)는 의고투 문장에서 대명사로 '나' '우리'의 의미로 사용되기도 한다. '아의 구원(久遠)한 사회 기초' 할 때의 '아'가 그것이다. 이 '아'는 또 관형사적으로 쓰여 '나의' '우리의'라는 뜻으로 쓰이기도 한다. 최남선이 기초한 기미독립선언문은 "오등은 자에 아 조선의 독립국임과 조선인의 자주민임을 선언하노라'로 시작되는데, 여기서 "아 조선의"의 '아'가 그렇게 관형사적으로 사용된 '아'다.

아(亞)는 아세아(亞細亞)의 준말로 쓰이고, 아(阿)는 아불리가(阿弗利加)의 준말로 쓰인다. 다시 말해 '亞'는 아시아, '阿'는 아프리카를 뜻한다. 동북아(東北亞)는 중국, 한국, 일본, 러시아의 연해주 따위로 이뤄지는 동북아시아를 뜻하고, 남아공(南阿共)은 넬슨 만델라의 조국 남아프리카공화국을 뜻한다. 아아(亞阿)는 아시아-아프리카를 말한다. 영어로는 'AA'라고 한다.

아(亞)가 '아시아'라는 의미로만 쓰이는 것은 아니다. 접두사로서 '버금감, 다음감, 거의 비슷한 수준, 거기에 준(準)하는 수준'이라는 의미 또한 갖는다. 아열대, 아고산대, 아성(亞聖) 따위의 말에 그 '아'가 보인다. '아열대'는 열대와 온대의 중간 지대이고, '아고산대'는 고산대와 산지대의 중간 지대다. '아성'은 일반적으로 성인에 버금가는 사람이라는 뜻이지만, 유교에서는 성인인 공자에 버금가는 사람이라는 뜻으로 맹자를 이른다. 생물을 계·문·강·목·과·속·종의 단계로 분류하는 것은 근대 이래로 확립된 관행인데, 필요에 따라서는 그 사이사이에 아문·아강·아목·아과·아속·아종 따위의 단계를 두기도 한다. 이 접두사 아(亞)는 또 산화 물질에 포함된 산소 비율이 비교적 작음을 나타내기도 한다. '아황산' '아질산' 같은 말에 보이는 '아'가 그 '아'다.

아(兒)는 접미사로 쓰여 '어린아이'를 나타낸다. '신생아' '우량아' 같은 말에서 보이는 '아'가 그 '아'다. 이 접미사 '아'는 또 '사나이, 남자'라는 의미를 지니기도 한다. '풍운아'나 '기린아' 같은 말에서 보이는 '아'가 '사나이'라는 의미의 '아'다.

접미사 '-아'에는 또 한자어가 아닌 고유어 계통의 '아'도 있다. 이 접미사 '아'는 일부 동사의 어간 뒤에 붙어서, 그것을 조사로 바꾼다. 예컨대 동사 '좇다'의 어간에 '아'가 붙으면 조사 '조차'가 된다. '너조차 나를 배신하다니' 할 때의 '조차'가 바로 이런 방식으로 형성된 조사이다. 이것을 후치사라고 부르는 일도 있다.

또 어미로서의 '-아'가 있다. 이 어미 '-아'는 끝음절이 양성 모음인 ㅏ, ㅗ로 된 어간에 붙어서 그 용언을 부사형으로 만들기도 하고, 서술·의문·청유·명령의 뜻을 나타내는 종결어미로 사용되기도 한다. '점점 날 닮아가네' '그는 참 머리가 좋

ㅏ

아' '그렇게 높아?' '같이 받아' '저놈 붙잡아' 같은 말에서 그 부사형 어미 또는 종결어미로서의 '아'가 보인다. 이 '-아'는 끝 음절이 ㅏ로 끝나는 용언 뒤에서는 생략된다. 예컨대 '빨리 가' '일찍 자'의 '가' '자'에서처럼 그리고 끝음절이 ㅡ로 끝나는 용언은 그 ㅡ가 생략된다. '그걸 좀 모아주게' '기분 나빠?' 의 '모아' '나빠'에서처럼. 또 끝음절이 ㅗ로 끝나는 용언 뒤에서는 ㅗ와 결합해 표기하기도 한다. '빨리 와' '여기 좀 봐' '멀리 쏴'에서처럼. 표기만이 아니라 발음도 그렇다. 여기서 ㅗ가 반모음 [w] 구실을 하는 것이다

'아'는 또 동사 '알다'가 ㄹ불규칙으로 활용할 때 그 어간이다. '잘 아는 사이' '네가 뭘 안다고 그러니?' '아는 것이 힘이다' 같은 말에 그 '아'가 보인다.

달나라, 자라, 가마, 암나사, 간자, 낭자, 방자, 알짜, 날짜, 막차, 감자, 판자, 방아, 아빠, 샅바, 장마, 나사, 하나, 아가, 장가, 바닷가, 마당, 사랑, 까탈, 사탕, 바람, 자랑, 안팎장사 같은 아름다운 말들에 모음 'ㅏ'가 들어가 있다.

'안팎장사'는 이곳의 산물을 사다가 다른 곳에서 팔고, 그 돈으로 그곳의 산물을 사서 이곳에 가져다가 파는 장사다. '안팎'은 물론 안과 밖의 준말이다. '밖'이 '팎'이 된 것은 '안'의

뒤에 ㅎ이 숨어 있기 때문이다. '안팎벽'은 안벽과 바깥벽이고, '안팎일'은 안일과 바깥일이며, '안팎채'는 안채와 바깥채이고 '안팎살림'은 안살림과 바깥살림이다.

모음 ㅏ가 들어간 용언으로는 가다, 갈다, 감다, 갚다, 나다, 날다, 남다, 낫다, 낮다, 나가다, 마다하다, 받다, 밟다, 사다, 살다, 삶다, 삼다, 자다, 잘다, 잡다, 잣다, 차다, 참다, 찾다, 타다, 파다, 팔다, 하다, 따다, 바라다, 싸다, 짜다, 빻다, 빨다, 까다, 깔다, 깎다, 작다 같은 말들이 있다.

ㅐ는 ㅏ에 ㅣ가 더해진 것이다. 이 모음의 이름은 '애'다. ㅐ는 훈민정음이 창제될 때는 ㅏ와 ㅣ를 연이어 발음하는 겹홀소리였지만, 지금은 홑홀소리다. 애는 '아이'의 준말이기도 하고, '근심에 싸인 마음속'을 뜻하기도 한다. 애가 타다, 애를 태우다, 애가 터지다, 애를 먹다, 애를 먹이다, 애를 쓰다 할 때의 '애'가 바로 그 두 번째 '애'다.

개짐, 냇가, 대나무, 맵시, 배냇냄새, 새끼, 애송이, 쟁기, 채롱, 팻말, 해, 대패, 해태, 안개, 버캐, 개, 사랑채, 첫째, 구름재, 잎새, 물총새, 닷새, 엿새, 냄새, 담배, 몸매, 물매, 소매, 보라매, 술래, 빨래, 진달래, 모래, 노래, 도르래, 고래, 한창때, 광

ㅏ

대, 장대, 들깨, 덮개, 무지개, 조개, 고개 같은 명사에 ㅐ가 보인다. ㅐ가 들어간 용언으로는 개다, 내다, 대다, 매다, 배다, 새다, 애달프다, 재다, 채다, 캐다, 태우다, 해맑갛다 따위가 있다.

개(애/래)는 용언의 어간에 붙어서 그 용언과 관련된 명사를 만든다. 병따개, 마개(막+애), 덮개, 발싸개, 베개, 지우개, 이쑤시개, 날개, 실감개, 밑씻개, 긁개, 꾸미개, 빨래, 가리개, 귀이개, 찌개, 노래(놀+애), 도래(돌+애), 얼개(얽 +애)의 '개'(애/래)가 그것이다.

ㅑ는 한글의 둘째 홀소리 글자다. 이 글자의 이름은 '야'다. ㅑ는 문자 체계에서는 독립된 글자이지만, 음성 음운적으로는 자음(반모음) [j]에 ㅏ가 덧붙은 소리다.

'야'는 반갑거나 놀랍거나 감동했을 때 내는 소리다. '야, 정말 끝내주는군' 할 때의 '야' 말이다. 이 감탄사 '야'는 또 어른이 아이를 부르거나 젊은이들끼리 허물없이 상대를 부르는 소리이기도 하다. '야, 이것 좀 올려줘' 할 때처럼.

'야'는 또 모음으로 끝나는 명사 뒤에 붙어서, 손아랫사람이나 짐승, 사물을 부를 때 쓰이는 호격조사이기도 하다. '철수야' '아가야' "새야 새야 파랑새야"의 '야'가 그런 호격조사 '야'다. 앞의 명사가 자음으로, 즉 받침으로 끝나면 '야' 대신

‘아’가 쓰인다. “달아 달아 밝은 달아”에서처럼.

조사 ‘야’는 또 모음으로 끝나는 체언이나 조사, 어미 등에 붙어, 그 말을 특히 강조하는 뜻을 지닌 보조사로 쓰인다. ‘너야 반대를 안 하겠지’ ‘이번에야 어떻게 잘 되겠지’ ‘기어이 붙잡고야 말겠어’ 같은 말에서 별다름을 나타내는 보조사 ‘야’가 보인다. 앞말이 받침으로 끝나면 ‘야’ 대신에 ‘이야’가 쓰인다. ‘정치인들이야 반대를 안 하겠지’ ‘사람이야 그만이지’에서처럼.

이 보조사 ‘야’는 해라체 종지형 어미 ‘-나’나 ‘-다’ 등에 붙어서 그 말을 강조하여 감탄하는 뜻을 나타내기도 한다. ‘참, 우습구나야’ ‘걱정했던 것보다 날씨가 좋다야’ ‘참 멋있더라야’ 같은 말에서 그런 보조사 ‘야’가 보인다.

조사 ‘야’는 모음으로 끝난 체언에 붙어서 긍정적으로 단정하는 뜻을 나타내거나 사물을 지정하여 묻는 뜻을 나타낸다. ‘내가 네 이모야’ ‘이게 참나무야’ ‘이건 우리 고양이야’ ‘네가 대표 선수야?’ ‘우리가 서로 친구야?’에서처럼. 조사 ‘야’ 옆에는 또 어미 ‘-야’가 있다. 어미 ‘-야’는 ‘아니다’의 어간에 붙어서 단정하는 뜻을 나타내는 해체의 종결어미다. ‘그 말은 사실이 아니야’ ‘이건 금이 아니야’ ‘너는 사람이 아니야’에서 그 어미 '-야'가 보인다. 이 두 '야'는 본질적으로 동일한 것이라고 할 수 있다.

어미 '-야'는 또 어미 '-아야'나 '-어야'가 줄어든 꼴이기도 하다. 어미 '-아야'나 '-어야'는 'ㅏ' 계열로 끝나는 용언 뒤에서 '아'나 '어'가 없어져 '야'로 변한다. '잠을 자야 꿈을 꾸지' '장작을 패야 불을 붙이지'에서처럼.

명사 야(野)도 있다. 이 '야'는 정권을 중심으로 한 관계(官界)에 대하여 민간(民間)을 뜻하는 말이다. '야에 파묻히다'의 '야'가 바로 그 '야'다. 이 '야'는 또 '야당'의 준말이기도 하다. 이때 '야'는 여(與)의 상대어다. '여와 야 할 것 없이 다 부패했더군' 할 때의 '야' 말이다.

명사 '야'에는 한자어 말고도 고유어가 있다. 고유어 명사 '야'는 돈치기할 때 던진 돈이 두 푼 또는 서너 푼씩 한데 포개지거나 붙은 것을 말한다. 또 다른 명사 '야'가 있다. 이 '야'는 돌을 깰 적에 쓰는 조그마한 쇠침을 뜻한다. 남포가 들어오기 전에는 이것을 박고 메로 두드려서 돌을 깼다. '야타족'이라는 속어도 있다. 이성(異性)을 꼬일 때 자신의 고급 승용차에 대해 뻐기며 '야, 타!' 한대나?

ㅑ로 끝나는 대표적인 명사는 '대야'와 '저냐'일 것이다. '대

ㅑ

야'는 그 쓰임새에 따라 세숫대야, 빨래대야, 뒷물대야 등으로
달리 부르기도 한다. '저냐'는 육미붙이나 물고기 따위를 얇게
저미거나 다져서 밀가루를 바르고 달걀을 입혀 기름에 지진
음식이다. 그 재료에 따라 조개저냐, 미꾸리저냐, 고등어저냐,
쏘가리저냐, 조기저냐, 새우저냐, 가자미저냐, 낙지저냐, 굴저
냐, 닭저냐, 제육저냐, 처녑저냐, 두부저냐, 버섯저냐 등 수많
은 종류가 있다. 그러나 '야' '대야' '저냐'를 빼놓으면 ㅑ로 끝
나는 명사는 거의 없다. 부사에는 '부랴부랴'나 '이제야' '그제
야' '고작해야'처럼 ㅑ로 끝나는 말이 좀 있다. ㅑ로 끝나는 고
유어 부사 가운데 더 일반적인 것은 흥이야항이야, 엉이야병
이야, 손이야발이야, 금이야옥이야, 옹배야덕배야처럼 부분적
으로 첩어의 성격을 띤 부사들일 것이다.

ㅒ는 ㅑ에 ㅣ를 더해서 만든 글자다. 이 글자의 이름은 얘
다. 얘는 '이 아이'의 준말로 쓰인다. '얘가 우리 맏아들이에요'
에서처럼. 비슷하게 '걔'는 '그 아이'의 준말이고 '쟤'는 '저 아
이'의 준말이다. '이 아이는' '그 아이는' '저 아이는'은 '얜' '걘'
'쟨'으로 줄고, '이 아이를' '그 아이를' '저 아이를'은 '얠' '걜'
'쟬'로 준다. '애개!'나 '애개개!' 같은 감탄사에도 ㅒ가 보인다.

ㅓ는 한글의 셋째 홀소리 글자다. 이 글자의 이름은 ‘어’다.

한국어에서 ‘어’는 무엇보다도 감탄사로 쓰인다. 그 감탄사 ‘어’는 우선 급작스런 충격에 따른 급한 느낌을 나타내는 소리다. ‘어, 이게 뭐지?’ ‘어, 지갑이 어디 갔지?’ ‘어, 그 스위치를 만지면 안 돼’ 할 때의 ‘어’가 그 ‘어’다. 감탄사 ‘어’는 또 한탄, 근심, 걱정, 유감 따위를 나타내기도 한다. ‘어, 이걸 어떻게 하지’ ‘어, 이거 참 야단났군’ 할 때의 ‘어’ 말이다. 감탄사 ‘어’는 또 기쁨, 슬픔, 뉘우침, 노여움 따위의 느낌을 나타내기도 한다. ‘어, 그 친구가 그런 변을 당하다니’에서처럼. 이런 감탄사 ‘어’의 작은말은 ‘아’다.

접두사 어(御)는 임금의 행위나 소유물을 뜻하는 한자나 한자어 앞에 붙어서, 존경의 뜻을 나타낸다. 이 말들은 대체로 지금은 사용되지 않는 옛 궁중어들이다. 어제(御製)는 임금이 지은 시문이나 저술을 뜻한다. 세종어제 훈민정음(世宗御製訓民正音) 할 때의 어제 말이다. 어좌(御座)는 임금이 앉는 자리이고, 어사화(御賜花)는 임금이 과거에 급제한 사람에게 내리던, 종이로 만든 꽃이다. 임금의 옷은 어복(御服)이고, 임금의 갓은 어립(御笠)이며, 임금의 신은 어혜(御鞋)이고, 임금의 갑옷과 투구는 어갑주(御甲胄)이며, 임금의 목소리는 어성(御聲)이고, 임금이 마시는 술은 어온(御醞)이며, 임금의 병은 어환(御患)이다. 또 임금의 편지는 어찰(御札)이고, 임금이 앉는 자리는 어좌(御座)이며, 임금이 있는 곳은 어소(御所)이고, 임금이 타는 말은 어마(御馬)이며, 임금이 타는 마차는 어승차(御乘車)이고, 임금에게 올리는 우물물은 어수(御水)이며, 임금이 내리는 음식은 어식(御食)이고, 임금에게 물건을 바치는 것은 어공(御供)이다. 또 어가(御街)는 대궐로 통하는 길이나 대궐 안의 길을 뜻하고, 어람건(御覽件)은 임금이 볼 서류다. 임금이 거동할 때 잠시 머무르는 막차(幕次)는 어군막(御軍幕)이다.

접두사 어(御) 외에 접미사 어(語)도 있다. 접미사 어(語)는 일부 명사 뒤에 붙어서 '말'이라는 뜻을 나타낸다. 한국어, 중국어, 일본어, 프랑스어, 러시아어, 알타이어, 인도-유럽어, 존대어, 교착어, 고립어, 굴절어에서처럼.

접두사 '어-'와 접미사 '-어'만 있는 게 아니다. 어미 '-어'도 있다. 사실 이 어미 '-어'의 풍경은 ㅏ 항목에서 어미 '-아'에 대해 얘기할 때 다 살폈다. 부사형 어미로서든 종결어미로서든 '-어'의 의미와 용법은 '-아'와 똑같다. 단지 '-어'는 어간이 음성모음으로 된 용언에 붙는 것이 '-아'와 다를 뿐이다. '저어-저어도-저었다'나 '주어-주어도-주었다'의 '어'와 '나아-나아도-나았다'나 '보아-보아도-보았다'의 '아'는 동일한 형태소의 변이 형태일 뿐이다. 양성모음의 어간에는 양성모음의 어미가 붙고, 음성모음의 어간에는 음성모음의 어미가 붙는다는 이른바 모음조화 현상이다.

실은 '-어'는 점점 '-아'의 자리를 빼앗고 있다. '아름다워'에서처럼 어간이 양성모음으로 된 용언에도 '-아' 대신 '-어'가 붙는경우가 많은 것이다.

아무튼 어미 '-어'는 '익어가다' '썩어버리다'에서처럼 부사형 어미로도 쓰이고, '너는 여기 있어' '이거 내가 먹어?' '같이 먹어' '혼자 먹어'에서처럼 서술·의문·청유·명령의 뜻을 나타내는 해체의 종결어미로도 쓰인다. 그리고 '-아'와 비슷한 형태적·음운적 규칙이 적용된다. 즉 어간의 끝음절이 'ㅓ'로 끝나는 용언 뒤에서는 '어'가 생략된다. '똑바로 서'의 '서'에서처럼. 어간의 끝음절이 'ㅏ'나 'ㅐ'로 끝나는 용언에서도 이 '어'가 생략되는 수가 있다. '개어'는 '개'로 되는 수가 있고, '보내어'는 '보내'로 되는 수가 있다. 그리고 끝음절이 ㅡ로 끝나는 용언은 그 ㅡ가 생략된다. '넌 참 예뻐' '그러면 못써' '입이 부르터 약을 발랐다'의 '예뻐' '써' '부르터'에서처럼. 또 ㅜ로 끝나는 용언 뒤에서는 ㅜ와 결합해 표기하기도 한다. '죽을 쒀 먹였다' '나에게 줘'에서처럼. '와'(오다)나 '봐'(보다)나 '쏴'(쏘다)에서처럼, '쒀'나 '줘'에서도 표기만이 아니라 발음 자체가 달라진다. 앞의 ㅜ가 반모음화하는 것이다.

'어'는 또 동사 '얼다'가 ㄹ불규칙으로 활용할 때 그 어간이다. '어니' '어는데' '언다고' 같은 말에서 그 '얼'의 변이 형태 '어'가 보인다.

홀소리 ㅓ는 더러, 어서, ㅈ저, 너머, 너, 더, 저, 터 같은 말을 만든다. ㅓ가 들어가는 용언으로는 걷다, 걸다, 검다, 널다, 넓다, 덜다, 덥다, 멀다, 멎다, 서다, 설다, 절다, 젓다, 젖다, 헐다 따위가 있다.

이 ㅓ는 또 대체로 ㅏ에 대응해서 큰말을 만든다. 예컨대 '깔깔'에 대응하는 '껄껄'이나, '찰랑찰랑' '팔락이다' '하하하'에 대응하는 '철렁철렁' '펄럭이다' '허허허'에서처럼.

ㅔ는 ㅓ에 ㅣ를 더해서 만든 글자다. 이 글자의 이름은 '에'다. 훈민정음을 만들 당시 ㅔ는 ㅓ와 ㅣ를 연이어 발음하는 겹홀소리였지만, 지금은 홑홀소리다.

한국어에서 '에'는 다른 무엇보다도 조사다. '에'는 체언에 붙어서 그 체언을 부사어로 만드는 부사격조사로 쓰이기도 하고, 체언에 붙어 동등한 자격으로 여럿을 열거하는 뜻을 나타내는 접속조사로도 쓰인다.

부사격조사로 쓰이는 '에'는 '집에 있다' '세 시에 오게'에서처럼 공간적 시간적 위치를 나타내기도 하고, '도서관에 간다'에서처럼 행동의 지향점을 나타내기도 하며, '총소리에 놀랐다'에서처럼 행동의 원인을 나타내기도 하고, '예의에 벗어난다'에서처럼 행위나 규율의 기준점을 나타내기도 한다. 또 '화살이 과녁에 명중했다'에서처럼 동작이나 운동 물체가 미치거나 이르는 곳을 나타내기도 하고, '숯불에 구워 먹는다'에서처럼 어떤 행동의 방편임을 나타내기도 하며, '공부에 여념이 없다'에서처럼 어떤 동작의 목적을 나타내기도 하고, '한 근에

1천 원’에서처럼 기준이 되는 단위를 나타내기도 한다. 이 밖에도 ‘에’는 ‘너에 관한 이야기’에서처럼 관계하거나 대하게 되는 대상을 나타내기도 하고, ‘이것들 중에 좋은 것을 골라라’에서처럼 제한된 범위를 나타내기도 하며, ‘반장에 네가 뽑혔다’에서처럼 자격을 나타내기도 하고, ‘이 더위에 어떻게 지내십니까?’에서처럼 환경이나 조건을 나타내기도 한다.

접속조사 ‘에’는 ‘빵에 우유에 떡에 별의별 것을 다 먹었다’라거나 ‘과일에 음료수에 잔뜩 지고 갔다’에서처럼 나열하는 기능을 한다.

조사 ‘에’는 또 다른 조사 ‘에다가’의 준말로도 쓰인다. ‘월급에 수당도 붙는다’ ‘끓는 물에 설탕을 부어라’의 ‘에’는 ‘에다가’로 바꿀 수 있다.

‘에’는 또 접두사로서 일부 동사 앞에 붙어서 ‘빙 둘러’ ‘에워’의 뜻을 나타내기도 한다. ‘에돌다’ ‘에두르다’ ‘에굽다’ 같은 말에서 보이는 ‘에’가 그 접두사 ‘에’다.

너스레, 나이테, 슴베, 글쎄, 부리나케, 민들레, 올케, 본체만체, 숫제, 언제, 어제, 그제, 어저께, 그저께, 모레, 어르신네, 등에, 멍에, 누에, 텃세, 자네, 더께, 뭉게뭉게, 삼베, 두메, 찔레, 겨레, 생떼, 가운데, 그네, 나그네, 멍게, 가게, 그런데 같은 말들이 홀소리 ㅔ로 끝난다. 지게, 집게 같은 말의 '게'는 동사에서 명사를 파생시키는 접미사다. 어간이 ㅔ로 끝나는 용언으로는 메다, 베다, 세다, 에다, 헤다 따위가 있다. 민요 가사에 흔히 등장하는 "에헤야 데헤야"에도 ㅔ가 있다.

ㅕ

ㅕ는 한글의 넷째 홀소리 글자다. ㅕ는 문자 체계에서는 독립된 글자이지만, 음성·음운적으로는 반모음 [j]에 ㅓ가 이어 나는 소리일 뿐이다. 우리말에서 '이어'는 흔히 '여'로 축약된다. 앞의 '이'가 반모음 구실을 하는 것이다. 예컨대 '그리어'는 '그려'로, '줄이어'는 '줄여'로, '엎히어'는 '엎혀'로, '잡히었다'는 '잡혔다'로, '주무시었다'는 '주무셨다'로, '걸리어'는 '걸려'로 축약된다.

ㅈ이나 ㅊ 같은 파찰음 뒤의 ㅕ는 ㅓ처럼 소리 난다. 예컨대 '가져라(가지어라)'는 [가저라]처럼 소리 나고 '바쳐도(바치어도)'는 [바처도]처럼 소리 난다. 파찰음은 입천장에서 그 소리가 나기 때문에 반모음 'ㅣ'가 잘 드러나지 않는 것이다. 파찰

음 뒤에서 /ㅓ/와 /ㅕ/는 그 소리의 대립이 중화된다고 해석할 수 있다.

ㅕ 글자의 이름은 '여'다. '여'는 물속에 있는 바위를 뜻한다. '암초'라고도 하는 여에는 '속여'와 '잠길여'가 있다. '속여'는 썰물 때에도 드러나지 않는 '여'이고, '잠길여'는 밀물 때는 잠기고 썰물 때는 드러나는 여다. '여'와 의미나 형태가 통하는 말로 '염'이 있다. '염'은 바윗돌로 된 작은 섬, 즉 돌섬을 말한다.

한자어 '여'에는 여러 단어가 있다. 여(汝)는 '너, 자네'의 뜻이고, 여(予, 余)는 '나'의 뜻이다. 발음은 같은데 뜻이 정반대다.

여(女)는 딸이나 여성의 뜻이다. 이 '여'는 접두사로서 일부 한자어 앞에 붙어서, 여성임을 나타낸다. 여사장, 여선생, 여배우, 여기자, 여학생, 여교사 따위의 말에 나오는 여가 그 접두사 여다.

접미사 여(餘)도 있다. 이 '-여'는 한자어로 된 수사 뒤에 붙어서, 그 이상임을 나타낸다. 10여 가구, 1천여 원, 1백여 년 전, 80여 세에서처럼 말이다. 이 '여'는 십이나 백이나 천처럼 일의 자리에 영이 있는 한자어 숫자에만 붙는다. 다만 시간

ㅕ

이나 기간 또는 세월을 나타내는 수의 경우에는 단위의 뒤에 붙어 그 단위보다 짧은 시간이 덧붙음을 가리킨다. '공사는 3개월여 만에 끝났다' '경기는 무려 네 시간여 동안 진행됐다' '5년여 동안 끌었던 전쟁이 이제 끝났다'에서처럼. 한자어 여(餘)에 비교할 만한 고유어인 접미사 '-남은'은 '여남은 명' '스무남은 명'에서처럼 언제나 고유어 숫자 뒤에 붙고, 의존명사 '남짓'은 '1년 남짓 전' '한 달 남짓' '두 되 남짓'에서처럼 언제나 단위 뒤에 붙는 특징이 있다.

접미사 '여' 말고 어미 '-여'도 있다. 이 어미 '-여'는 부사형 어미 '-어'가 '하-' 뒤에서 변한 말이다. '열심히 공부하여 성공했다' '조용하여 살 만하다' '일하여 번 돈이다'에서처럼. 그러나 이 경우의 '하여'는 구어에서는 대체로 '해'로 축약된다.

'여'는 또 동사 '열다'가 ㄹ불규칙으로 활용할 때 그 어간이기도 하다. '문을 여니 춥다' '산에 여는 능금'의 '여니' '여는'에서처럼.

쌀겨, 비녀, 추녀, 오히려, 하물며, 찰벼, 등뼈, 혀, 구태여, 켜, 싸구려 같은 말들이 ㅕ로 끝난다. 켜다, 펴다 같은 동사의 어간도 마찬가지다. ㅕ가 들어가는 말 가운데 가장 흔히 사용되는 말은 '여보' '여보세요'라는 감탄사일 것이다. 부부끼리

‘여보’라는 말을 사용하지 않는 신세대 사람들도 남과 전화로 통화를 할 때는 ‘여보세요’라는 말을 사용하지 않을 수 없다.

ㅖ는 ㅕ에 ㅣ가 더해져 만들어진 글자다. 이 글자의 이름은 ‘예’다.

‘예’는 오래전이라는 뜻이다. ‘예나 지금이나’ ‘예로부터 전해 오는 이야기’ 같은 데서 보이는 ‘예’다. ‘옛날’이란 곧 ‘예의 날’이다.

‘예’는 또 ‘여기’의 준말이다. ‘예가 어딥니까?’ 할 때처럼. ‘예’는 또 존대할 자리에 대답하거나 되묻거나 조르는 말로 쓰이는 감탄사다. ‘예, 제가 그랬습니다’ ‘예, 제가 그랬다고요?’ ‘하나만 주세요, 예?’ 같은 데서 그런 감탄사 ‘예’가 보인다. 또 다른 감탄사 ‘예’가 있다. 그 ‘예’는 심하게 나무랄 때 하는 소리다. ‘예, 이놈’ 할 때의 ‘예’ 말이다. 이때의 ‘예’는 ‘예끼’로 바꿀 수도 있다.

‘예’는 또 불확정의 수에서 ‘여섯’의 의미로 사용된다. ‘예닐곱’ ‘예니레’에서처럼 말이다.

한자어 ‘예’도 있다. 예(例)는 보기나 본보기의 뜻으로 사용되기도 하고, 전례(前例)나 선례(先例)의 뜻으로 사용되기도

ㅕ

하며, ‘예의’의 꼴로 쓰여서 ‘여느 때와 같은’ ‘전과 같은’ ‘앞에서 말한 바와 같은’의 의미로 쓰인다. ‘예의 그 다방에서 만났다’ 할 때의 ‘예’가 바로 마지막 ‘여’의 예다. 예(禮)는 인간관계에서 일상생활의 규범으로 지켜야 할 행동 양식을 뜻한다. 예(豫)는 예괘(豫卦)의 준말이고, 예(濊)는 예맥(濊貊)의 준말이며, 예(隷)는 예서(隷書)의 준말이다. ‘예괘’는 64괘의 하나로 진괘(震卦)와 곤괘(坤卦)를 위아래로 놓은 괘다. 우레가 땅에서 나와 떨침을 상징한다. ‘예맥’은 한반도 북부에 있었던 부족국가의 이름이자 그 부족의 이름이고, ‘예서’는 중국 진(秦)나라 때 정막(程邈)이 전서(篆書)의 번잡한 점을 생략해 만든 글씨체다.

아예, 식혜, 차례차례, 이평계저평계, 손목시계, 비계 같은 말에 ㅖ가 보인다.

우리말에 ㅖ가 들어가는 어휘소들이 많은 것은 아니지만, 실제로 우리들은 일상적으로 이 ㅖ를 아주 흔히 사용한다. 바로 ‘-예요’라는 조사 때문에 그렇다. ‘-예요’는 모음으로 끝난 체언에 붙어서 친근한 느낌을 담아 사물을 긍정적으로 단정해 말하거나, 사물을 지정해서 묻는 뜻을 나타내는 종결형 서술격조사다. ‘갠 착한 아이예요’나 ‘그 사람 누구예요?’에서의

‘예요’ 말이다. 앞의 체언이 자음으로 끝났을 경우엔 ‘이에요’
가 된다. ‘참 예쁜 마을이에요’나 ‘그분이 김 선생님이에요?’에
서처럼. 사전에서는 이 ‘-예요’와 ‘-이에요’보다는 그 본디 꼴
인 ‘-여요’와 ‘-이어요’가 더 표준적인 말로 대접받고 있지만,
실제로 서울 사람의 일상어에서는 ‘-예요’와 ‘-이에요’의 세력
이 압도적으로 크다. 모음으로 끝난 체언 뒤에 붙는 ‘-예요’는
‘-이에요’가 줄어든 것이다. 그러니까 자음으로 끝난 체언 뒤
의 ‘-이어요’ ‘-이에요’가 본형이고, 모음으로 끝난 체언 뒤에
붙는 ‘-여요’ ‘-예요’는 그 준말이라고 할 수 있다. ㅕ와 ㅖ에 대
한 이야기는 이게 다예요.

ㅗ는 한글의 다섯째 홀소리 글자다. 이 글자의 이름은 '오'다. 한국어에서 '오'는 우선 감탄사로 쓰인다. 감탄사 '오'는 '오, 그랬었구나' '오, 그렇게만 해주게'에서처럼 '옳지' '옳아' '옳다꾸나'의 의미로 사용되기도 하고, '오 그래, 곧 나간다니까'에서 처럼 '오냐'의 뜻으로 쓰이기도 하며, '오, 내 사랑이여'에서처럼 일반적인 감탄의 뜻을 나타내기도 한다.

'오'는 또 접두사 '올'의 준말로 '오조' '오사리' 같은 말에 보인다. 접두사 '올'은 일부 식물이나 열매 이름 앞에 붙어 여느 품종보다 일찍 자라거나 일찍 익음을 나타낸다. 예컨대 올벼, 올콩에서처럼.

한국어에서 '오'는 또 어미나 선어말어미로 쓰인다. 어미

'-오'는 모음으로 끝난 어간이나 높임의 '-시-'에 붙어, 현재의 동작이나 상태에 대한 서술이나 의문 또는 명령을 나타내는 하오체의 종결어미다. '공기가 몹시 차오' '어디 가시오?' '어서 가시오' 같은 말에서 그 종결어미 '-오'가 보인다. 이 '-오'는 받침 밑에서는 매개모음 '으'를 얹어 '으오'가 된다. '두 사람의 처지가 같으오'에서처럼.

종결어미 '-오' 말고 겸양과 공손함을 나타내는 선어말어미 '-오-'도 있다. 이 선어말어미 '-오-'는 '-옵-'의 ㅂ이 모음이나 '-니' '-리' '-면' 등의 어말어미 앞에서 탈락한 꼴이다. '내가 가오리니 기다리옵소서' 같은 말에서는 본디 꼴인 '-옵-'과 ㅂ이 탈락한 꼴인 '-오-'가 함께 보인다. 가오면, 가오리다, 하오니 같은 말에서도 '-옵-'에서 ㅂ이 줄어든 선어말어미 '-오-'가 보인다. 이 선어말어미 '-오-' 역시 받침 있는 어간 밑에서는 매개모음 '으'를 얹어 '으오'가 된다. '잊으오리다' '잊으오리니'에서처럼.

한자어 '오'도 여러 가지다. 오(五)는 다섯을 뜻한다. 한글의 다섯 번째 홀소리 글자인 ㅗ가 5이고 다섯인 것이다. 고대 이래로 인간의 감각을 다섯 가지로 분류하는 관습과도 관련이 있겠지만, 다섯이라는 수는 감각의 세계를 아우른다. 그래서

ㅗ

오감—시각·청각·후각·미각·촉각—은, 우리가 세계를 포착하는 데 사용하는 손가락 다섯 개와 함께, 이 숫자의 상징을 강하게 규정하고 있다. 그리스도가 수난을 당할 때 입은 다섯 상처(五傷)—양손·양발·옆구리—는 인간의 오감을 정화한다. 다섯 개의 가지를 지닌 별은 사지를 활짝 펼친 인간을 표상한다(팔다리는 사지이지만 머리까지 합하면 다섯이다). 셋이 신의 숫자이고 넷이 물질의 숫자라면, 다섯은 인간의 숫자다. 첫 번째 짝수, 즉 여성의 수인 둘과, 그 이후의 첫 번째 홀수, 즉 남성의 수인 셋이 합쳐져 생성된 것이 다섯이다. 신-세계-인간을 표상하는 3-4-5 사이클은 피타고라스 정리($3^2+4^2=5^2$)로 그 신비주의적 정당성을 얻었다.

동양에서 다섯은 안정적이고 꽉 찬 숫자였던 모양이다. 그래서 다섯 가지로 이뤄진 개념들이 많다. 그 가운데는 물론 동양이나 한국만의 것이 아닌 보편적인 개념도 있다. 나열하자면 한이 없다.

오계(五戒): 불교 신자들이 지켜야 할 다섯 가지 금계. 망어(妄語)·사음(邪淫)·살생(殺生)·음주(飮酒)·투도(偸盜).

오복(五福): 유교에서 이르는 다섯 가지 복. 수(壽)·부
(富)·강녕(康寧)·유호덕(攸好德)·고종명(考終命).

오관(五官): 오감을 일으키는 다섯 가지 감각기관. 눈·귀·
코·혀·피부.

오관(五款): 천도교 교인이 하는 다섯 가지 수도(修道) 행
사. 주문(呪文)·청수(淸水)·시일(侍日)·성미(誠米)·
기도(祈禱).

오륜(五倫): 유교의 다섯 가지 인륜. 부자유친(父子有親)·
군신유의(君臣有義)·부부유별(夫婦有別)·장유유서
(長幼有序)·붕우유신(朋友有信).

오륜(五輪): 다섯 개의 대륙을 상징하는 올림픽기의 그림.
올림픽을 달리 이르는 말.

오교(五敎): 신라 때 불교의 다섯 종파, 곧 열반종·계율종·
법성종·화엄종·법상종.

오곡(五穀): 다섯 가지 주요 곡식. 쌀·보리·조·콩·기장.

오대(五帶): 지구상의 다섯 기후대. 곧 열대, 남·북반구의
온대, 남·북반구의 한대.

오대(五大): 불교에서, 만물을 만들어내는 다섯 가지 원소.
지(地)·수(水)·화(火)·풍(風)·공(空).

오례(五禮): 과거에 나라에서 지내던 다섯 가지 의례. 길례(吉禮)·흉례(凶禮)·군례(軍禮)·빈례(賓禮)·가례(嘉禮).

오색(五色) 또는 오채(五彩): 파랑·노랑·빨강·하양·검정의 다섯 가지 빛깔.

오옥(五玉): 다섯 가지 빛깔의 옥. 창옥(蒼玉)·적옥(赤玉)·황옥(黃玉)·백옥(白玉)·현옥(玄玉).

오취(五臭): 다섯 가지 냄새. 곧 노린내·비린내·향내·타는 내·썩는 내.

오취(五趣): 불교에서, 중생이 업보에 따라 이르게 되는 다섯 세계. 천상(天上)·인간(人間)·축생(畜生)·아귀(餓鬼)·지옥(地獄).

오음(五音) 또는 오성(五聲): 국악의 다섯 가지 음계, 곧 궁·상·각·치·우.

오음(五飮): 다섯 가지 마실 것. 물·미음·약주·단술·청주.

오음(五陰) 또는 오온(五蘊): 불교에서, 정신과 물질을 오분(五分)한 것. 색(色)·수(受)·상(想)·행(行)·식(識).

오상(五常): 유교에서, 사람으로서 마땅히 지켜야 할 다섯 가지 도리. 인(仁)·의(義)·예(禮)·지(智)·신(信).

오행(五行): 만물을 생성하고 만상(萬象)을 변화시키는 다섯 가지 원소. 금(金)·목(木)·수(水)·화(火)·토(土).

오축(五畜): 다섯 가지 가축. 소·양·돼지·개·닭.

오장(五臟): 한방에서 이르는 다섯 가지 내장. 간장·심장·비장·폐장·신장.

오장(五葬): 장례의 다섯 가지 방식. 토장(土葬)·화장(火葬)·수장(水葬)·야장(野葬)·임장(林葬).

오안(五眼): 불교에서, 수행에 따라 성도(成道)에 이르는 순서를 보이는 다섯 안력(眼力). 육안(肉眼)·천안(天眼)·법안(法眼)·혜안(慧眼)·불안(佛眼).

오성(五性): 사람의 다섯 가지 성정(性情). 기쁨·노여움·욕심·두려움·근심.

오방(五方): 동·서·남·북의 사방과 그 중앙의 다섯 방위.

오령(五靈): 다섯 가지의 신령한 짐승. 기린·봉황·거북·용·백호.

오력(五力): 불법(佛法)의 실천에 필요한 다섯 가지 힘. 신력(信力)·진력(進力)·염력(念力)·정력(定力)·혜력(慧力).

오등(五等): 죽음을 그 신분에 따라 구분하던 다섯 등급.

붕(崩)·훙(薨)·졸(卒)·불록(不祿)·사(死).

오강(五江): 지난날, 서울 근처의 한강·용산·마포·현호(玄湖)·서강 등 주요 나루가 있었던 다섯 군데의 강마을.

오가(五歌): 판소리 열두 마당 중에서 지금까지 불려지는 춘향가·심청가·흥부가·수궁가·적벽가의 다섯 가지.

이런 말들에 오(五)가 들어 있다. 그러나 이 목록은 오(五)로 시작되는 낱말의 일부분일 뿐이다.

오(墺)는 오지리(墺地利), 즉 오스트리아의 준말이고, 오(午)는 12지, 즉 자축인묘진사오미신유술해의 일곱째다. 이 오(午)는 오방(午方)이나 오시(午時)의 준말로도 쓰인다. 오방은 24방위의 하나로 정남(正南)을 중심으로 한 15도 범위 이내의 방위다. 병방(丙方)과 정방(丁方)의 사이다. 오방의 반대 방향은 자방(子方)이다. 오시는 낮 열두 시, 즉 정오를 중심으로 그 전후 한 시간씩이나 30분씩을 말한다.

오(伍)는 군대의 편제에서 다섯 사람으로 이뤄진 조를 뜻하기도 하고, 종대로 늘어섰을 때의 옆으로의 한 조나 횡대로 늘어섰을 때의 앞뒤로의 한 조를 가리킨다. 이런 대열에서의 오에 상대되는 말은 열(列)이다. 제식훈련에서는 '오와 열을 맞추다' 같은 표현을 흔히 쓴다. 또 오(O)는 산소의 원소기호이기도 하고 ABO식 혈액형의 하나이기도 하다.

이윽고, 울고불고, 거문고, 이리도, 저리도, 그리도, 이다지도, 저다지도, 그다지도, 가로, 세로, 함부로, 비뚜로, 가까스로, 시나브로, 요모조모, 마름모, 코뿔소, 하늘소, 한사코, 잠자코, 기어코, 결단코, 그물코, 양갈보, 울보, 털보, 술보, 떡보 같은 말들이 홀소리 ㅗ로 끝난다. 울보, 털보, 술보, 떡보에서 '보'는 사람을 나타내는 접미사다. 오도방정, 오도카니, 오동통하다, 오목하다, 볼록하다, 고소하다, 도도하다, 도돌이표, 소소리바람, 오돌또기, 오톨도톨, 오도독, 고로롱고로롱 같은 말들이 ㅗ족의 소속원들이다. 어간이 ㅗ로 끝나는 용언으로는 고다, 꼬다, 보다, 오다, 쪼다, 호다(헝겊을 여러 번 겹쳐서 땀을 곱걸지 않고 꿰매다), 쏘다, 조다(정으로 쪼아 고르게 다듬다) 따위가 있다.

나는 ㅗ에 ㅏ를 더해 만들었다. 이 글자의 이름은 '와'다. '와'는 우선 동사 '오다'의 해체 명령형 꼴이다. '이리 와' 할 때

ㅗ

의 '와' 말이다. 또 '와'는 '오다'의 부사형 '오아'의 준말이기도 하다. '이리 와 앉아라'에서 보이는 '와'처럼. 이렇게 우리말에서 '오아'는 흔히 '와'로 축약된다. 앞의 '오'가 반모음 [w] 구실을 하는 것이다. 예컨대 '쏘아라'는 '쏴라'로 축약되고, '보아라'는 '봐라'로 축약된다.

조사로서의 '와'도 있다. '와'는 둘 이상의 사물을 같은 자격으로 이어주는 접속조사로도 쓰이고, 비교되는 대상을 나타내거나 '함께함'을 나타내는 부사격조사로도 쓰인다. '고양이와 개' '언니와 닮은 동생' '어머니와 같이 가다' 같은 말에서 그런 조사로서의 '와'가 보인다. 이 조사 '와'는 받침 있는 말 뒤에서는 '과'로 된다. 즉 '와'와 '과'는 동일한 형태소의 변이 형태들이다. 이 '와'와 '과'에 대해서 조금 더 너스레를 떨어보자.

우리말의 어떤 형용사들은 비교 대상을 나타내는 '-와/과'('-하고') 형태의 부사어를 반드시 거느리는 통사론적 특성을 지니고 있다. 그 부사어들은 필수적으로 따라붙기 마련이므로 이것을 보어(補語)라고도 할 수 있다. 예컨대 '비슷하다'라는 형용사가 그렇다. '이 영화는 그 영화와 비슷하다'라고는 말할 수 있지만, 그저 '이 영화는 비슷하다'라고 말할 수는 없다. '같다'나 '다르다'도 마찬가지다. '지식은 권력과 같아'라거나

'지식은 권력과 달라'라고는 말할 수 있어도 그저 '지식은 같아'라거나 '지식은 달라'라고 말할 수는 없다. 이리 말할 경우에는 그 앞의 '-와/과'가 생략된 것이다. 이렇게 비교 표시 부사어들을 반드시 수반하는 형용사들을 '비교형용사'라고 하자.

비교형용사들은 대체로 '같다' '비슷하다' '다르다'의 유의어들이다. 예컨대 동일하다. 동등하다, 유사하다, 흡사하다, 근사하다, 상이하다, 판이하다 같은 형용사들이 비교형용사다. 비교형용사는 일반적인 비교 구문에는 사용되지 않는다. 비교 구문이란 '처럼' '같이' '보다' 같은 조사로 이뤄지는 구문이다. '마돈나는 마릴린 먼로처럼 유명하다' '마돈나는 마릴린 먼로같이 예쁘다' '마돈나는 마릴린 먼로보다 젊다' 같은 문장들이 비교 구문이다. 이 예문에 등장하는 '유명하다'나 '예쁘다'나 '젊다'를 포함해서 일반적인 형용사들은 거의 다 이런 비교 구문에 쓰일 수 있지만, 비교형용사들은 그렇지 못하다. 예컨대 '마돈나는 마릴린 먼로처럼 같다' '마돈나는 마릴린 먼로같이 비슷하다' '마돈나는 마릴린 먼로보다 다르다' 같은 문장은 비문이다.

비교형용사 말고도 '-와/과' 형태의 부사어를 반드시 수반

하는 말들이 있다. 이번에는 동사다. 예컨대 '마주치다'라는 동사가 그렇다. '나는 그 애와 마주쳤다'라는 문장은 가능해도 그저 '나는 마주쳤다'라는 문장은 불가능하다. '겨루다'라는 동사도 마찬가지다. '나는 지난번 수영대회에서 그와 겨루었다'라는 문장은 가능하지만, '나는 지난번 수영대회에서 겨루었다'라는 문장은 불가능하다. 이런 동사들의 예로는 다투다, 싸우다, 씨름하다, 경쟁하다, 언쟁하다, 어울리다, 합치다, 결합하다, 화합하다, 공모하다, 협력하다, 상담하다, 의논하다, 성교하다, 혼인하다, 연애하다, 맞서다, 부닥치다, 맞닥뜨리다, 견주다, 비교하다 따위가 있다. 이런 동사들은 모두 대칭성을 지니고 있다. 다시 말해 이런 동사들이 서술하는 동작은 혼자서 이룰 수 없는 것들이다. 반드시 짝이 필요하다. 그 짝이 되는 것이 '-와/과'('-하고') 형태의 상대 표시 부사어(또는 보어)다.

비교 표시 부사어든 상대 표시 부사어든 이 '-와/과'('-하고') 형태의 부사어는 문장의 의미를 손상시키지 않은 채 자리 이동을 할 수 있다. 즉 '이 영화는 그 영화와 비슷하다'는 '그 영화와 이 영화는 비슷하다'라고 말할 수 있고, '나는 지난번 수영대회에서 그와 겨루었다'라는 문장은 '그와 나는 지난번 수영대회에서 겨루었다'로 바꿀 수 있다.

'와'는 또 부사로서 여럿이 한목에 움직이는 모양이나 여럿이 떠드는 소리를 나타내기도 한다. '와 몰려오다' '와 하고 떠들다' 할 때의 '와' 말이다.

사과, 기와, 너와, 매화, 들국화, 만화, 채송화, 수정과 따위의 말에 ㅘ가 들어 있다.

ㅙ는 ㅗ와 ㅐ를 합쳐서 만든 글자다. 이 글자의 이름은 '왜'다. '왜'는 '무슨 까닭으로' '어째서' 따위의 뜻을 지닌 부사다. 이 부사는 명사적으로 쓰여서 '까닭' '이유' 등의 의미를 지닐 수 있다. '그가 면직된 것이 왜인지 알 수 없다'에서처럼 말이다.

왜(倭)는 왜국(倭國), 왜인(倭人)의 준말인데, 일부 명사 앞에 붙어서 그것이 '일본에서 들어온 것' 또는 '일본식'임을 나타내는 접두사로 쓰인다. 왜간장, 왜나막신, 왜갈보, 왜돗자리에서처럼.

왜, 팔괘(八卦), 쾌(북어 스무 마리를 한 단위로 세는 말), 홰(닭장이나 새장 속에 가로지른 나무 막대)같은 말에 ㅙ가 있다. 왜가리, 괭이, 괜히, 괜찮다 같은 말도 ㅙ족의 일원이다.

ㅚ는 ㅗ에 ㅣ를 덧붙여 만든 글자다. 이 글자의 이름은 '외'다. 이 글자는 훈민정음이 창제될 무렵에는 겹모음이었으나 근대에 들어와 홑모음으로 바뀌었다가, 이제 현대 서울말에서는 다시 겹모음으로 바뀌고 있다. 그러나 중세어의 겹모음 ㅚ와 현대어의 겹모음 ㅚ는 다르다. 중세어의 겹모음 ㅚ는 ㅗ와 ㅣ를 이어서 발음한 소리였지만, 지금의 겹모음 ㅚ는 ㅞ 소리에 가깝다. 'ㅚ'로 끝나는 용언의 어간에 어미 '어/아'가 붙으면 흔히 'ㅙ'로 축약된다. 예컨대 '되었다'는 '됐다'로 축약되고, '뵈어'는 '봬'로 축약된다.

'외'는 우선 '오이'의 준말이다. 먹는 오이 말이다. 그런데 '오이'가 '외'로 축약되는 것은 용언 안에서도 보인다. 예컨대 '보이다'는 '뵈다'로 축약되고 '쏘이다'는 '쐬다'로 축약되며, '고이다' '꼬이다'는 '괴다' '꾀다'로 축약된다.

'외'는 또 접두사로도 쓰인다. 접두사 '외'에는 두 가지가 있다. 우선 고유어 접두사 '외'는 '오직 하나만임'을 나타낸다. 외아들, 외길, 외나무다리에서처럼. 한편 한자에서 온 접두사 외(外)도 있다. 이 접두사는 외할아버지, 외할머니, 외삼촌에서

처럼 '외가 쪽의 친척임'을 나타내기도 하고, 외과피(外果皮),
외안산(外案山)에서처럼 '밖' '바깥'의 뜻을 지니기도 한다. 외
안산이란 풍수설에서, 가장 바깥쪽에 있는 안산(案山)을 말
한다. 안산이란 집터나 묏자리의 맞은편에 있는 산을 이르는
말이다. 외안산의 상대어, 즉 가장 안쪽에 있는 안산은 내안
산(內案山)이다.

　꾀, 쇠, 참외, 광어회, 뇌, 되, 뫼, 사회 따위의 명사가 ㅚ로
끝난다. 어간이 외로 끝나는 동사로는 괴다, 뇌다, 되다, 뫼다
(모이다), 뵈다, 쇠다, 외다, 쐬다, 죄다 따위가 있다.

ㅗ

ㅛ는 한글의 여섯째 홀소리 글자다. 이 글자의 이름은 '요'다. ㅛ는 문자 체계에서는 독립된 글자이지만, 음성 음운의 수준에서는 반모음 [j]에 ㅗ가 이어 나는 소리다. ㅈ이나 ㅊ 같은 파찰음 뒤에서 ㅛ는 ㅗ처럼 소리 난다. 예컨대 '가죠'(가지요)는 [가조]처럼 소리 난다. 파찰음이 입천장소리이므로 반모음 'ㅣ'가 잘 드러나지 않는 것이다. 파찰음 뒤에서 /ㅗ/:/ㅛ/는 그 소리의 대립이 중화된다고 할 수 있다.

한국어에서 '요'는 우선 지시관형사다. 자기로부터 또는 현재로부터 아주 가까운 사물이나 시간을 이를 때 쓰는 말이다. '요 자리에 앉아라' '요 앞에 있는 나무' 같은 표현에 이 지시관형사 '요'가 보인다. 또 이 지시관형사 '요'는 눈앞의 사람이나 사물을 얕잡아 이를 때 사용되기도 한다. '요 녀석' '요놈' 할 때의 '요'가 그 '요'다. 이 지시관형사 '요'는 지시관형사 '이'의 작은말이다. '이'와 '요' 사이의 관계는 '저'와 '조', '그'와 '고'의 관계와 같다.

명사 '요'는 사람이 눕거나 앉을 때 바닥에 까는 물건을 가리킨다. 이불과 짝을 이뤄 사용되는 것이 보통이다. '요'는 또 조사로도 쓰인다. 조사 '요'는 우선 '너는 바보요, 머저리요, 팔삭둥이요, 멍청이다'에서처럼, 둘 이상의 사물을 대등하게 나열하는 뜻을 나타내는 연결형 서술격조사다. 자음으로 끝난 체언에 붙을 때는 '요' 대신 '이요'가 쓰인다. '당신은 꽃이요 나는 나비로다'에서처럼 말이다.

'요'는 또 모음으로 끝난 체언 뒤에 붙어서 단정하거나 묻는 뜻을 나타내는 하오체의 종결형 서술격조사로 쓰인다. '요게 바로 다람쥐요' '여기가 어디요?'에서처럼. 앞의 체언이 받침으로 끝날 경우에는 '요' 대신에 '이오'를 쓴다. '이게 우리 집이오' '무슨 사건이오?'에서처럼. 조사 '요'는 또 서술어의 어미에 붙어서 존대의 뜻을 나타내거나 주의를 끌게 하는 뜻을 나타내는 보조사이기도 하다. '벌써 갔는걸요' '비가 오는군요'에서처럼.

어미 '-요'도 있는데 이 '-요'는 서술·청원·지시·의문의 뜻을 나타내는 종결어미 '-아요/어요'의 아/어가, 아/어로 끝나는 어간 뒤에서 생략된 형태다. '빨리 가요' '그만 자요'에서의 '-요'가, 바로 그 '요'다. 어간이 '하'로 끝나는 서술어 뒤에서는 '-아요'의 '아'가 생략되지 않고 '-여요'로 변하여 쓰이게 된다. '-하여요'처럼. 그런데 이 '하여요'는 일반적으로 '-해요'로 줄어든다. '말하여요'는 '말해요'가 되고, '고요하여요'는 '고요해요'가 된다.

한자어 '요'도 있다. 요(窯)는 기와나 자기를 굽는 가마다. 또 요(要)는 요점, 요지, 대요(大要)라는 의미를 지닌 명사다. '요는 내 잘못이 아니란 말이야'에서처럼. 같은 한자를 사용하는 요(要)는 일부 명사 앞에서 접두사로 쓰여 '그렇게 할 필요가 있음'이라는 뜻을 지닌다. 요주의(要注意), 요시찰(要視察) 같은 말에 그런 의미의 접두사 '요-'가 보인다. 접미사로 사용되는 '-요'도 있다. 요(謠)가 그것인데, 이 요는 일부 명사 뒤에 붙어 그것과 관련된 노래임을 뜻한다. 노동요, 의식요, 유희요에서처럼 주로 민요를 기능어 따라 분류할 때 쓰는 말이다.

'어렵쇼' 같은 감탄사나 '신기료장수' 같은 명사에 ㅛ가 보인다. 강아지를 부를 때 내는 소리인 '오요요'에도.

　　ㅜ는 한글의 일곱째 홀소리 글자다. 이 글자의 이름은 '우'다.

　　'우'는 여럿이 한꺼번에 한데로 몰리는 모양을 뜻하는 부사다. '아이들이 우 몰려왔다' 할 때의 '우' 말이다. 이 '우'는 또 바람이 한쪽으로 세차게 몰아치는 모양이나 그 소리를 의미하기도 한다.

　　'우'는 중세 한국어에서 '위'를 뜻했다. 지금은 접두사 '웃'에 '위'의 옛 형태인 '우'의 흔적이 남아 있다. 접두사 '웃'은 '위'의 뜻을 나타낸다. 그런데 표준어규정에 따르면 '위'와 '아래'를 나타내는 접두사로는 윗사람/아랫사람, 윗물/아랫물, 윗집/아랫집, 윗도리/아랫도리, 윗목/아랫목, 윗니/아랫니, 위층/아래층,

위채/아래채, 위짝/아래짝처럼 '윗-'(된소리나 거센소리 앞에서
는 '위-')과 '아랫-'(된소리나 거센소리 앞에서는 '아래-')을 쓰
되, '아래위'의 대립이 없는 단어는 '웃-'을 쓰게 돼 있다. '웃돈'
'웃어른' '웃분' '웃옷' '웃바람' '웃통'처럼 말이다.

접미사 '-우-'는 '깨우다' '돋우다' '지우다' '피우다'에서 보
듯 일부 동사의 어근에 붙어 주동사를 사동사로 만드는 선어
말어미 노릇을 하기도 하고, '비우다' '바루다'(바르+우+다, 바
르게 하다), '걸우다'(거름을 주어 땅을 걸게 하다)에서처럼 일
부 형용사 어근에 붙어 그 형용사를 타동사로 만드는 선어말
어미 노릇을 하기도 한다.

'우'는 또 동사 '울다'가 ㄹ불규칙으로 활용할 때 그 어간이
다. '운다고 옛사랑이 돌아오리오마는'의 '운다고'에서 그 '울'의
변이 형태 '우'가 보인다.

한자어 '우'도 있다. 우(右)는 오른쪽이라는 뜻이다. '우로
가!' 할 때의 우다. 반의어는 좌(左)다. 우(羽)는 동양음악의
5음계 가운데 다섯째 음이다. 나머지 네 음은 궁, 상, 각, 치다.
또 우(優)는 성적이나 등급을 나눌 때 쓰는 말이다. 성적이나
등급을 우와 열, 둘로만 나눌 때, '우'는 우수하거나 우등에 속
함을 의미하고, 수·우·미·양·가 다섯 등급으로 평가할 때는

둘째 등급에 해당한다. 우(牛)는 우성(牛星)의 준말인데 우성은 28수(宿)의 하나로 북쪽의 둘째 별자리다. 28수는 고대 동양에서 해와 달과 행성들의 소재를 밝히기 위하여 황도를 중심으로 나눈 천구의 스물여덟 자리다. 동쪽의 각(角) 항(亢) 저(氐) 방(房) 심(心) 미(尾) 기(箕), 서쪽의 규(奎) 누(婁) 위(胃) 묘(昴) 필(畢) 자(觜) 삼(參), 남쪽의 정(井) 귀(鬼) 유(柳) 성(星) 장(張) 익(翼) 진(軫), 북쪽의 두(斗) 우(牛) 여(女) 허(虛) 위(危) 실(室) 벽(壁)이 그것이다.

어간의 끝음절 모음 ㅜ가 '-어'로 시작되는 어미와 결합할 때 탈락하는 현상을 '우불규칙활용'이라고 한다. 그리고 그렇게 활용하는 용언을 '우불규칙용언'이라고 한다. 한국어에 어간이 ㅜ로 끝나는 용언은 많이 있지만, 그 가운데 우불규칙용언은 '푸다' 하나뿐이다. '푸다'는 '푸어라' '푸어서' '푸어' '푸어라'가 아니라 '퍼라' '퍼서' '퍼' '펐다' 등으로 활용한다.

홀소리 ㅜ는 누구, 투구, 풍구, 부루, 부추, 후추, 국수, 푼수, 추수, 수수, 우무, 두부, 풀무, 구두, 두루 같은 말을 만든다. ㅜ가 들어가는 용언으로는 굳다, 굴다, 굶다, 굽다, 꿈꾸다, 누다, 눈다, 눕다, 두다, 묻다, 물다, 불다, 붓다, 울다, 웃다, 주다, 줄다, 줍다, 춤추다, 풀다, 품다. 훑다. 돋구다, 바꾸다, 이루다,

싸우다 따위가 있다.

이 ㅜ는 또 대체로 ㅗ에 대응해서 큰말을 만든다. 예컨대 '콜콜'에 대응하는 '쿨쿨'이나, '졸졸'에 대응하는 '줄줄'처럼.

ㅝ는 ㅜ에 ㅓ를 더해 만든 글자다. 이 글자의 이름은 '워'다. 우리말에서 '우어'는 흔히 '워'로 축약된다. 앞의 '우'가 반모음 [w] 구실을 하는 것이다. 예컨대 '두어라'는 '둬라'로 축약되고, '미루어서'는 '미뤄서'로 축약된다. '워'는 말이나 소를 멈추게 할 때 내는 소리다. 대명사 '무어'의 준말 '뭐'에도 이 ㅝ가 보인다. '뭐니 뭐니 해도 사람 됨됨이가 제일 중요하다'의 '뭐' 말이다.

ㅞ는 ㅜ에 ㅔ를 더해 만든 글자다. 이 글자의 이름은 '웨'다. 동사 '꿰다'에 'ㅞ'가 보인다. '백주에'의 준말로 쓰이는 부사 '백줴', 입안에 든 것을 내뱉는 소리인 '퉤퉤'에도 ㅞ가 있다. 이 ㅞ가 들어간 말 가운데 가장 널리 쓰이는 것은 '어찌 된' '어떠한'의 의미를 지닌 관형사 '웬'과 그 복합어들일 것이다. 웬일, 웬걸, 웬셈 같은 말들 말이다. '이게 웬 떡이냐'는 뜻밖의 행운을 만났을 때 하는 말이고, '개가 갑자기 떠났다니 웬

셈인지 모르겠다'에서 '웬셈'은 '어찌 된 셈'이라는 뜻이다. '웬 일이니?'는 다소의 빈정거림과 가장된 놀람을 담아 널리 사용되는 유행어다.

'웬만하다'는 '우연만하다'의 준말로 '그냥 그대로 쓸 만하다' '어지간하다'의 뜻이다. 그 부사인 '웬만큼'은 '그저 그만큼' '웬만하게'의 뜻이다.

ㅟ는 ㅜ에 ㅣ를 더해 만든 글자다. 이 글자의 이름은 '위'다. 우리말에서 '우이'는 때때로 '위'로 축약된다. 앞의 '우'가 반모음 [w] 구실을 하는 것이다. 예컨대 '누이다'는 '뉘다'로 축약될 수 있다.

'위'는 일차적으로 더 높은 곳, 사물의 꼭대기 따위를 의미한다. 반의어는 '아래'다.

한자어 '위'도 여러 개 있다. 위(胃)는 내장의 식도와 장 사이에 있는 주머니 모양의 소화기관이다. 즉 목구멍으로부터 넘어온 먹거리를 모아서 소화시키는 기관이다. '밥통' '위부(胃腑)' '위장'이라고도 한다. 이 위(胃)는 한편으로 위성(胃星)의 준말로도 쓰인다. '위성'은 28수의 하나로 서쪽의 셋째 별자리다. 위(位)는 '정승의 위에 올랐다'에서처럼 지위나 직위, 자리

ㅜ

의 의미다. 같은 한자로 쓴 위(位)가 의존명사로 쓰이면 '3위 까지 상을 준다'에서처럼 등급이나 차례의 단위가 되거나, '영 령 10위에 대한 위령제'에서처럼 신위를 세는 단위가 된다. 위 (緯)는 '북위 38도'에서처럼 '위도'의 준말로도 쓰이고 피륙의 씨를 의미하기도 한다. 아무튼 이 위(緯)는 가로 좌우 동서의 의미다. 그 반의어는 경(經)이다. 접두사 '위(僞)-'는 '거짓'의 뜻을 나타낸다. 위관절(僞關節)은 부러진 뼈의 두 끝이 아물 지 못하고 그 사이에 실 조직이 이루어져 관절처럼 움직이는 현상이다. 가관절(假關節)이라고도 한다.

당나귀, 개똥지빠귀, 씀바귀, 잎사귀, 손아귀, 어귀, 자귀. 돌쩌귀, 짝귀, 여뀌, 볕뉘, 앞뒤, 가위, 시나위, 지다위, 바위, 주사위, 노른자위, 거위, 더위, 추위, 활시위, 다람쥐, 발자취, 수레바퀴, 엉겅퀴, 물갈퀴, 날져퀴(그날의 운수), 머위, 데릴사 위, 까마귀, 따귀 같은 말들이 ㅟ로 끝난다. 어간이 ㅟ로 끝 나는 용언으로는 뉘다, 뛰다, 튀다, 쉬다, 쥐다, 할퀴다, 갈퀴다 (갈퀴로 긁어모으다), 휘다, 여위다, 야위다, 바뀌다 같은 말들 이 있다.

ㅠ는 한글의 여덟째 홀소리 글자다. 이 글자의 이름은 '유'
다. ㅠ는 문자 체계에서는 독립적인 글자이지만, 음성 음운적
으로는 반모음 [j]에 ㅜ가 이어 나는 소리다.

유(有)는 존재함, 있음의 뜻을 지닌 명사다. 그 반의어는 무
(無)다. '무에서 유를 낳다' 같은 표현에서 명사로서의 유와 무
가 보인다. 이 유와 무는 접두사로도 쓰인다. 유분수, 유자격,
무관심, 무소식, 무조건, 무자격 따위의 말에 쓰인 유와 무가
접두사로서의 유와 무다.

그것이 접두사든 아니든 유와 무라는 형태소는 한국어에
서 수많은 대립어들을 만들어내고 있다. 유기음(有氣音)과 무
기음(無氣音), 유성음(有聲音)과 무성음(無聲音), 유기물(有

機物)과 무기물(無機物), 유기비료(有機肥料)와 무기비료(無機肥料), 유개차(有蓋車)와 무개차(無蓋車), 유관(有關)과 무관(無關), 유급휴가(有給休暇)와 무급휴가(無給休暇), 유기정학(有期停學)과 무기정학(無期停學), 유료(有料)와 무료(無料), 유리수(有理數)와 무리수(無理數), 유명(有名)과 무명(無名), 유산계급(有産階級)과 무산계급(無産階級), 유산자(有産者)와 무산자(無産者), 유상원조(有償援助)와 무상원조(無償援助), 유상대부(有償貸付)와 무상대부(無償貸付), 유상몰수(有償沒收)와 무상몰수(無償沒收), 유상증자(有償增資)와 무상증자(無償增資), 유선전화(有線電話)와 무선전화(無線電話), 유성생식(有性生殖)과 무성생식(無性生殖), 유식(有識)과 무식(無識), 유신론(有神論)과 무신론(無神論), 유용(有用)과 무용(無用), 유익(有益)과 무익(無益), 유정명사(有情名詞)와 무정명사(無情名詞), 유죄(有罪)와 무죄(無罪), 유채색(有彩色)과 무채색(無彩色), 유한급수(有限級數)와 무한급수(無限級數), 유한소수(有限小數)와 무한소수(無限小數), 유한책임(有限責任)과 무한책임(無限責任), 유해(有害)와 무해(無害), 유형물(有形物)과 무형물(無形物), 유형자본(有形資本)과 무형자본(無形資本), 유효(有效)와 무효(無效) 등 들자면 한이 없다.

유(酉)는 12지 가운데 열째다. 12지는 60갑자의 아랫부분을 이루는 열두 개의 지지(地支)다. 구체적으로 자(子)·축(丑)·인(寅)·묘(卯)·진(辰)·사(巳)·오(午)·미(未)·신(申)·유(酉)·술(戌)·해(亥)다. 60갑자의 윗부분을 이루는 열 개의 천간을 10간(干)이라고 하는데, 10간은 구체적으로 갑(甲)·을(乙)·병(丙)·정(丁)·무(戊)·기(己)·경(庚)·신(辛)·임(壬)·계(癸)다. 이 10간과 12지를 순차로 배합하여 60가지로 배열한 순서가 60갑자다. 60갑자는 갑자(甲子)에서 시작해서 계해(癸亥)로 끝난다. 60갑자를 줄여서 '육갑'이라고도 한다. 유(酉)는 유방(酉方)의 준말이기도 하다. 유방은 24방위의 하나로 정서(正西)를 중심으로 한 15도 범위 이내의 방위다. 경방(庚方)과 신방(辛方)의 사이다. 그 반대 방향은 묘방(卯方)이다. 유(酉)는 또 유시(酉時)의 준말이기도 하다. '유시'는 오후 여섯시를 중심으로 전후 30분씩, 또는 한 시간씩의 시간을 가리킨다.

유(柳)는 유성(柳星)의 준말이다. '유성'은 28수의 하나로 남쪽의 셋째 별자리다. 유(類)는 '무리'라는 의미로도 쓰이고, '종류'의 준말로도 쓰이는 명사다. 유는 영어 알파벳 U의 이름이기도 하다. 그래서 유에스(US, 미합중국), 유에스에이(USA, 합중국), 유엔(UN, 국제연합), 유에프오(UFO, 미확인비행물체), 유에이치에프(UHF, 극초단파), 유턴(U-turn) 같은 외래어에도 이 '유'가 보인다.

'후유' '어유' '아유' 같은 감탄사나 '유들유들하다' 같은 형용사에 홀소리 ㅠ가 있다. 유유자적(悠悠自適), 유유상종(類類相從), 유유낙낙(唯唯諾諾), 유휴자본(遊休資本) 같은 사자성어도 ㅠ족의 말들이다. '유유자적'의 '유유'는 '유유히'의 '유유'다. 마음이 태연하고 느긋한 것, 행동이 느릿느릿하고 한가한 것이 '유유자적'의 '유유'고 '유유히'의 '유유'다. ㅡ를 향해 유유히 걸어가자.

一는 한글의 아홉째 홀소리 글자다. 이 글자의 이름은 '으'다.

'으'는 한국어에서 다른 무엇보다도 매개모음 노릇을 한다. 자음으로 끝난 말 뒤에 자음으로 시작되는 어미나 조사나 접미사가 붙을 경우에 소리를 자연스럽게 연결하기 위해 집어넣은 모음이 '으'다. 그래서 '으'로 시작하는 수많은 어미나 조사나 접미사는 앞의 말이 모음으로, 다시 말해 받침 없이 끝날 때에는 그 '으'가 없어진다. 어간이나 체언의 받침 유무와 어미, 조사의 '으' 유무가 반드시 일치하는 것은 아니지만, 대체로는 그렇다고 말할 수 있다. 그 예를 좀 길게 살펴보자.

'넓으나 넓은 바다'에서는 어미 '으나'와 '은'이 사용됐지만,

‘크나큰 은혜’에서는 어미 ‘나’와 ‘ㄴ’이 사용됐다. ‘먹으나마나’에서는 어미 ‘으나마나’가 사용됐지만, ‘가나마나’에서는 어미 ‘나마나’가 사용됐다. ‘좋으냐’의 어미는 ‘으냐’이지만, ‘아프냐’의 어미는 ‘냐’다. ‘좋으니까’의 어미는 ‘으니까’이지만, ‘아프니까’의 어미는 ‘니까’다. ‘잡으라고’의 어미는 ‘으라고’인 데 비해 ‘때리라고’의 어미는 ‘라고’이다. ‘먹으랍니다’에서는 어미가 ‘으랍니다’이지만, ‘자랍니다’에서는 어미가 ‘랍니다’이다. ‘심으려고’에서는 어미가 ‘으려고’인 데 견주어 ‘가려고’에서는 어미가 ‘려고’이다. ‘묵으렵니다’에서는 어미가 ‘으렵니다’이지만, ‘자렵니다’에서는 어미가 ‘렵니다’이다. ‘찾으마’에서는 어미가 ‘으마’인 데 견주어 ‘가마’에서는 어미가 ‘마’다. ‘깊으면’에서는 어미가 ‘으면’이고 ‘기쁘면’에서는 어미가 ‘면’이다. ‘먹으면서’에서는 어미가 ‘으면서’인 데 비해 ‘자면서’에서는 어미가 ‘면서’다.

그러나 ‘살라고’에서처럼 어간의 받침이 ㄹ인 경우에는 어미가 ‘으나마나’ ‘으랍니다’ ‘으면서’가 아니라 ‘나마나’ ‘랍니다’ ‘면서’다. 그래서 ‘살으나마나’ ‘살으랍니다’ ‘살으면서’가 아니라 ‘사나마나’ ‘살랍니다’ ‘살면서’가 된다. 즉 ‘모음형 어미’가 붙는다.

계속하자. ‘좋은 거냐’에서는 어미가 ‘은’인데, ‘나쁜 거냐’에서는 어미가 'ㄴ'이다. '늦은걸'에서는 어미가 '은걸'이지만, '이른걸'에서는 어미가 'ㄴ걸'이다. '맑은데'에서는 어미가 '은데'지만, '흐린데'에서는 어미가 'ㄴ데'다. '맑은들'에서는 어미가 '은들'이지만, '흐린들'에서는 어미가 'ㄴ들'이다. '송곳으로'에서는 조사가 '으로'인데, '망치로'에서는 조사가 '로'다. '벗으로서'에서는 조사가 '으로서'이지만 '친구로서'에서는 조사가 '로서'다. '애인으로부터'에서는 조사가 '으로부터'이고, '친구로부터'에서는 조사가 '로부터'다.

그러나 '연필로'에서처럼 체언의 받침이 ㄹ인 경우엔 '으로' '으로서'('으로써'), '으로부터'가 아니라 '로' '로서' '로부터'다. 그래서 '연필으로' '연필으로써' '연필으로부터'가 아니라 '연필로' '연필로써' '연필로부터'다. 즉 '모음형 조사'가 붙는다. 어간이 ㄹ로 끝나는 동사 뒤에 '모음형 어미'가 붙는 것과 비슷하다.

마지막으로 우리가 익히 보았듯 '웃음' '얼음' '묶음'에서는 명사화 접미사가 '음'인 데 견주어, '잠' '춤' '꿈'에서는 명사화 접미사가 ㅁ이다.

어간이 ㅡ로 끝나는 용언들은 홀소리로 시작하는 어미를

—

취하게 되면 그 ㅡ를 잃는다. 이런 식의 활용을 '으불규칙활용'('으변칙활용' '으벗어난끝바꿈')이라고 하는 수가 있다. 예컨대 '모으다'에 어미 '-아'가 붙으면 ('모으아'가 아니라) '모아'가 되고, '쓰다'에 어미 '-어라'가 붙으면 ('쓰어라'가 아니라) '써라'가 되고, '예쁘다'에 어미 '-어서'가 붙으면 ('예쁘어서'가 아니라) '예뻐서'가 되고, '잠그다'에 어미 '-아라'가 붙으면 ('잠그아라'가 아니라) '잠가라'가 된다. 어간이 ㅡ로 끝나는 용언은 모조리 이런 방식으로 활용한다. 그러니까 어간이 ㅡ로 끝나는 용언은 모조리 '으불규칙용언'이다. 그러니 '으불규칙용언'이나, '으불규칙활용'이라는 말은 어찌 보면 의미 없는 말이기도 하다. ㅡ가 탈락되는 것이 규츠인 것이다. 뜨다, 나쁘다, 슬프다, 가냘프다, 어설프다, 배고프다, 헤프다, 아프다, 동트다, 크다, 기쁘다, 가쁘다, 바쁘다. 부르트다 같은 말들에서 보듯이. 그래서 요즘엔 학교문법에서도 '으불규칙활용'이라는 걸 인정하지 않는다. 그저 규칙적인 음운탈락 현상으로 보는 것이다. 규칙적으로 탈락할 만큼 ㅡ는 힘이 없는 모음, 미약한 모음이다.

ㅡ로 끝나는 말들은 대체로 동사, 형용사 같은 용언이거나

부사다. ㅡ로 끝나는 부사는 으스스, 바스스, 오스스, 와스스, 부스스처럼 마지막 음절이 '스'인 것도 있지만 대개는 그 마지막 음절이 '르'다. 뱅그르르, 번지르르, 반드르르, 우르르, 바르르, 까르르, 사르르, 쪼르르, 와르르, 핑그르르, 함치르르처럼. '그' 같은 관형사(또는 대명사), '흐흐' 같은 감탄사, '드-' 같은 접두사는 있지만, 현대어에서 홀소리 ㅡ로 끝나는 명사는 없다. 물론 외래어를 빼고 하는 말이다. 번트, 버스, 램프, 수프 등 외래어 가운데는 홀소리 ㅡ로 끝나는 명사가 수두룩하다. 그 말들은 원적지에서는 모두 자음으로 끝나는 말들이다. 그 말들이 한국어의 어휘 목록에 자리 잡으면서 어말에 다른 모음이 아니라 ㅡ 모음을 취한 것은 그만큼 ㅡ가 미약한 모음이라는 뜻이기도 하다.

ㅢ는 ㅡ에 ㅣ를 더해 만든 글자다. 이 글자의 이름은 '의'다. 이때 앞의 ㅡ는 반모음 구실을 한다. 우리말에서 '으이'는 이따금씩 '의'로 축약된다. 예컨대 '뜨이다'는 '띄다'로 축약될 수 있고, '트이다'는 '틔다'로 축약될 수 있다.

한국어에서 '의'는 체언이나 용언의 명사형에 붙어 그 말이 관형어의 구실을 하게 하는 관형격조사다. '대한민국의 수도는 서울이다' 할 때의 '의'가 그 '의'다.

한자어 '의'에는 의(義)와 의(誼)가 있다. 의(義)는 오상(五常)의 하나이기도 하고, 오륜의 하나이기도 하다. 이 말은 또 덕의(德義)나 도의(道義)의 준말이기도 하다. 쉽게 풀이하면 '의'는 사람이 행해야 할 올바른 도리다. '의'는 또 글자나 글의 뜻을 의미하기도 한다. 그러나 '의'라는 말이 가장 널리 쓰이는 것은 핏줄이 다른 사람끼리 맺은, 한 핏줄과 같은 관계라는 의미로서일 것이다. '형제의 의를 맺다' 할 때의 '의'가 그것이다.

'의가 도타운 형제' 할 때의 '의'는 다른 의다. 그 의(誼)는 형제나 부부나 친구 사이의 정의(情誼)를 말한다. "의가 좋으면 천하도 반분한다"는 속담은 사이가 좋으면 무엇이든 나누어 가진다는 뜻이다.

접두사 의(依)도 있다. 이 접두사는 한자어로 된 일부 명사 앞에서 '-으로 말미암은' '-에 의하여'라는 뜻을 지닌다. 의병(依病), 의가사(依家事), 의법(依法) 같은 말에 그 접두사 의가 보인다.

홀소리 'ㅢ'는 무늬, 하늬, 보늬, 오늬(화살의 머리를 시위에 끼도록 에어낸 부분), 너희, 저희, 거의, 여의다 같은 말을 만든다.

257

ㅣ는 한글의 열 번째 홀소리 글자다. 이 글자의 이름은 '이'다. 이 날카로운 모음은 끝이다. 그것은 종점이고 결미고 대단원이다.

한국어에는 '이'로 시작되는 서술격조사들이 아주 많다. 대표적인 것이 '-이다'일 것이다. 그런데 '-이다'는 그 앞의 체언이 모음으로 끝날 경우에 일반적으로 '-다'로 변한다. 문어체에서는 모음으로 끝난 체언 뒤에도 '-이다'를 쓰지만, 대체로는 '이'를 생략한다. '이것은 책이다'에서 서술격조사는 '이다'지만, '저것은 의자다'에서 서술격조사는 '다'다. 그러니까 '으'비슷하게 '이'도 일종의 매개모음이라고 해석할 여지가 있다. 그러나 역사적으로 보면 '이'는 서술격조사의 본질적 부분이어서 '으'처럼 단순한 매개모음은 아니다. 다만 현대어에서 매개모음 비슷한 구실을 하고 있을 뿐이다. '이다'뿐만이 아니라, -이거나, -이거늘, -이거니와, -이고, -이기로서니, -이더라도, -이라는, -이라서, -인가, -일는지 등 '-이'로 시작하는 서술격조사들은 모두 앞의 체언이 모음으로 끝나는 경우에는 그 '-이'를 생략할 수 있다.

'이'는 관형사로서 말하는 이에게 가까이 있는 사람이나 물건을 가리킬 때 사용한다. '이 꽃을 보세요'에서처럼. 또 이 관형사 '이'는 조금 전에 말한 바 있거나 알려진 사물을 가리킬 때도 사용된다. '꽃이 피어야 열매를 맺는다. 이 말은 행위가 결과를 낳는다는 뜻이다'라는 문장에서 보이는 '이'가 바로 그런 '이'다.

관형사 '이'가 말하는 이에게 가까운 사람이나 물건을 가리킬 때 사용되는 데 비해, '그'는 듣는 이에게 가까운 사람이나 물건을 가리킬 때 사용되고, '저'는 말하는 이와 듣는 이 모두에게서 떨어져 있는 사람이나 물건을 가리킬 때 사용된다. 이렇게 상황과 관련돼 구분되는 관형사 '이' '저' '그'는 그런 상황을 기본적으로 유지한 채 여러 계열어들을 낳았다. 이것/저것/그것, 요것/조것/고것, 애/쟤/걔, 여기/저기/거기, 요기/조기/고기, 이리/저리/그리, 이렇다/저렇다/그렇다, 이런/저런/그런, 이래서/저래서/그래서, 이때(입때)/저때(접때)/그때, 이승/저승 같은 말들이 그 예다. '이것' '저것' '그것'은 주격조사 '이/가'와 결합하면 '이게' '저게' '그게'로 축약될 수 있고, 목적격조사 '을/를'과 결합하면 '이걸' '저걸' '그걸'로 축약될 수 있다. 또 주체 표지 '은/는'과 결합하면 '이건' '저건' '그건'으로 축약될 수 있고, 부사격조사 '로/으로'와 결합하면 '이걸로' '저걸로' '그걸로'로 축약될 수 있다.

한국어에서 '이'는 여러 동형어를 지니고 있다. 우선 '이'는 음식을 씹거나 깨무는 기관이다. '이빨' '치아'라고도 한다. '이빨'은 '이'의 낮춤말이지만 점차로 평칭어가 돼가고 있다. 그러나 치과 의사들은 '이빨'이라는 말을 좋아하지 않는다. 그들은 '이'나 '치아'라는 말을 좋아한다. '이빨'은 '이'와 달리 다른 명사 뒤에 쓰여서 합성어를 이룰 수 없다. 또 톱이나 기계 따위의 뾰족뾰족한 부분을 가리킬 수도 없고, 사기그릇 등의 아가리가 잘게 떨어져나간 부분을 가리킬 수도 없다. 반면에 '이'는 사람이나 동물의 씹는 기관만이 아니라, 톱이나 기계의 뾰족뾰족하게 튀어나온 부분을 가리킬 수도 있다. 다른 명사 뒤에 쓰여 합성어를 이룰 때에는 '니'로 적힌다. '이'와 '이빨'의 이런 차이 때문에, '송곳니'라는 말은 있지만 '송곳이빨'이라는 말은 없고, '톱니'라는 말은 있지만 '톱이빨'이라는 말은 없다. '덧니' '틀니'는 있어도, '덧이빨' '틀이빨'은 없다.

또 '이'는 사람이나 다른 포유동물에 기생하는 이와 곤충을 통틀어 일컫는 말이다. 구석구석 샅샅이 뒤진다는 뜻으로 사용되는 "이 잡듯 하다" 또는 "이 잡듯 뒤지다" 할 때의 '이' 말이다.

의존명사 '이'는 사람을 조금 높여 이르는 말이다. '저기 서 있는 이' 할 때의 '이'가 그 '이'다. 이 '이'는 관형사 '이' '저' '그'와 붙어서 '이이' '저이' '그이'라는 대명사를 만들기도 하고, 용언의 관형형과 합쳐져서 늙은이, 젊은이, 어린이, 지은이, 엮은이, 옮긴이 같은 명사를 만들기도 한다. '이'는 또 '이것'이나 '이러한 형편'의 뜻을 지닌 대명사로 쓰인다. '이와 같은 모양' '이를 두고' 할 때의 '이'가 그런 '이'다. 주격조사나 보격조사로 쓰이는 '이'도 있다. 이 '이'는 받침으로 끝나는 체언 뒤에만 쓰인다. 앞의 체언이 모음으로 끝날 경우엔 '이' 대신 '가'를 쓴다.

접미사 '-이'도 있다. 접미사 '이'는 우선 자음으로 끝난 일부 체언 뒤에 붙어서 '절름발이' '육손이' '곰배팔이'에서처럼 그 체언이 뜻하는 특징을 지닌 사람을 가리키기도 하고, '복동이' '갑순이'에서처럼 자음으로 끝나는 일부 고유명사 뒤에 붙어 어조를 고르는 구실을 하기도 한다. 이는 또 '나날이' '집집이' '낱낱이' '곳곳이'에서처럼 명사를 부사로 바꾸는 구실도 한다. 접미사 '이'는 또 자음으로 끝난 일부 형용사의 뒤에 붙어 '많이' '높이' '깊이'에서처럼 부사를 만들거나, '높이' '깊이' '넓이' '넓죽이'처럼 명사를 만들기도 한다.

또 접미사 '이'는 자음으로 끝난 일부 동사의 어근 뒤에 붙어 '먹이' '놀이' '갈이' '해돋이'처럼 명사를 만들기도 한다. 이 용법은 특히 생산적이다. 동사의 어근에 접미사 '이'가 붙은 형태가 다시 접미사가 돼 수많은 단어를 만들어내기 때문이다. 예컨대 동사 '살다'의 어근에 접미사 '이'가 붙은 '살이'는 그 자신이 접미사가 돼서 살림살이, 벼슬살이, 시집살이, 단칸살이, 움집살이, 오막살이, 더부살이, 곁방살이, 셋방살이, 머슴살이, 남의집살이, 드난살이, 고생살이, 가난살이, 귀양살이, 하루살이, 겨우살이, 여름살이, 한해살이, 두해살이, 여러해살이 등 수많은 파생어들을 만들어낸다. 마찬가지로 '굽다'의 어근에 접미사 '이'가 붙은 '구이'는 그 자체가 접미사가 되어 '참새구이' '통닭구이' '영계구이' '삼치구이' '갈비구이' '게

구이' '새우구이' '소금구이' '초벌구이' '애벌구이' 같은 말들을 만든다. '꽂다'의 어근에 접미사 '이'가 붙은 '꽂이', '걸다'의 어근에 접미사 '이'가 붙은 '걸이', '붙다'의 어근에 접미사 '이'가 붙은 '붙이'도 마찬가지다. 접미사 '꽂이'는 책꽂이, 붓꽂이, 바늘꽂이, 초꽂이, 산적꽂이, 뒤꽂이 같은 말들을 만들고, 접미사 '걸이'는 옷걸이, 갓걸이, 못걸이, 가슴걸이, 귀걸이, 코걸이 같은 말을 만들며, 접미사 '붙이'는 쇠붙이, 금붙이, 고기붙이, 가루붙이, 뼈붙이, 겨레붙이 같은 말을 만든다. '맞다'의 어근에 접미사 '이'가 붙은 '맞이'도 그렇다. 달맞이, 봄맞이, 손님맞이, 새해맞이, 돌맞이 같은 말에 접미사 '맞이'가 보인다.

접미사 '-이'는 또 일부 용언의 어근 뒤에 붙어서, 그 말을 타동사로 만든다. '녹이다' '속이다' '높이다' '줄이다'에서 보이는 '이'가 그것이다. 이 '이'는 접미사로 볼 수도 있겠고, 보조어간이나 선어말어미로 부를 수도 있겠다. 이 '이'는 또 타동사의 어근 뒤에 붙어서 그 말을 사동사로 만든다. '동생에게 밥을 먹이다' '동생에게 글씨를 쓰이다'에서 보이는 이가 바로 그 '이'다. '녹이다' '속이다' '높이다' '줄이다' 같은 타동사들도 본질적으로는, 그러니까 기원적으로는, 사동사라고 할 수 있다.

똑같은 '이'가 피동사를 만드는 데도 쓰인다. 바로 '쓰인다'의 기본형 '쓰이다'의 '이'가 그것이다. '쪼이다' '쏘이다' '옥죄이다' '돋보이다' '모이다' '매이다' '짜이다' '꼬이다' '트이다' '치이다' '쌓이다' '나누이다'(나뉘다) 같은 말의 '이'도 마찬가지다. 이런 피동사 가운데 가장 슬픈 말이 (연인에게) '차이다'일 것이다.

한국어에서 사동형 접미사(보조어간, 선어말어미)로는 '이' 이외에도 히·리·기·우·구·추가 있고, 피동형 접미사(보조어간, 선어말어미)로는 이·히·리·기가 있다. 그러니까 이·히·리·기는 한국어에서 사동의 표지이기도 하고 피동의 표지이기도 하다.

식히다, 익히다, 앉히다, 눕히다, 바람맞히다, 입히다, 묵히다의 '히'가 사동의 표지라면, 접히다, 잡히다, 꼽히다, 꽂히다, 맺히다, 잊히다, 얽히다, 얹히다, 닫히다, 걷히다, 밟히다, 박히다, 먹히다, 적히다, 업히다에서 '히'는 피동의 표지다.

굴리다, 올리다, 돌리다, 알리다, 날리다(날게 하다), 걸리다(걷게 하다), 불리다, 아물리다, 흘리다, 살리다, 딸리다, 둥글리다 같은 말에서 '리'가 사동을 표시한다면, 뚫리다, 실리다, 찔리다, 물리다, 휘둘리다, 열리다, 갈리다, 비틀리다, 밀리다, 휩쓸리다, 매달리다, 이끌리다, 눌리다, 흔들리다, 끌리다, 그

을리다, 비틀리다 같은 말에서 '리'는 피동을 표시한다.

맡기다, 씻기다, 웃기다, 벗기다, 빗기다, 숨기다, 넘기다, 감기다(감게 하다), 굶기다, 옮기다, 신기다 같은 말에서 '기'가 사동의 표지라면, 빼앗기다, 쫓기다, 찢기다, 감기다(감겨지다), 끊기다, 뜯기다, 삶기다(삶아지다) 같은 말에서 '기'는 피동의 표지다.

사동 표지 '우'는 '꽃피우다' '살찌우다' '뒷짐지우다' '깨우다' '재우다' '채우다' '태우다' '세우다' '씌우다' '띄우다' 같은 말에서 보인다. '재우다' 이하의 동사에서는 원래 동사의 어간에서 모음이 조금씩 바뀌었다. ㅏ는 ㅐ로, ㅓ는 ㅔ로, ㅡ는 ㅢ로. 사동 표지 '구'는 '솟구다'(솟아오르게 하다), '달구다' 등에서 보이고, 사동 표지 '추'는 '맞추다' '갖추다' '낮추다' '늦추다' 등에서 보인다.

어미 '-이'도 있다. 모음으로 끝나는 형용사 어간에 붙은 이 '-이'는 자기의 생각에 약간의 느낌을 담아 베풀어 말하는 뜻을 나타내는 하게체의 평서형 종결어미다. 어간이 받침으로 끝나면 매개모음 '으'가 들어가 '으이'가 된다. '참 서운하이' '이만해도 좋으이'에서 그 어미 '-이'와 '-으이'가 보인다.

‘이’는 또 동사 ‘일다’가 ㄹ불규칙으로 활용할 때의 그 어간 이기도 하다. ‘파도가 사납게 이는군’의 ‘이는군’에 ‘일’의 변이 형태 ‘이’가 보인다.

한자어 ‘이’도 있다. 이(二, 貳)는 둘이라는 뜻이고, 이(利) 는 이익, 유익함, 유리함, 이자(利子)라는 뜻이며, 이(里)는 면 (面)에 딸린 지방 행정단위다. 이(理)는 이치라는 뜻으로 쓰 이기도 하고, 동양철학에서는 우주의 본체를 뜻한다. 이런 성 리학적 개념으로서의 ‘이’의 상대어는 기(氣)다. 이(伊)는 이태 리(伊太利)의 준말이다. 이(離)는 이괘(離卦)나 이방(離方)의 준말이다. ‘이방’은 팔방의 하나로 정남을 중심으로 한 45도 범위 이내의 방위다. 반대 방향은 감방(坎方)이다.

앞 음절에 있는 후모음 계열의 소리들은 뒤 음절의 /ㅣ/를 닮아서 전모음 계열의 소리로 바뀌는 경우가 있다. 흔히 움라 우트(Umlaut)라고 부르는 현상이다. 뒷음절의 ‘ㅣ’를 닮게 되 면 ‘ㅏ’는 ‘ㅐ’로 변하고, ‘ㅓ’는 ‘ㅔ’로 변하고, ‘ㅗ’는 ‘ㅚ’로 변하고, ‘ㅜ’는 ‘ㅟ’로 변한다. 예컨대 ‘잡히다’ ‘막히다’ ‘안기다’ ‘남기다’ 같은 말은 ‘잽히다’ ‘맥히다’ ‘앤기다’ ‘냄기다’로 변하는 수가 있고, ‘먹히다’ ‘벗기다’ 같은 말은 ‘멕히다’ ‘벳기다’로 변하는 수가 있다. 또 ‘녹이다’ ‘속이다’ 같은 말은 ‘뇍이다’ ‘쇠이다’로 변하는 수가 있고, ‘죽이다’ 같은 말은 ‘쥑이다’로 변하는 수가 있다.

그러나 이 규칙은 표준어에서는 일반적으로 인정되지 않는다. 말하자면 방언의 수준에서만 인정된다. 또 방언이라고 해서 다 이런 움라우트 현상이 일어나는 것도 아니다. 예컨대 ‘달리다’ ‘말리다’ ‘날리다’ ‘알리다’ ‘땀받이’ ‘맞이’ ‘같이’ ‘밭이’ ‘벌리다’ ‘멀리’ ‘걸리다’ ‘해돋이’ ‘곧이’ ‘옷이’ 같은 말처럼 두 모음 사이에 끼인 자음이 혀끝소리인 경우에는 방언에서도 움라우트 현상이 발견되지 않는다.

위에서 예로 든 움라우트 현상은 두 형태소가 결합할 때 일어나는 현상이어서 표준말을 정하는 데 문제가 없다. 그러나 움라우트는 때때로 한 형태소 안에서도 일어나, 표준말을 정하는 데 애를 먹이는 수가 있다. 예컨대 ‘남비’와 ‘냄비’, 두루마기’와 ‘두루매기’, 가랑이’와 ‘가랭이’, ‘가자미’와 ‘가재미’, ‘곰팡이’와 ‘곰팽이’, 아지랑이’와 ‘아지랭이’, ‘다리미’와 ‘대리미’ 같은 경우가 그렇다. 일반적으로는 움라우트 되기 전의 형태를 표준말로 삼지만, ‘남비’와 ‘냄비’의 경우엔 움라우트가 된 ‘냄비’를 표준말로 삼는다.

이…… 접미사 '-이'는 '경숙이' '영민이'에서처럼 자음으로 끝나는 일부 고유명사 뒤에 붙어 어조를 고르는 구실을 한다. '기옥이'에도 그 '-이'가 있다. '기옥이'는 ㄱ에서 시작해서 ㅣ로 끝난다. '기옥이'는 시작이자 끝이고, 처음이자 마지막이다.

기옥이…… 내 초등학교 때의 친구. 살아 있다면 나처럼 중년이 되어 있을 친구. 사소하지만 소중한 추억들이 어른이 된 나를 기옥이에게 묶는다. 소설의 외피를 쓰지 않고는 되짚어 보기가 겸연쩍은 사소하고 소중한 추억들. 되돌아볼 때마다 가슴을 울렁거리게 하는 소중하고 사소한 기억들. 나는 그 아이 이야기를 언젠가 쓸 수 있을까? 기옥이의 기억에 소설의 외피를 씌울 수 있을까?

초등학교 5학년의 끝 무렵 어느 날, 나는 기옥이를 보냈다. 내가 기옥이를 어떻게 보냈는지는 또렷이 생각나지 않는다. 아무튼 기옥이는 갔다. 어느 날 바람처럼 나타났다가 바람처럼 사라져버렸다. 그러고는 기별이 없었다. 그 아이는 나를 잊었을 것이다. 분명히 그랬을 것이다. 내가 소설 속의 공간으로 기옥이를 납치해올 날이 있을까? 그날이 올까?

〈끝〉